朱天文作品集 6

黃金盟誓之書

雜文集 1980—2003

目次

輯二

綠楊三月時

輯三

重逢

輯四

記胡蘭成八書

輯五

父後三年

代序

阿城

台灣的朱西甯先生今年過世，朱先生生前創作甚豐，語言好，朱先生人幽默，隨口就是笑話。想起朱先生的笑話，就笑，就覺得朱先生還活著。朱先生有三個女兒，大女朱天文，二女朱天心，都是台灣最好的文學家。

朱家一門兩代三人都是好作家，這在世界上是少見的，如果沒人能舉出另外的例子，我要說這在世界上是僅見的；而且朱家的女婿，也就是二女朱天心的先生謝材俊，亦是好作家，好評論家，好編輯；再有，天文她們的母親，是日本文學的漢文翻譯家。我有時在朱家坐著，看著他們老少男女，眞是目瞪口呆。如果以爲朱家有一股子傲氣（他們實在有傲氣的本錢），就錯了，樸素，幽默，隨意，正直，是這一家子的迷人所在。

既是爲朱天文的小說贅言，好，就來說朱天文。

朱天文大概天生是爲文字的。學生的時候，她筆下的敏感就已經非其同代人所能及。張愛玲的文字對台灣很有影響，但搞不好會像烏雲，遮得地上只長弱草。朱天文一路寫過來，很早就擺脫了「張腔」，同時，一種文學家最重要的素質也顯露出來，當然是我認爲的最重要的素質，別人未必看重。

文學家當然是書寫者。一般人也認爲文學家是寫，比如寫故事，寫情感。但是一個普通的寫家常常只做到寫得有條理有層次意味深長或結尾驚人，即可去得個什麼獎，發表創作談。不過，在我看來，對感覺有感覺，才是最重要的書寫發端。

手觸熱水，有熱的感覺，但是你能感覺你的感覺嗎？人都有情緒，但是你能感覺你的情緒感覺嗎？大於感覺的感覺，和抽離感覺的領會，由這裡會分出兩種寫作，前者進入藝術，後者進入哲學或其他。

我看張愛玲的小說的有些篇或有些篇裡的章，驚嘆即在此處。我看朱天文的小說，篇篇都有，實在令人驚艷，天才這種東西，人人都會在各方面或多或少有一些，其實天才不是哪些或多或少，而是總能把握住。

我對朱天文的微言在於，失天文對她把握住的對感覺的感覺，有時手下太密了一些。比如她的《荒人手記》，有點像李賀寫詩。詩也許可以，但長篇重結構，連樑架牆壁都賣得大價錢，揮霍了一些。不過話說回來，也只有朱天文才揮霍得起。天才常常是揮霍的。

有評家說朱天文開始寫老靈魂，我倒覺得朱天文的小說中早就開始撫摸無奈，只是後來評家終於在老的問題上看出朱天文的探索。女性是人類中對無奈最敏感的，我們只要稍稍注意一下鋪天蓋地而來的護膚、化妝用品就曉得了。男性呢，將無奈隱蔽得好一些，不過最近一種藍色菱形的小「偉哥」實在將僞裝揭開得大了一點。

無奈是我們人類最深刻的感覺，只有面對它，才有最後的誠實與不誠實，這一點，是我最感動於朱天文的小說的。

粗粗提到兩點，序好像是不該這樣寫的，尤其是對天文的小說。

一九九八年年底　客次義大利米蘭

（編按，此文是為大陸上海文藝出版社出版《炎夏之都》而寫的序。）

輯一

家，是用稿紙糊起來的

朝陽庭花聞兒語

翻開二十年前父親母親以我的口氣記下的一本厚厚的日記，那時父親不到三十，是陸軍官校教育處上尉繪圖官，母親年方二十一，在救國團做事。我邊讀邊笑起來，哪管窗外的莫瑞颱風豪雨如注，那日記上二十年前的字跡歷歷，質粗泛黃的紙張與時間的氣味，我清楚的見到一位清癯的青年，他是年輕的丈夫和父親，對於文學抱著這樣嚴正虔敬的心情，和他的對於國事時局的憂憤，令我想起五四時候的新文學，雖然幼稚，但是那樣清新、純直、誠心，使人興發，「因為懂得，所以慈悲」，而更因為是我的父親，好意和寬容中竟是酸酸的淚意了。

日記打開，扉頁上貼著一小塊剪報，恭錄如下：

> 脫離家庭關係：為滿法定婚姻年齡屢向父母請求婚事終被置之不理現為進行婚姻自由而求終身幸福外出自立自登報之日起不再接受執法干涉劉惠美

父親於扉頁上題道：創造自由幸福的啓始——我們的文獻。這題句我看了吃驚發笑，以為是段英譯文字。另有本照相簿，第一頁用沾水鋼筆沾白顏料，畫一了一個十字架、聖誕葉和小果果，和一位長著翅膀的小天使，寫道：

我們的小阿咕，今天把你奉獻給上帝了，「我兒，上帝必自己預備作燔祭的羊羔！」〈創世紀〉卅―30，父親贈于一九五六年聖誕節，並賀你四個月

啊，這是父親寫的麼？我當做是《戰爭與和平》裡，皮耶寫給他與娜塔莎的孩子的。

日記開始以我的觀點寫著：天剛亮，大大（父親似乎喜歡我這麼稱呼他，因爲他是這樣稱呼祖父的，而且媽媽也經常這麼喊他）親了媽媽，便急促的去找助產士了……這時是中華民國四十五年八月二十四日零時四十一分，我立刻哭了，睜大了眼睛，我看到了同我挨得最近的大大，他的眼眶裡溢著淚。接著我並沒哭上多久，就爲那些我從不曾見過的事物吸引了，大大第一個抱我，第二個是吳維靜阿姨，第三個是書禮伯伯，我的體重是三公斤三……後來媽媽和大大就商量，本來起的是幼甯（男孩子）幼浪（女孩子），那是根據他們倆的筆名……

我問父親那時母親的筆名喚做什麼，父親說叫流浪，聞言大笑。那時父母親年輕的夢是有朝一日回到大陸時，兩人要到大西北草原墾荒去，還與彩華叔叔三人想著有一天能辦一份雜誌，就叫做拓荒吧。父親寫著，尹伯伯來信，說英法以色列等進兵埃及，以及匈牙利抗俄運動的戰火點燃了，也許反攻的日子近了。尹伯伯說：「盼望大家最喜愛的鳳子，能夠早一天喝到西北大草原

上大花奶牛的甜汁！」啊，多興奮呢！總是會使人興奮的尹伯伯，我該叫他做興奮伯伯！

很糟的是，大大一面在寫〈火車上〉短篇小說應徵中央婦女工作會的徵文，一面包繪一家出版商的兒童蠟筆畫教材，結果都因我的誕生而放棄了。此處是母親的筆跡：這些日子媽媽有時很不安，因爲生活太匆忙了。她說同樣的家事，女人做來倒沒什麼，換上男人，就顯得非常忙亂和不正常了。我看得很清楚，只要大大屋裡屋外的團團轉，她便感到悲哀，只要她不能看到大大坐在他的書桌前，點起他的香菸，然後想或寫他的東西，那末媽媽便要感到一切都不正常而紊亂了。她不願爲了我的來臨使大大的筆尖生銹，而我，又何嘗不呢！

仍是母親的字：颱風帶來本年度第一次的傾盆大雨，大大無法上班了，窩居在家，瘋狂的雨聲中，我看見他們一面整理著以前的信件，一面又回味著他們從認識到結婚的過程。中午他們很簡單的打發了午餐，便對坐在火爐旁邊烤尿布了。紅通通的炭火和他們談不盡的話中，我好像嘗到了大大老家冰雪的冬天裡火爐旁的安適和溫暖。然而媽媽說：「記得史蒂芬生說過，火爐旁的舒適溫暖，會使一個男人的雄心縮萎掉的。」大大笑了笑，沒講什麼。晚上，火爐旁邊媽媽聽著大大誦讀他的中篇〈山盟〉。大大低沉的聲音，和門外的雨聲，把我同媽媽帶進了那深邃幽美的故事裡去了。末了，媽媽摸了摸我的頭和大大說：「寶寶將由你感到驕傲的。」

但我要笑父親的。那時候的父親眞是太「五四」了，而從抗戰裡走過來的父親，又幾乎不能免於三十年代的，有這麼一段道：傍晚，媽媽抱著我和大大在糖廠小火車站一帶散步，好美的秋天黃昏，可是什麼叫做美呢？鄰家的一個小朋友比我還小，可能還沒有滿月，卻綁在他媽媽的背上，他的媽媽在割青草，挑那麼沉重的一擔子草，小朋友歪著可憐的小腦袋睡熟在媽媽的背上。讀至此，我心想演繹下去要變成階級意識了，再往下讀：啊，我是夠幸福了，可是怎樣才能把我的幸福分給這位小朋友呢？等我長大了罷，我現在是個只會享福的傻孩子。到底父親厲害，半途回轉了來，而下面卻是十月廿九日禮拜一，媽媽和大大去看電影，《太太從軍》。噯呀，原來還是一對貪玩的少年夫妻。

父親寫著：大大跟媽媽眞可笑，每當我哭得厲害了，大大就說：「我們商量一下好罷，咱們都見過世面的……好，你不依，我就把你送進舊衣鋪裡去燙破褲子了。」媽媽卻說：「你哭，你再哭我就永不帶你回外公家騎大狗了。」日耳曼種的大狼狗我不稀罕，我要它跟在我後頭的是西藏大獒犬。至於燙破褲子，天啊，是否每個不稱心的孩子都將給送進舊衣鋪裡？

大大休假，我們父女倆又比賽睡覺了。醒來大大換好了尿布同我談心。大大告訴我，我們朱家的家事，從高祖父時代的大家庭以及煊赫的家勢，而曾祖父時代的家道如何傾覆，而祖父如何赤手空拳重建了那番家業，以及童年時代的家庭，和後來怎樣的毀於日本軍閥的侵略，再毀於共產黨的賣國……眞是一個代表近百年來的中國史呢。怨不得大大日日夜夜在苦思深想，如何去寫他的長篇《潮流》。

自彼時至今，《潮流》還未動筆，中途曾經改題爲《傾國傾城》，又改爲《華太平家史》，一度要開筆，書桌牆上掛的是家史的年表和人物表，喝，比榮甯兩府規模還大哩。張愛玲說：《鐵漿》這樣富於鄉土氣氛，與大家不大知道的我們的民族性，例如像戰國時代的血性，在我看來是與多數國人失去的錯過的一切。」父親那樣強大的文章，而以和平出之。檯燈下案上伏著的一頭白髮，數十年如一日。記得小學時每回開學發新書買簿子，我最愛吃過了晚飯，一疊抱到父親書桌上，要父親用美術字或隸書字體，一本一本寫上名字、學號、班別、年級，我趴在桌沿看著父親手下寫出的一筆一劃，只覺偉大極了。小學二年級繳圖書週記，下半面的文字我記，上半面圖畫則都是父親替我來畫，有一次我寫道：「爸爸昨天去金門，因爲海浪太大，船快翻了，還好有人拉住繩子，才沒有翻。」父親母親看了笑，但仍是畫了一隻四層高的軍艦，艇上飄著國旗。

我至今記得父親把我抱在膝上背誦的〈古詩十九首〉和〈琵琶行〉。之前的，則是記憶記不得，而生命裡記得的。日記寫著：大大感冒了，請假在家休養，晚上媽媽同疤子叔叔去看《風雲兒女》，大大也沒去，在家裡講故事給我聽。大大每講完一個故事，就要我再講一遍，我能用僅會的一點言語和手勢把大大講的故事再凌亂的講一遍呢。有了天心妹妹時，大大教我唱：「好妹妹，不分離，在天上，鳥一比，在地上，保護你，你要往東我不往西……」我已經學會了前四句，但是沒有調子可言。其實我還不會說「我」，也不懂「我」是什麼意思，我總以「寶寶」代替，沒有人教，我自己發明的。大大休假在家，寶寶就不寂寞了，清晨帶我騎車去買菜，我看到很多的麻雀，大大教我學它們叫「唧唧喳喳！唧唧喳喳！」回到家，大大又騎單車去買竹子，拖回來，就開始做大門，我給大大幫忙，替他拿釘子。大大帶我在稻田裡散步，給我講稻子是怎樣結穀子，穀子是怎樣打出做飯的米，我的問題也漸漸多了，我說，怎麼米米是草草呢？

我也非常驚喜的發現這樣的記載：大大完成了〈生活線下〉決定寄去聯合副刊，他很希望由張英超爲他做插圖，六月十六日寄出，七月七日刊登，果然是張英超的插圖。十二月一日《聯合報》的編輯林海音給大大來信，非常推崇他的〈生活線下〉和〈偶〉，跟他商量爲《聯合報》副刊寫長篇連載，並爲《文星》寫短篇。其實大大說：「我眞不要這麼多的市場，我寫不了多少東西的。」

而父親一直寫，寫到今天，比他所預想得更多，更久，更長。我在第八十五天的日記記著：昨天晚上很好玩，翁媽媽抱著我，大大同媽媽談話，我盯著大大的後腦杓，看那上面的白頭髮，大大忽然回過頭來，發現到我在傻看著他，便說：「嘿，傻丫頭！」我笑了，笑得嘿嘿呵呵響，把大大和媽媽惹得笑做一團。正是——爸爸的白髮不是老。

一九八一年七月

寶寶

兩歲的時候還不懂得用代名詞，比如，從來不懂得說「我」，只會說「寶寶」。我跟大大要扇子，就說：「寶寶要扇子。」

寶寶很丟臉，撒了尿在褲子裡，大大罰我在自己的小床上，光著屁股坐在被窩裡。要說我不懂事嗎，媽咪說我講話跟大人一樣，早晨大大上班來不及吃早飯，媽咪買了一把饊子讓大大帶到班上去吃饅頭。我看見媽咪用紙包饊子，就質問媽咪：「饊子不給寶寶吃呀？」那口氣就像責備媽咪做錯了一件大事。

還有，晚上做千層油餅吃，他們做好了，放在床上，用紗罩蓋住。我正餓得很哩，也不管，掀開紗罩正預備拿一塊吃，讓大大看見了，挨了罵。恰巧不一會大大出去了，這是好機會，我趕快的拿開紗罩，取了一塊出來，好香！就伏在床邊上吃了，快要吃完了才被他們發現，結果並沒有挨罵，反而一家人大笑得不得了，說寶寶自己可以求生活了。寶寶還不知道「求生活」是什麼意思。

他們問我：「大大最喜歡哪一個？」我說：「最喜歡媽咪。」他們問我：「辦公伯伯最喜歡哪一個？」我說：「最喜歡辦公阿姨。」他們又問我：「隔壁伯伯最喜歡哪一個？」我說：「最喜歡隔壁阿姨。」他們就笑起來，說寶寶是小鬼精靈。

一九八三年三月

兩歲

記憶裡許多事情都是這樣的可笑。小時候照顧我的翁媽媽今已不在人世，在我第六百九十二天的日記，父親這麼記錄著：

翁媽媽是疼愛我的，可惜她疼愛錯了，反而害了我。這幾天，我鬧著的時候，就想吃零嘴，她就買糖或橄欖給我吃。吃過了，只拚命的想喝水，把肚子脹得老大，吃飯的時候就不想吃。接連幾天都這樣，今天父母倆便開始整我了，索性不准我吃飯，要好生餓我一餓。翁媽媽這才發現她做錯了，氣得坐在院子裡不作聲（她生氣起來就是那樣子）。後來父母親在屋子裡給妹妹洗澡澡，翁媽媽就趁機會偷偷盛了飯餵我，可是還是讓爸爸發現了，把飯碗奪了去，非堅持好生餓餓我不可。眞倒楣，晚飯還是沒有吃成。

後來爸爸帶我在風鈴樹下看蟲蟲——一種沒有殼的蝸牛，媽媽頂害怕的東西——我發現隔壁阿姨在吃麵條，我眞想吃，可是知道爸爸一定不准許，就招手要阿姨來看蟲蟲，我想，阿姨只要過來我們家，一定會請我吃的。但阿姨只隔著籬笆看看，並不過來。後來我就跟爸爸表示，我到阿姨家去，告訴她蟲蟲的事，爸爸答應了，但我並不顯出太高興，慢慢裝著很沉著的樣子，怕被看出來。我就告訴阿姨，蟲蟲是怎麼爬的，蟲蟲很可怕，說著，阿姨眞的就餵我麵條了。不幸只吃了一口，就被爸爸發現了，又給拖回家來。唉，翁媽媽呀，你害死了我。

一九八一年八月

山花紅

媽媽喜歡白茶花，冬天院子裡的茶花開時，媽媽每天剪一枝兩枝來插，客人離去媽媽也要剪一枝相贈，不管人家是男生，愛不愛花，都贈。因爲她自己喜歡，好像全天下的人理所當然都應該喜歡。古人惜花、愛花，於園中紉紅絲爲繩，密綴金鈴繫於花梢之上，每日鳥鵲翔集，就令園吏掣鈴索以驚之。我的媽媽卻拿剪子，喀察！喀察！叫我在旁驚心膽跳，發覺白茶花的端凝氣質，都教媽媽的熱鬧性情破法啦。

我一歲的時候，媽媽曾以我的口氣記下厚厚的一本日記，當時的媽媽比我現在還小五歲，年輕的人妻、人母，其實還是救國團下班回來會在院子泥地上赤了腳玩跳繩的大孩子，媽媽這樣寫著：

大大又開始上班了，家裡剩下媽咪和我，爲不使媽咪感到寂寞，我做了很多的怪相來逗她，結果媽咪笑了，說我是她的醜丫頭，小老頭，歪頭盔和歪小妞。

媽咪好熱又好急，聽見她說：「天啊，只要允許我搧扇子，給我一杯冰的檸檬水，我簡直什麼都可以犧牲！」已是不只一次了，這使我遺憾的感到實在不應該在這麼一個大熱天來到世上，不過我可能也將跟媽咪一樣好熱好急，因爲你瞧，我的臉上、脖子和臂彎裡已長滿痱子了。

哦，那是多麼奇異的事，我居然也會做夢了，儘管那只是一片毫無次序和明確的形象，然而已足夠使我臉上的表情成爲大大和媽媽的笑柄了。

很乖的睡了一整天。下午大大休假，又爲我畫了一張歪頭盔的側臉像。大大曾是很愛畫畫的，可是多年來他不再有那種心緒了，我眞願意我的來臨能復燃起大大心靈裡那藝術的火焰。

晚上大大獨自一人去看《暴雨晴天》，這要算是第一次，由於我，大大和媽咪將不能再一塊兒欣賞電影了。我同媽咪躺在床上聽雨唱歌，雨越下越大，沒有人給大大送雨衣，他怎麼回來呢！

臍帶掉了，助產士囑咐媽咪把它保存好，媽咪說要珍藏起來，好讓我有一天可以把它贈送給我心愛的人。也許有人覺得很可笑，但媽咪認爲對於自己所鍾愛的人，即使是一束頭髮也是珍貴的。然而多遙遠可笑的事兒呀——我心愛的人！我想媽咪簡直太羅曼蒂克了。

媽咪被允許可以輕輕地搧扇子了，我聽見她高興的說：「我的天，助產士沒有比今天更討喜可愛了！」

助產士最後一次來替我洗澡，不，是來看媽咪的實習，因爲她必須學會替她的孩子洗澡。我可憐的母親，自從上次助產士告訴她今天必須由她做給助產士看的時候開始，便發愁了，甚至緊張得做起夢來。媽咪沒能夠像揮動球拍那樣熟練的運用我的洗澡毛巾，可以說，她是毛手毛腳的。我眞相信要不是助產士在旁督導和協助，媽咪一定把我扔到水裡，嘴裡灌滿肥皂水了。

表嬸帶二表哥來看我，表嬸嬸說我猛一看像大大，細看起來又像媽咪。我眞高興，因爲這是第一次有人說我像大大，大大再不能拿媽媽開玩笑了：「嘿，沒一處像我，眞可疑喲。」

火星距離地球最近的日子，肉眼可以看得見，可惜我不能出去看，大大同媽咪都出去看了。很美，很大，紅紅的像一顆寶石。

指甲太長了，大大和媽咪用毛巾把我喜好揮舞的臂膀罩起來。他們說我是在演布袋戲而笑開了呢。但我畢竟把臉抓破了，媽咪就將我又長又細的小指甲剪短。多情的媽咪和大大還爲我準備了一個大瓶子裝指甲用。

嘿，我會打呼了。多麼驕傲的事，據我所知，人總要長大以後才會打呼的。大大卻大笑我：「粗里粗氣的，成什麼女孩子家。」啊！女孩子家！媽咪不說過越野越好，人要順其自然，而頂重要的，有一天我不也要穿上五十磅的行當，騎在馬背上，馳騁於西北的原野上嗎？大大眞是小家子氣了。

大大學校裡送別聚餐，所以媽咪很早便吃了晚飯，抱我出去散步，有那麼多神奇的事物呀，我看到所謂綠色的葉子和藍色的天。我喜歡藍天，那麼廣大、深遠，有一天，我要大大幫我把它掀開，看看那藍色的大帳子後面究竟藏著些什麼東西。

今天是中秋節，天放晴了。去年秋天，是媽咪在外婆家最後的一天，這一天，四叔叔隔著院牆替媽咪接運她出走的簡單的行囊。我沒法想像媽咪這一天是在怎樣的一種興奮、緊張、不安之中度過的。多快啊，已整整的一年了，那時我還在哪裡呢？

入秋了。也許是秋風，使媽咪記起來她的火車通學時代，我聽見她整天叫嚷著：「好想坐火車啊。寶寶你聽，汽笛又響了，我們坐火車到世界的盡頭，到沒有人在的地方好不好？」

媽咪大醃其蘿蔔乾，從前在王生明路住時，媽咪喊鄰居蔡家叫做蘿蔔乾太太，現在自己卻成了蘿蔔乾太太了。

大大在爲聖誕節的壁報忙，編、寫、畫，都是他一個人，夠辛苦的了，媽咪總希望能夠幫更多的忙，但也只是剪剪圖案而已。我眞希望我能有大大的那一套，至少我也須把字練好，將來大大和媽咪寫的東西我可以代他們謄寫，當然我能有他們倆共有的文字天才那是再好不過的，人往往不能在他有限的人生當中完成他全部的理想，是要靠後代來繼承的。

我會翻身了，躺在床上同媽咪聊著、玩著。

昨天媽咪應三鐵皇后之邀去高雄打球，今早起來混身酸痛得走路都變了樣子，眞可憐的媽咪，許久爲著我都不曾打球了，我多對不起她。

鈴鈴跑掉了，可能已成了香肉，媽咪從班上帶回來的小狐狸也死了，小虎的命正剋，一連串的不幸使媽咪痛苦的叫著：「哦，我以後再也不餵小動物了！」

媽咪重拾起筆桿寫文章了，都是我害得媽咪離開了她的文學和網球。我總想給媽咪省心，可是人好像總要服從一個天然的法則，像我這麼大，什麼都作不了自己的主，我的一行一動完全是違反我自己的好主意的。

我已能分辨出我的親人同別人的臉了。我最怕趙媽媽，每次她逗我，總是擰我、罵我，並且把我的帽帽拉下遮住我的眼睛，每次一看到她我就禁不住要哭，她想用她的奶奶哄我，我不幹的，雖然我很餓，也知道任何人的媽媽都沒有像媽咪那樣適合我吃的奶奶。

護士說可以蒸蛋給我吃了，可喜的消息！到今天我還是個不食人間煙火的嬰兒呢。

牧叔叔眞窩囊，談戀愛還要人家幫忙，把大大媽咪硬拖去跟他的女朋友打網球，結果人家也沒去，害得大大和媽咪白跑了一趟，累慘了。

媽咪開始寫〈沒有砲戰的日子裡〉，是應徵救國團徵文比賽的，本來是大大構思的故事，也是要由大大寫的，不過那成了欺騙的事，所以到底決定由大大把故事講出來，媽咪寫。天氣很冷，大大和媽媽躲在被窩裡寫東西。

啊！我要生牙齒了，一家人都爲這個高興得什麼似的，不過大大說了很喪氣的話：「也許不那麼可高興，有牙疼的條件了。」那是因爲他的牙齒很壞。媽咪爲著我的牙齒，拚命的吃鈣質的菜蔬，像炸魚、豆腐之類。

高縣青年杯網球賽的日子，疤子叔叔、大大，還有我，由翁媽媽推著娃娃車到高雄縣政府球場去替媽咪聲援。媽咪參加鳳山A隊，都是男人的，獲得第四名，我們動員了全家，只除了小虎，結果換來一條毛巾。

前年的今天，媽咪從花蓮球賽之後到鳳山軍校來看大大，那時候兩個人還一點表示都沒有呢。然而那一次卻使他們倆都深深陷進痛苦的絕望中，他們不知道今生還有見面的日子沒有。可是兩年後的現在，我已經是快八個月的孩子了。晚上，我們三個人散步的時候，他們一直在談著這些回憶。

媽咪說，我要做姐姐了，小弟弟將叫做幼甯。

我不會忘記茶花開時，媽媽把插好的花瓶擺在飯桌上，與一碟碟殘餚在一起的白茶花——那就是我的媽媽呀！

一九八三年正月初三

我歌月徘徊

民國三十八年父親從軍校入伍生總隊來台灣，兄弟一夥八個結拜，父親排行三。後來母親出奔至鳳山與父親結婚，土牆土舍，家具都是弟兄們用肥皀箱或炮彈箱湊搭拼成，進門喊聲三哥三嫂我來啦，烙餅夾大蔥甜麵醬吃一頓。這位三嫂年紀輕輕才二十，打得一手好網球，寫得一筆好文章，比京戲裡的王寶釧和柳迎春還潑皮。

單爲這三哥三嫂一聲，已是人世多少山高海深寫不盡說不完。我一直想著要寫成一部中長篇小說，遲遲未敢動筆，像是太大太眞的事情，一寫便成絕筆，我都膽怯。

所以這次國防部邀請各報社主編和作家參觀訪問各軍校，我簡直不能以參觀者的態度置身於外，每到一處只顧就此留下了。「孔雀東南飛，五里一徘徊」，來去高速公路上的嘉南平原春煙迷遠哭濕了，我的徘徊與絕決是一件，六月開始寫長篇吧！

二十五年前我出生在陸軍官校門前的黃埔新村，父親的日記寫道：身體長得像滿了月的孩子，有一雙藝術家瘦長的手，游泳健將的高胸脯，和運動員的大腳。眷村長大的孩子，只有我們才懂得那屬於軍眷房子才有的空氣，誰家今晚添了一道紅燒蹄膀都知道的那種淺門淺戶。大陸人播遷到此，軍眷跟榮民佔了絕大部份，歷史課本上讀到一句「中原衣冠」，莫名其妙就眼淚拍答拍答的掉。「舊時王謝堂前燕，飛入尋常百姓家」，當年是晉朝王導謝安兩家子弟，至今父親已退役八年，我們還是習慣不改的叫村口的幾戶農家爲他們老百姓……

三歲時父親軍職北調，舉家搬離了鳳山，對黃埔新村我完全沒有記憶，今番蜻蜓點水從村前經過，每家門口一棵菩提樹，綴成長長一行幽邃，二十五年早已滄海作桑田，但是這樣熟識的景象，我發誓曾經見過，一生中的什麼時光我一定來過的，恍惚昨天我才在樹底下拾到一顆菩提子呢。

眷村的生活，變成一種顏色，一段曲調，一股氣味，永遠留在生命的某一處了，稍一觸動，就像錢塘潮的排山踏海襲來。眷村那種夏天炎炎的午後，空巷人靜，只有用老的大同電扇支格支格的把一個上午攪拌得又長又倦，一縷南梆子若斷若續的嗚咽流過，大馬路上短短的簷影，遍地縱橫交錯著孩子用粉筆和磚瓦畫出的白線紅線。到了傍晚，大孩小孩先生全部回家了，眷村的孩子就像山裡的猴子那麼多，這時充足得到處都是，打壘球、跳房子、搶寶石、官兵捉強盜、過五關斬六將，一片殺聲震天，叫媽媽喊死了回來吃飯哪也不理。

大人的世界小孩管不到，眷村的背景是那樣一場流離變亂的時代而大江南北來此匯集了，每一扇日常瑣碎的背後，沒有一段不是可以伴著三弦唱進彈詞裡。他們到此初得棲枝，毫無根基，一切白手成家，生活的情操與格式也採大陸的，也採本地的，大邋遢的自然隨意和零亂，就像典型的中國的一條衖堂，一座大雜院，而最是讓我想起像春秋戰國的從浩浩蕩蕩的大西周裡打散了出來，特有的一種風光佻達。當初軍眷遷台時生活的清苦艱難，以及他們跟隨中央甚至於從來不想到信心和效忠的問題，人說燕趙多悲士，而他們不，家國山河之思他們也不慷慨，也不壯烈，也不憂時傷懷。他們怎麼可以對於一個死生離合的大變動這樣順從到幾乎沒有意見？然再沒有誰比他們更懂得了人生的眞實與份量。也許只有中國人這種對天命的完全順從才能夠把人生也豁脫了，眞是大呀！唯有大順者才可以大逆，我相信光復大陸和之後建國的行動，最是要憑藉的這個呢。

《三國演義》裡有一段「劉玄德攜民渡江」，講新野樊城兩縣百姓扶老攜幼，將男帶女，滾滾渡河，兩岸哭聲不絕，劉備在船上望見，大慟曰：「爲吾一人而使百姓遭此大難，吾何生哉！」就要投江，左右急救住，船到南岸，回顧百姓，有未渡者，皆望南而哭。這一夥同行軍民十餘萬，大小車子數千輛，挑擔背包者不計其數，一程程挨著往江陵進發，每日只走十餘里便歇，後面是曹操大軍已屯樊城，即日便渡江趕來了。

我常想遷台的最艱辛那幾年，有一人中夜不能寐，攬衣起徘徊，秋涼的月色裡他想的什麼呢？如果他曾經說過「我怎麼把你們帶出來了，我也要怎麼把你們帶回去」，那仍是至今絕對眞實不欺的。三十年已長成了新的一代，我們如何能辜負了今日我們的日子正當少年？

陸軍官校和我的淵源是啊，是……校門一進去兩座高碑好大的字寫著：軍令如山，軍紀如鐵，先把我駭了一大跳，這不就是孫武把闔廬的兩位寵姬斬了的嘛。我來不及的張望著，這兒的天空，這兒的泥土、草地、樹木，這兒一棟棟乳白的營房，是這樣的，原來是這樣的，眼睛一濕。

那時候我和小方眞是太小了，小到兩人在一起他每每講不完的軍人夢，我專心的聽，聽，一個根本陌生又偉大的世界。他說當軍人就要當陸軍，陸軍才是眞正的軍人，當下我就全無疑議的相信了，到現在仍然以爲對。他說克勞塞維茲了不起，即刻待他讀完我便借來一閱。他說軍人要從部隊裡出身才是本色，果然爸爸筆下的黃炎也是這麼說。每個星期六下午他建中放學來家玩，兩人湊一處讀《八二三注》原稿，已是我來來回回看過不知幾趟的。最後他說不考大學，要考陸官了，他父母親強烈反對，師長輩不同意，同學們雖尊重不置可否，爸爸則把軍隊的事實與他剖析了由他決定，唯我是衷心敬佩他的行止和氣概與眾不凡，即不問理由的全力支持他。

高三下他就把參考書全部送給了我，他是男孩兒的樣樣比我強，連史地國文都朗朗上口，一回模擬考幫我補習數學，竟空前絕後得了九十五高分，錯一題選擇。大專聯考完，八月他入伍，一天坐客廳聊天，講講話他笑說：「以後我在鳳山，你唸大學還會認識許多男孩，到時候——你不必覺得對不起誰。」他這樣分明使壞，我亦不讓，笑道：「好了，這是經你批准過的了。」他轉口道：「你不知道軍人的太太好苦，有時候三兩個月見不到面的。」我說：「那，她們先生不在時都做些什麼。」「想念她們先生嘛。」說完便光是望著人笑。我生氣道：「爲什麼笑，嘖，嘖，這樣一副陰險相。跟你說，這一輩子我誰都嫁，只不嫁給軍人。」

一別六年，前年夏天在報上看到復興崗三軍官校聯合畢業典禮，優秀學生頒獎中，他名列前茅，當時還心想復興崗好近哪，我去淡水若搭公路局都經過的。畢業後一段時間他在台南砲兵連，我從履彊處輾轉得知他的地址，適逢《八二三注》出書，請父親簽了名寄贈給他。果眞接到他回給父親的謝函，那麼久之後那麼熟悉的筆跡，我捧著信走前走後，見他P.S.問候天文天心天衣，被我識破了呀。我的年輕的時光，一逝再也不能回來了。他依舊是這樣落落大派叫人敬，叫人愛的呢。

明知這時他在外島駐防絕無可能，可是餐廳裡數千位草綠操作衣的學生，坐得畢挺畢挺的用餐，我們給隔在台上長長一排，咫尺天涯，卻眞是三堂會審玉堂春唱的：王法條條不容情。假如這時他在該如何？也許是家常到好像我們沒有過去，今天才初次認識，而他的眉，他的眼，又都是這麼熟識的，又都是我最愛他的撻撻跑到跟前靴子碰一併敬個舉手禮，那靴子碰的一聲眞是漂亮極了可以爲之死！

餐廳一頭牆上釘的十個大字是：主義、領袖、國家、責任、榮譽。後面三句原是麥克阿瑟頒給「西點軍校」的校訓，來到我們這裡經　先總統題了上兩句，就整個都是我們的了，而且是中國人所獨一無二的了。多好呵，主義、領袖，我才忽然明白了中國國民黨與世界上的任何一個政黨完全是兩碼子事嘛。中國國民黨也不是什麼政黨，它是「士黨」，「咨爾多士，爲民前鋒，夙夜匪懈，主義是從」，由士來領導全民的先知先覺的政治，中華民族道統面對一個新世紀的新的遂行與新的姿態，第一就數　國父手創的《三民主義》和《建國大綱》。《三民主義》實實在在是眞知灼見，是眞知就有革命四方風動的氣概和光輝，是眞正帶有大的行動力的。十三年黃埔創校，五月二日大元帥令：

特任蔣中正爲陸軍軍官學校校長　此令　孫文

多麼現實新鮮而強大的！目睹　國父的眞跡，我的全部人都熱了起來。

十三年六月十六日是　國父廣州蒙難兩週年紀念，特定是日舉行陸軍軍官學校開學典禮。校門高懸校訓「親愛精誠」，第二道門　中山先生親題「繼往開來」四大字懸於門楣，兩旁聯以「先烈之血，主義之花」。這一天　國父偕夫人躬臨主持，發表訓話，題曰「革命軍的基礎在高深的學問」，開言便道：「我們今天要開辦這個學校，就是要從今天起，把革命事業，重新來創造……」然後頒發書面訓詞，由胡漢民宣讀，這就是後來國歌的歌詞。我也是到這一回才懂得了這短短的一篇四十八個字，字裡行間那一股浩然之氣，那一股樸拙正大和威嚴，直直是接《尙書》和《詩經》雅頌而來的啊！

電影《西點軍校》裡曾經讓我感動嚮往過的，不一樣了，不一樣了。我們的軍校和軍人自然一種品格有別，因爲黃埔的精神是道統的，革命的，是有著中國民族的性情爲背景的。我愛《詩經》一句「率天之下，莫非王土，率土之濱，莫非王臣」，臣是王臣，民是王民，朝廷是王風息息吹出來的好一個王天下，連軍隊也是王師。一個王字，多美而高而大呢。所以寫在《詩經》裡的「出征徐方」，「肆伐大商」，都是絕對的，徹底的，如同民國的兩位　領袖，推翻滿清，東征北伐，剿匪抗戰，便都只有是中國人的，增它一分減它一分都是不能夠。

各個軍校中，陸軍像一家裡頂老實忠厚的大哥哥，費心費力把弟妹張羅大，操勞的手也粗了，臉也黑了，髮也躁了。他的二弟海軍是個浪漫多情又花俏的傢伙，很不喜他的大哥土氣不登臺盤。三弟空軍純粹是個男孩子，不要戀愛，不要女孩，只要駕飛機，開快車，踢足球，汗水淋濡灌下一大瓶百事可樂。還有么弟中正預校，個頭兒身量俱未足，跟著三位兄長，倒也有他小小年紀的想法和心事，他獨與大哥親，私下愛慕二哥的聰明體面，而屢屢巴結三哥帶他出去玩。又另有幾個好兄弟，皆大學出身，復興崗是文學士彬彬君子，財經學校讀商，中正理工學院則是丁亞中今年年初到了印地安納州的拉法葉，昨接他信，已見過海德公園的天下第一高樓 **SEARS**，他道「密西根湖畔朔風野大，一個軍人豈可沒有易水壯士的悲壯。」這話說的也眞也假我不管，愛的是湖畔這位青年多健康明朗的眉宇呀。

海軍的一身雪白，就眞是俊。他們還開舞會，變成是一種國際禮節很當然的事。我每笑電影或小說中的女孩子愛上漂亮軍官的羅曼史最爲淺薄庸俗不過，看看自己不是也在漸漸的淪落中麼。跟我講話的這位四年級準軍官馬維銘，四月間即要敦睦遠航到一個好遠好遠的國家，來回三四個月在船上，缺淡水不能洗澡，我問他隨身要帶些什麼東西，他也老實，說：「最大的問題是衛生紙。」聞言大笑。我指指他袖口一道道金色鑲邊，這是四年級了？他燦然一笑，有典故的，從前海盜把金銀珠寶搶來時，爲了炫耀，一圈圈的繞在腕臂上，誰搶的多誰本事大。他道：「喝你不知道，我們總司令才是這兒到這兒亮晃晃一道又一道幾寬的！」啊喲喂，你們總司令是海盜大頭目！中飯亦和千餘學生共進，三月慶生，切了一個兩層蛋糕，我特特留了肚子等吃，不知何故沒有，馬維銘便領我到餐廳後頭一間小屋，廚房啊？立刻引起公憤，「那我們還伙夫哩！這裡是伙委房——」伙食委員會嗎，敢情好，這頓中飯辦得一點不好吃，連塊蛋糕也不捨得給哦。在伙委房裡廝混半日，天傾西北吃了一角奶油蛋糕，乾了大杯啤酒，時間到啦，中國海軍健兒們後會有期！

空軍是一位名喚柯樹恩。岡山的大風大太陽底下一襲觸目驚心的橘紅飛行衣，竟是一朵豔火結在高高的鳳凰木上呵，那男孩世界的天空多遼闊悠遠，乾淨得連惆悵都沒有的，頓時令我淚水漲滿了胸膛。

偏偏這位柯樹恩又是你一見他就想要問起他的身世來。他父親黃埔十九期，只他一個獨子，從小喜歡飛機，想著反攻大陸時要第一個飛過海洋，第一個看到祖國的山河大地，於是決心投考空軍幼校。母親當然反對，至今南下探望他，空軍家屬可以優待坐飛機的她亦矢志不從——飛機，飛機，什麼一塊大鐵皮到天上去了我不信，底下撐根竹竿兒都不坐！柯樹恩四十五年三月十五日生，與我同年，卻已做了中尉飛行教官，離開地面的時間總計達七百多小時，范園焱不過一千多。他帶我登上教練機，簡單幾種操作一學就會，我會飛了呀，高興得逢人就說。連T—33也上了，動動這，動動那，場上的風大得要把我的長髮揭了去。他家住在中和，值飛機航道下面，每回飛機轟一聲頭上過去，母親就要俯首默禱良久，他道：「而且我母親是中國婦女的那種，她不但爲我一人，也爲所有跟我一班飛行的人祈禱。」

他的一種閑閑的大方，閑閑的穩健，閑閑的熱情，早叫我已看呆。傻得問他飛行衣上的拉鏈總共多少條，他笑：「十一條。」我注意到他右手無名指上一環銀戒，心都紛紛碎了，笑問：「你戴戒指做什麼？」他手一揚道：「好玩。」「不是訂婚了？」他笑起來說不是不是，我感激得趕緊望到窗外去，莫叫眼底的淚意給他發現了。原來戒指是空軍軍校畢業紀念，上刻一環小字

「天之驕子」，每一位空官男兒都是天空的新娘呢，陳萬軍一部長篇小說以此爲題，寫得好一番風光灑然。

又一個曾武藏好笑，人沒見過，神交已久，名符其實的以文會友。前不久才接他一張明信片，劈頭一句，「我單飛了，感謝天。」什麼，單車掉了？「辛苦但順利。學書學劍，只求獻於國家，報予知音。」單飛，即不靠教官自己可以獨立飛行了，生死交關，難怪他樂得揮筆一團潦草崢嶸，叫人認了半天字。他的兩部長篇《大鵬之歌》寫幼校，《老鷹之歌》寫官校，都是頂呱呱。我一進空官大門就找他，可惜上場去了沒碰見。而下午兩點柯樹恩上場帶飛，我亦來不及看到就必須踏上歸程。攀住車窗拚命的揮手，直到車子一個轉彎見不著了，再忘不了他立在草地上一派閒散揮著手，橘紅色的連身飛行衣風裡鼓得飽飽的。今日何日一椿永遠，以後是不會不想也不要再相見了。

那時天空飛過兩架教練機，銀灰色機身亮得彷彿透明，機翼機尾尖尖的三點橘紅色，仰頭望去，像是漠漠無聲的海藍中浮游而過的小蝦米。

一九八一年三月廿五日

素讀《八二三注》

父親的《八二三注》從民國五十五年春開始寫，至十一萬多字全部毀棄，然後重又寫至二十七萬餘言，又全部推翻。於六十年春再度啓筆，歷時四年半而以六十萬餘言完成。

托爾斯泰寫《戰爭與和平》寫了六年，父親那漫長的十年裡，我年紀還小，是小學四年級從板橋搬到內湖，高二搬到景美，父親才有了所謂寫作的環境。以前連更早在桃園時，客廳兼臥室兼書房，一張大床，客人就成了坐椅，靠牆一面五斗櫃，櫃上一架老收音機，我們經常頭挨頭的貼在機箱上聽崔小萍、趙剛、白茜如的廣播劇，一回是陳誠副總統的葬禮實況播音，一家圍著五斗櫃皆神色黯然。臨窗的書桌即父親寫稿的地方了。從小父親凡寫稿時母親則嚴禁我們吵鬧，我和妹妹在大床上安靜的玩耍，玩玩大聲起來了，每被母親喝斥。星期假日母親帶我們去網球場玩，或者鐵道的高坡上採蕨菜，父親即在窗前寫一個長長的上午和下午。《鐵漿》，《狼》，與《破曉時分》就是這麼寫出來的。

至內湖父母親有了自己的房間，也才有了兩張像樣的書桌，比鄰並坐，父親寫稿，母親翻譯，像小學生很要好的一塊兒做功課。那時開始寫《八二三注》。三百字稿紙不打草稿，很少改，整潔得似謄清的稿子。所有這些底稿全部推翻之後，厚厚高高的一大落，也不留存，背面的空白我們抓來訂成一本做計算、畫娃娃頭，母親登流水帳，又或包糖果餅乾。上課無聊了，我常把計算本翻過來讀原稿，沒頭沒尾也看得意味盎然，回到家就去翻那上下文看，缺頁缺章亦不以為有憾。我初讀《八二三注》便是這樣拆碎了七寶樓臺，但至今印象最深的幾節仍是當時這樣顛倒讀來的初稿。

偶爾想起來不可思議，也許百年後這些稿紙都是價値連城的，且拿紅學家說，曹雪芹的一片信箋都比發現了新大陸更是大消息呢。父親曾戲言過，將來我們三姐妹出嫁，也沒有嫁妝，要就一人給一部長篇原稿吧。父親寫《八二三注》也巧，因為母親的生日八二三，我的八二四，笑謂：為母女二人作注。

八二三砲戰亦就是事後想起來眞不可思議。

當年曹操親征東吳，軍於濡須口，孫權親至前線對陣，曹操被挫退兵，此一役使東吳站定了。苻堅率大軍南犯，謝安敗之於淝水，立定了東晉之基；稍後還有拓跋魏的大舉南侵，至長江瓜洲渡被挫而回，南朝才又延長了幾代。黃天蕩之戰便是韓世忠夫婦大敗追來的金兵於此，南宋始得安定。而這回全是靠了金門海戰，才有了台灣的這二十幾年來。如以金門島群土地面積與落彈密度為比例，則較諸二次世界大戰美軍轟擊硫磺島，因而制服日軍頑強抵抗的落彈數，計超出二十七倍之巨呢。

寫戰爭的文章，常常落在戰爭的衝突的一面，戰爭的悲壯與強烈。但是戰爭和愛情和人生一樣，衝突只是水面的浪沫，如果忽略了那底下沉穩的深流，將是非常粗暴的。譬如海明威的作品就光是肌肉與力量，羅馬的建築雕塑繪畫也同樣令人倒味。比起來。如曉雲法師《印度的藝術》中所說，西方的繪畫是體積的，東方的繪畫是線條的。而體積的極致是否是到了像畢卡索那種必須將體積打散了去。回到原始初民圖騰的線條式的，但這樣故意以樸拙簡單的筆姿為新鮮，其實不自然。

東方的繪畫為線條的，這線條彷彿音在弦外，畫一朵花是畫的花的一個意思，像小時候我拿竹枝在泥地上畫著一條條長線，仰頭和爸爸說：麵麵。又畫了一個圓圈圈：蛋蛋。筆到意到是當然的，還有筆不到意到的，最難便是線條的邊際上，眼看著眼看著一枝荷花就從手底活蹦蹦的脫了出來，不是畫出了一枝荷花，是這線條的本身就是荷花了呢。中國文學的文句一筆筆都是文章，不是另外還有文章一件東西，那樣單純舒展天然的，實在再沒有誰可比得上了。

中國文學天生麗質，連寫戰爭的場面，如我讀過的《東周列國志》、《史記》、《三國演義》、《說唐》、《岳傳》，都能繁複而清簡，強大而柔和，悲壯而婉約，慘烈而自有餘裕，不涉殘酷無常之感。更還有個什麼大鬼頭話都安它不上的薛仁貴征東，薛丁山征西，滑稽好玩得可比《西遊記》，動不動一刀剁成了肉泥，一棒打成了肉餅，似他家開館子生意恁發旺的！因此《八二三注》的好處和高處，我想不僅唯有是父親的，而且唯有是中國文學的本質與傳統的。

《八二三注》的文辭語句壯闊，是漢賦元曲以來，情操則像平劇。平劇眞就是中國人的什麼什麼全部都在裡頭了，家常到連戲劇連藝術諸如此類的名目都不立的，它的百無禁忌的活潑廣大和健康是把凡事凡物凡人都超升到了光天化日之下，演在京戲裡的潘金蓮閻惜姣之輩皆俏麗可愛，拿到話劇或電影裡立刻完蛋。《八二三注》整個的背景和底色便是這個，此中形形色色呼之欲出……

三國戰將勇，首推邵家聖吧：自封交際花，追贈大尉，廟號團花。一句話，道道地地個煮不熟、炸不焦、燉不爛、烤不糊的中國老潑皮，老薑根，活脫是太上老君爐中煉就出的齊天大聖一身金剛不壞！「世事洞明皆學問，人情練達即文章」，眞眞酸死了，比酸、比辣、比放冷箭，邵大尉的頂頭上司黑皮主任算一把——套個洋文該是 cynical，然而那純粹又是中國小民才有的沾沾自喜，什麼好那麼得意吶？你說先烈之血，主義之花，發揚我校精神是不是，嗤，他把你黃埔校歌唱得來「發餉我有精神」。他是素的葷的胃口之壯健，管你莊嚴法相觀世音菩薩，照樣咒你一世無夫哩。海島的這一批國軍正規部隊，倒不如說更像瓦崗寨一幫好漢。這會兒李會功班長蹲在掩體洞口，三〇步槍肩頭一擔便是斜暉裡荷鋤遲歸，湊個四川老蓋臧雲飛，抗美援朝一萬四千名證人那國璋，早在當年也可以做了陳涉吳廣的揭竿起義，那一張老寬老侉的臉膛便自立爲王亦是「夥頤，涉之爲王沉沉者」，一股腦農民士氣。

島上的民家與軍隊便好比菟絲與女蘿，「百丈託遠松，纏綿成一家」。今兒個又西堡林家討媳婦了，兩噸半軍用卡車給派去裝載嫁妝跟親友，司令官的座車少用，倒是長年結著喜綵，滑過水泥公路、瀝青公路、紅土質鄉道。喜車代替了從前租自廈門的綵轎，軍樂代替了十響的轎前音，白紗禮服代替了鳳冠霞帔，免不了司令官、或副司令官、或軍長師長給請去做這半成新的文明結婚的福證咧。至於黃家姑奶奶楊黃鴛孃老太太，誰誰又得輪流替她打飯、打水，跑金門城買這買那，陪聊天，碰到晴天大太陽晾衣裳曬被褥。兵士們的招貼女郎小白菜有個眞美的名字，文玉仙，父親文里長。還有呀，半路攔車回頂堡的沈芸香是不是？小丫頭有一雙俏皮的尖嘴角和單眼皮。那位小阿嫂替邵民事官洗衣服的，一個月二十五塊錢，早晚燒燒菜，喏，不是一大砂罐紅燒牛肉嘛，叫他邵大尉跌了個旱地蛙式的！天呀戰爭在哪裡呢？

我多喜歡《岳傳》開始好一場可怕的黃河大水災，岳母抱著岳飛藏身在一口大缸裡，漂漂到了一處麒麟村，此地是大宋天下河北大名府的內黃縣，也像金門縣內西堡的紅砂土地，村前一株煙翠大垂柳？人生在世山高水長，好像臺上出來的一生一旦，臺前坐定了，相揖喊聲相公娘子啊。在這樣的大海深穩裡才出得來好一位岳大鵬舉，領頭做了弄潮兒。《八二三注》正面寫前線軍隊的生活，砲戰的現實感，和人臨於死生之際的凡百眞實，筆力的確無人可及，而我認爲《八二三注》的重量所在，卻更是側面的寫出了非戰爭處。

來看我們兵部員外郎的二公子黃炎，坐科陸軍官校，官拜少尉大學士，少將爺爺，中將爸爸，哥哥飛將軍與嫂嫂齊安娜一對玩世不恭，母親乃德言容功四德三從兼備於身，女朋友周軼芬卻新一代的新唱腔新身段。周家與黃家兩種風味，品一品亦是今晨飛來的王謝堂前燕，又普遍都是中原播遷於此，一派新做起人家火雜雜的充實感。邵大尉是逃學逃家逃到了兵營中，所謂投筆從戎第二期青年軍，在他只是一路敗退下來的部隊裡，揹著工具袋，隨著一隻架線路車，拉下漫漫長線，華北、華中，轂轤轂轤滑滾過了東南半壁河山。魏仲和的鐵漢柔情，廈門黃家渡口上，人潮海潮隔斷了，瞥過去倉促的、最後的一眼，父親向他那樣拚命伸直著手臂呼叫，呼叫著什麼呢？這不是他魏聖人一人的事，此段原是三十八年爺爺在上海黃埔碼頭送父親上船的時候，那年父親二十二歲，一入營就學會了唱「爲什麼當兵的只有莊稼漢」。父親的結拜兄弟八人，號稱鳳山三劍客的司馬叔叔、彩華叔叔，演劇三隊裡與曹健錢璐一干吃酒打麻將的表大爺表大娘，以及與母親結識之後，阿太外公一大家族，Today阿姨蓓蒂阿姨一家，一如本省籍士兵張簡俊雄，他家院子裡五丈高的大王椰，他的開貿易行的姑丈朱豬先生，他母親抱養的阿妹給他送做堆，一如周金才家四代經營兵工廠，一如孔瑾堂，謝水牛，林印水……全都是八二三炮戰時前方的、後方的、乃至對岸的，千千萬萬的中國人，他們的生活和情操，這才是金門海戰的主體，深流。

《戰爭與和平》中，且廣泛切實的描寫當時俄國社會各層面的生活情趣，爲其對拿破崙戰爭的背景。當時是年輕的沙皇彼得大帝維新，上流階層與青年軍官們都熱情、傾倒於法國化的優雅和拿破崙英雄蓋世，可是同時俄國仍有其民族傳統的信守與東正教的地母的凝厚博大，存在於一時的潮流底層，像老安德萊公爵，瑪麗亞公爵小姐，皮耶。而我愛的便是年輕的安德萊公爵諷刺式的英氣，「日照新妝水底明」，最是臨於一時代激流的新鮮了。

如果父親的《八二三注》已是一個極致，我則私下期許自己在不久的將來能夠寫出一部長篇，廣闊而眞實的寫出八二三那一個時代的深流，那一個對於淪陷的故土之思一般民間並無浮辭，甚至似一種對當前事件的不介意的茫然，最令我感興了。我希望可以寫得出這個，敢冒大不韙名之曰「注八二三注」乎?!

啊呀快快撇清了這不孝之名，就來說說了不起的巨砲吧。那該是 先總統至澎湖灘頭督視巨砲運往前線，驕陽下扈從的將領們閃耀著一片金飾金繡， 先總統則一身草綠呢質中山裝，深灰呢質禮帽，直奔沙灘，時登陸艦潮汐已及棧板，臨時架上的跳板才通一人，將官們分從兩側涉水翼衛而下……海面上的陽光多星燦，空中有斜橫過大半個天的噴射機凝結尾，和同溫層的半透明的碎雲。書中至此是金門海戰全部連崇高的渺小的、連偉大的卑微的，全都一齊給舉起了。那一刻是如同北伐的光輝永遠存在於我祖父母一輩的全中國人的記憶中，那樣的時代我沒有趕上，蔣介石宋美齡好似「小喬初嫁了，雄姿英發」，浩浩蕩蕩的北伐革命軍，一路行去如風如息山川草木皆響應。「日月光華，弘於一人」，是他，是與他同世一代之人的意氣感激呀。

書中兩次寫 先總統親臨陣地視察，那遼曠的海與天空，與山邊的雲朵，山下遠遠的市街村落，讀之多麼令人嚮往。全書意志貫徹，強大絕倫，一似寫《鐵漿》、《狼》、《破曉時分》，實實皆出於父親的人格，對神的信仰，和對朋友的義俠，明兒有言「任俠是文魄」。而父親以平和出之，不涉豪傑的慷慨激昂，此即《八二三注》處理戰鬥場面照樣有人情日常的空隙可以悠遊，不做悲憤狀也自然強大。

《八二三注》寫得清平圓正，寬疏而廣厚，如父親家居晏處或接待朋友時的從容無事。《八二三注》開頭讀起來好看，一路熱熱鬧鬧讀下來，又是父親的做人充實喜樂。邵家聖的滑稽好玩而認真是父親的，黃炎的正直和平也是父親的。自將軍團連排長至班長士兵都忠誠、實在、而明理，那亦是凡事凡人之於父親皆成眾善所會。父親的包容萬人之量，有時都要令我們生氣不服了。

所以《八二三注》最好的地方，並非別人能夠寫得出來的。杜甫詩「或看翡翠蘭苕上，未掣鯨魚碧海中」，父親的文章規模之大之廣之雄，遠不是至今我這蘭苕上嬉戲的小翠雀兒可及萬一的。

結尾黃炎在飛機上；俯瞰陽光下料羅灣似一彎新月，飛機投影在那片明色沙灘上，像飛不完一段長程悠悠。「對他黃炎，一個將要終身去獻身沙場的專業軍官，這只是第一場戰爭，也只才是一個開端。然而他卻還不知道，不懂得戰爭到底是什麼——儘管他在過後回味起來都無法信以爲眞的那樣曠古未有的激烈炮火下爬出一條命來，又儘管他也曾用了智，用了力，又斃了活捉了敵人，也儘管他如同親自所擊，魏仲和、孔瑾堂、小白菜，還有些相識不相識的人倒下去……這都沒有用，不能幫助他懂得戰爭。」

《八二三注》寫戰爭的肯定與當然，可說盡善盡美矣。而最後黃炎的對戰爭的茫然之思，似乎要把整部書否定了，像小船盪在汪洋裡傾了一傾，險不潑翻！我就愛的這樁，不當然。

寫在《戰爭與和平》裡的，忘不了奧斯特里茲戰役中，安德萊負傷倒在田野上，當他睜開眼睛時，頭上是崇高的天，和更高的升起的雲，雲間蔚藍的無極。他聽到走近的馬蹄及法語的說話聲，那是巴拿巴特・拿破崙，英雄。但在這時候，頭上那遙遠無極的、有飛雲的天空，拿破崙是多麼渺小呵，他的英雄本色，以及他的勝利的喜悅，瑣屑的虛榮，都是那麼的渺小了。是這青空蕩蕩在於高處的神，舉重若輕把全書的場面來舉起了。安德萊反諷的鋒芒，年輕得連他自己這年輕亦不要了，像他的心中的一片天空已把這場戰爭都豁出得一乾二淨。

《八二三注》起頭寫開往金門的船團，「排成靜止的長陣，航行在緩慢得無望的時間上。錶的時間不見走動，太陽不見走動，船也不見走動……岸已成天邊的遠山，一片紫霧，岸已被天和海那麼密合的封閉而消失了。」讀之非常驚動，彷彿恆河沙數斜陽金粉金礫無聲息的沉沉掩覆下來，古印度的，又是現代的，也是《詩經》的。

邶風：「死生契闊，與子成說，執子之手，與子偕老。」每讀皆蒼涼淚下，眞是杳遠寧靜，美而大啊。戰爭在哪裡呢？戰爭是什麼？

一九八一年四月《三三集刊》第廿八輯《戰太平》

春衫行

「鞦韆架上春衫薄」，當此妙齡，我卻來說說三十而立，我的成人、大人之事呢。

家中一疊泛黃了的照片，有張像極了義大利寫實片的某個鏡頭：天井中是篩過竹牆的黃昏，一架壓水機、木桶，小孩穿著工裝褲立在那裡，背光，亦覺得他臉上一股稚氣正經，極認眞的，乍看是個男孩，竟不認得原來就是自己。三歲吧，或者兩歲，曾經有那樣一年的那樣一個黃昏的一刻裡，我多麼希望能夠記得他在想些什麼呢？小孩的眼睛最亮，最乾淨，他看的都是眞人眞物，但他又像高高的茫茫的天空俯瞰人間，不識、不知、不情、不仁。民國四十七年我兩歲，這年八月就打起了金門砲戰。

彼時父親在鳳山陸軍官校，台灣沒有一位親人，與母親少年夫妻，扮家家酒似的成家立業起來。父親上尉繪圖官月薪一百五十元，房租去了一百，母親因是出奔至鳳山，尚未報准眷糧，便與父親軍校一位同事喚做老裴，三人搭伙吃兩人的眷糧。裴伯伯十六歲當兵，隻身隨軍隊來台灣，河南人，相貌很滑稽喜氣，生著一張癟癟的老太婆嘴，手藝頗好，北方麵食如饅頭、包子、水餃、燒賣、拉麵、烙餅，一一都傳授了母親。他很看不慣母親生番似的潑蠻，懷我三個月時照樣救國團前的廣場上打排球，九個月時和父親那一干拜把兄弟搭乘四分之三中型吉普去鵝鑾鼻玩，來回九小時的石頭路。裴伯伯便任了婆婆的職分，管這管那，每愛擀著麵皮，頭上盤一圈毛巾布，老氣橫秋的數落他這位不合格的山東媳婦道：「你們這婦道人家吶……」生下來第一位抱我的外人就是裴伯伯，依父親老家的風俗，將來我的脾氣個性都會和裴伯伯是一個模樣，父親連歎道：「糟糟，好好女孩兒家像老裴這樣寶里寶氣怎麼得了！」而裴伯伯是每逢家中斷炊，便去教堂領些救濟麵粉來，又或是走一遭他那幫河南老鄉的違章建築，周轉來幾文錢使使。

三歲之前的記憶應該是沒有的，但是或許如心理學家 Jung 所謂的民族記憶這件東西，說得更美是「三生石上舊精魂」，那一段歲月，多少的生死別離，滄海變桑田，像是前世的一首歌謠唱在今生，剪不斷、理還亂。那謠裡雲籠霧罩，撥開是渾黃的江山如夢，低低尋去，那中原渡遷的百姓家，倒又像抗戰時期的木刻版畫，特有一種雜亂中的人生的眞實，然那簡明寫實的線條又是不帶情緒、解脫了悲歡離合的，彷彿一幅月兒彎彎照九州。四十年代我還太小太小，這小小人兒竟也如一粒石子，那樣用心的投下去，而依然是時代的長流泱泱無語麼？

後來父親軍職北調，全家搬到了桃園僑愛新村，一院，一廳，廚房是自家搭建的，至今我還記得下雨天母親戴著斗笠在廚房炒菜，紅撲撲的好圓好圓的臉呀，唱著歌，沙拉沙拉的炒菜聲把綿綿的梅雨天氣都給炒亮了。我又最喜歡颱風天，停電了大人不必做事，燭光下一家五口窩在廳裡的大床上，父母親閒閒的聊天，我和妹妹一旁玩，任憑外面的大風大雨、越大才越好呢，只覺爸爸媽媽是這樣親，半明裡的五斗櫃，櫃上的收音機、書桌、藤椅，一個個笨重的實體，都是這樣親。我望望爸爸媽媽的臉，安心極了，很歡喜的和妹妹繼續玩。那架老收音機往後一直跟了我們很久，每天中午我傍著母親收聽《甜蜜的家庭》，趙剛飾父親，白茜如母親，還有一位嬌滴滴的盼盼。隔壁住的陳媽媽很整潔，有時候也唱歌，走的周璇派，唱來唱去總是一支〈鍾山春〉。母親常常帶我們到東邊山崗採蕨菜，望下去河谷蜿蜒而過，漫山是銀花花搖閃閃的野芒。我採一會兒蕨，又逕去採野芒的嫩鬚鬚做鬍子玩，採著回頭看母親，覺得秋陽下母親永永遠遠是那樣子的，又忽然覺得會要永遠失去了的悲傷，跑回母親身邊，哀哀的。母親指著遠遠的我望不見的山邊告訴我，台灣最大的一座水庫正在建造中，你們的八嘟嘟（叔叔）也在那兒做呢。

不久，我們就搬到板橋婦聯一村，公路局車在浮洲里一站下。浮洲里是每到颱風季節便有氾濫成災的危機，那回是葛洛禮颱風石門水庫洩洪，我和妹妹正在大床上披著被單扮古裝美人兒，一嘟嚕一嘟嚕膩黃的水從門檻縫隙裡湧進來，頃刻漫到床沿，三人高興得拍手亂叫亂跳，打撈著滿屋漂來的鞋子、鍋盆。再來都成了片斷——爸爸媽媽合力把一口大皮箱架到屋樑上去……巷子裡滾滾的濁水淹到了胸口，母親在前頭，倉皇的喊道：「Lucky！Lucky！」我伏在父親肩上，父親朝母親大叫道：「人都管不了了！狗還管它！」聲音在體腔裡的共鳴彷佛我是整個人貼在黃淮大平原上，轟隆轟隆的大水從地底流過……我和妹妹託在隔壁鍾媽媽家的閣樓上，水直漲到閣邊，漆黑的長夜漫漫，醒來就哇哇大哭，爸媽在更隔壁的黃伯伯家每聽我哭起來便大聲應道：「別怕呀，在這兒。」我還記得未被淹到的一小片玻璃窗，徹夜泛著青灰的光。水災之後，我們小孩暫寄北投六叔叔家，父親在台北的幾個兄弟皆聞訊跑來，好容易才清理了屋內屋外一尺厚的黃泥土。再後是各方的救濟品紛紛投來，疊在牆邊的美軍罐頭吃了好長一段日子，有胡蘿蔔丁煨豌豆，倒在搪磁盤裡，那鮮明的紅與綠令我驚喜極了，要把來串成珠珠項鍊戴的。還有甜漬漬的水蜜桃，黃盈盈的鳳梨，紅豔豔的櫻桃，現在想起都成了一場甜蜜的水災夢。

民國五十五年，文化列車停在板橋火車站，父親帶我去看。十幾節火車車廂，兩側皆是巨幅油畫，一幅一幅父親說給我聽。我聽聽自跑去玩，從車廂底下鑽到對面，彎身看著父親的大鞋子慢慢的跺著，開心得直笑。然而回到家我一幅幅說給母親聽，這張紅衛兵把孔子廟燒掉了，這張是一排人被綁了，頭上戴著高高的白帽子走在街上……「他們是胡搞亂搞，我們就可以打回山東了。」母親聽了笑，可是父親是這麼說的，我亦不管父親多訝異我的記性這樣強，跑到院子裡抓聖誕紅綠葉上的小螳螂玩了。當時我並不知道那就是空前絕後的文化大革命，當時我只是與在台灣的千餘萬名中國人同生於這場浩劫之外。

在內湖，我讀的是九年國民義務教育，國中第一屆。我很慶幸自己適逢國中初辦時，帶著草創期的新鮮和疏落，學校猶存師徒制的親與敬，給了我很好的啓蒙教育，幾乎是沒有受到什麼升學壓力的。而此時國際上美國的國勢驟衰，外交由杜勒斯的路線，改爲季辛吉外交的修正與縮短美國世界霸權的境界線，遂得以小康。這時期國內工商業正躊躇滿志，講究的是效能主義，而如情緒這些的曲折皆被視做是浪費效能的，反映在時裝上，款式採直線的剛性明快，花樣則是幾何圖形結構配以刺激的對比色。記得鄰居有家姓諶，五個女孩兒一梯次下來，老三小瑾最俏麗，迷你裙下一雙修直的長腿，跳起阿哥哥頂漂亮了，卻眼看著她變，蓄起了中分披肩的耶穌頭，嬉皮裝出來了，是對現代工商業社會的反動。文化界則存在主義結合現代主義——六十年代，迷惘、混亂、晦澀的六十年代，而我卻對之思心徘徊久久不能斷絕呀，因爲我亦是沉湎於《異鄉人》的嘲諷冷漠中幾至不可自拔，因爲我亦最是與這一時代、這一輩的千千萬萬的人共過、走過的呀。

而我走了出來。在這多變的時勢的底層可也有一些貞固的、素樸的東西，我可與之相見相知，同修同行的嗎？四年前我還在大學讀書的時候，便與朋友們合辦了一份刊物，兩年前成立了家出版社，以我的名字登記，儼然是發行人自居了。馬三哥向我譏笑道：「發行人，你曉得發行人是什麼？」他故意把發行人的行唸成行伍的行。所謂發行人，是大自在各種合約書上簽名蓋章，小至校對、剪貼、綑書、寄書、糊海報等等，一手包辦，外加萬一出版社不幸倒賬，只有抓我去坐牢。有人說若叫一個人倒楣，要他去搞出版好了，當初決意申請登記出書，正值國內出版界最不景氣的時候，一年內不知幾家關門大吉，憑我們這種學生式的投資，家庭手工業的經營，根本是不要命嘛。第一批出來的上萬本書，借的是朋友家客廳的一隅存放，眾兒郎聞風從各校奔來，立在那巍峨的書牆下，那紙香、書香，那一頁頁從我們手底生出的奇蹟，大家是歎了又歎，癡迷得留連忘返，而此時完全是發行網連一針還未織的呢。

俗說「世上不如意事十常八九」，眞是一語道出了人世多少的艱難辛酸與眼淚呵。台灣的這三十年來絕對不是偶然的，爲了我們民族將來更大的事業，台灣的存在便是人事之上更有三分天意。以我辦出版社的切身體驗，這是極艱辛不易，然又是自助天助的幸運和喜氣的。因此我們不做荊軻的慷慨悲歌，而寧是效法　國父的浩然之氣。今日在台灣，我是不生此身生何身？不生今世生何世？我就是這裡了。

一九八一年六月

雲上遊

種在陽明山的桃花不算，我一直覺得桃花是要生在民間千千萬萬戶的人家裡，像舊小說中常有的，過了一條木板橋，遠遠的望見一簇紅霞，樹木叢中閃出一所莊院。啊，有一段故事，就是這樣，這樣的發生了。

我窗前臨後院後山，一棵桃花什麼時候悄悄的開了。乍見枝頭桃紅春意，似洩漏了我的心事，就此兩廂皆不見。一日裡要聽母親三兩回的讚歎道：「來看我的桃花呀，都開了。」哦，桃花桃花你管開你的，我只橫心把來冷到底了。

說起我家這座後山，怎麼看怎麼拿它沒辦法，原是個煤礦，約也出息不大，發生了一次災害，便告終止。然後漫天漫海的長起了沒頂高的野芒，一條小徑，家中眾犬走出來的，鄰人循蹊而去，倒垃圾的多。誰知道山也成了我們招待客人的名勝古蹟，唯梨山開農場的七叔叔曾經滄海，一句「土疙瘩」就把它給打發了。眼看肆無忌憚的野芒草要把我們的扶桑籬笆，和籬邊的桃樹吃掉了，媽媽遂發起墾荒拓邊運動，一星期的工作日，疆域拓展了原來院子的兩倍大，以葛藤爲籬，種了棠棣，茉莉，月季，芒果，以及不抱希望的撒了許多小白菜仔，和日本買回來的花種。墾荒的幾日好天氣好運氣，甚至連兩天像春暮的軟煙晴裊，而那是個冬天的黃昏，我登樓梯上來，憑窗一望，只剩了爸爸媽媽還在一鍬一鍬的鋤土，院心燒著野芒的餘火未熄，斜暉滿院，我忽然傷心得淚湧不止，彷彿初次發現了自己做女兒的感情。

向來我與爸爸媽媽，只覺得文學上的同道有與謀，平手待平手的，更似君子之交淡如水的親而不熱。然而有一天，我才忽然懂得我已經長大到爸爸媽媽在爲我操心了，原來他們還是有著天下父母心的那麼平凡，那麼脆弱，而又那麼當然的一面！他們當我大人、當我文章之士敬重的從來不在跟前提過一句，但夜闌人靜閑語時，我仍然只是他們的一個孩子啊。那一刻，我多麼心甘情願的，永永遠遠做個純心的赤子呢。

「人意爛漫，只向桃花開二分」。生我育我的父母，若說報恩，我怕只有桃花知道我是要負了他們的了。就像寶玉雪地裡的朝賈政拜了三拜，飄然而去。

可是連同我的爸爸媽媽，我們在血統的親屬之上，是不是還有一個道統的父母呢？如天如地，那是千千萬萬中國人的父母了。

寫到這裡好笑起來，不要被孟子批評爲墨家的「無父」了呢。而夏志清說父親是青年學生的「father figure」，嘖嘖，讓我想到史懷哲之類的人物，偉大是偉大，我可與之不投緣。父親是我每愛看他數月理一次頭髮之後，那種小男孩的乾淨調皮的模樣，一似他平時的專喜促狹人。還有不知誰送給他一架六十倍的顯微鏡，他便文章也不寫了，只管雞毛蒜皮的都找來觀察研究，案上一個白花花的大腦袋。

媽媽，後勤總司令，又是每說到玩的事，第一熱烈響應的。今年的母親格外年輕，舊曆年過得物阜民豐，除夕玩到元宵夜，風光的奢侈冶蕩，令人想起〈名都篇〉的開頭兩句就是「名都多妖女，京洛出少年」。

好大氣概！那妖女也不過是像我們這一淘姐妹，都買了錦緞和絲棉的新襖新袍，約定大年初一早上齊齊穿出去走街，道路側目，當做是中影文化城跑出來的一夥小鳳仙。那京洛少年，「寶劍値千金，被服麗且鮮，鬥雞東郊道，走馬長楸間」，算要算做了丁亞民。他在君祖婚禮上頭一回西裝領帶就被大家笑了個死，他亦只管逞能逞強，哄得人人寵他，「觀者咸稱善，眾工歸我妍」，眞是得意極了的。

元宵晚上，喝掉了兩瓶高粱吧，大家興起，湊湊錢買來五支火花，在桃樹下燃起來。五支倒有三支不開花，黑暗中噗一聲火苗草草了事，燃起的兩支，開了兩棵銀花火樹，如白晝一般，微醺的恍惚中，月也朦朧，花也朦朧，這人意爛漫，直潑到天涯海角，桃花你開在這裡，是不當然的嗎？

元宵第二天，落起了似清明時節的細雨，兩位女客臨去討枝桃花，桃木最是辟邪納吉的。阿丁就搬了凳子，我撐傘，兩人去折桃花。黃泥上紛紛一片落英，昨晚的腳印還在，爆竹屑打在雨裡依然簇新的。有些惘然，好像昨天到今天，已轉過不知幾世幾劫了。

微雨中的晴光亮得好明迷，選定了兩枝，阿丁登上高凳，不得了，凳子的四支腳眼睜睜看它地陷東南的陷進土裡去，一場狼狽，也算劫了兩枝桃花，逃難似的奔回屋裡了。下午我寄書繞後院回來，爸爸媽媽又在做園丁，見我劈面就說是誰踩得桃樹底下一塌塌的，小白菜都給踩壞了。我定睛一看，可不是雨一落，土上都冒出了芝麻大小的綠丫丫，轉瞬春天已是這樣來不及的來了。

爸爸道：「詩人呀——死人哦。」那是譏我雨中折桃好不風雅呢。我望望園子，高興著不久就可以吃到新鮮的炒白菜了。

一九八一年二月

吾家有犬

一件令人感傷的事，朋友的孩子到過家裡一次，回去後鬧著還要來玩：「媽媽，我們去毛毛家好不好？」毛毛者，一鬈毛灰黑老犬。人家說小孩的眼睛是雪亮的，之於我家竟然見犬不見人，豈不哀哉。客人初次來訪，電話裡告訴他幾巷幾弄幾號，倒不如告訴他：「你下了車只要問狗最多的那家就行啦。」如今狗名在外，而且遠播，爲其所累大矣，久矣。

毛毛這傢伙，是我們自養狗的歷史以來，唯一的一隻所謂洋狗，洋狗有洋狗的脾氣，畢竟出身不同呀。第一、牠不喜歡大自然。比方我家後頭一座荒山，早晨傍晚各放一次狗，逢到假日全家上山遛狗，只看牠們一群大大小小奔馳在大自然的懷抱中，享受著田野無比的新鮮空氣與自由（註：此語出自各種旅遊雜誌），獨不見毛毛斯犬斯影，原來牠不是寧可在屋裡的茶几下的老位子趴著睡覺，就是候在隔壁吳祥輝家的門口等骨頭吃。

第二、牠非常勢利。牠是向來不屑與牠的同類們打交道，攀的是人的交情。此可見於牠被封爲我們朱家的「禮賓司長」，專管送往迎來——迎，牠不吠你；送，管保牠亦步亦趨送你到車站去，直到車來、上車、車開了，只差沒有向你揮別呢。

母親的疼愛狗，如果朝最好的方面演繹，或許可以演繹爲「齊物論」，天地一指也，萬物一馬也。將馬改成犬就行了，當然我這是笑話。但我已久不問狗事，見母親十年如一日，不分聰明愚笨、美與醜劣、賢與不肖，一律泛愛，可謂「無差別智」也。母親的天眞和太陽般的熱情，竟使得這些四條腿的行路動物，一一都有了牠們的各自的名字和個性，和生氣的、快樂的、憂傷的面貌。母親常常說：「啊，奴奴在笑。喏，那大王不好意思了。」雖然我怎麼努力來看，牠們仍然註定了只是一個頭顱兩隻耳朵一條尾巴的——母親說：「我們家阿狼不能說牠是狗哦，牠會傷心的。」

人家有托兒所，嘿，我們家倒成了「托狗所」。

曾經有條喚做丫頭的小花狗，大概是久聞朱家食客三千，朱媽媽禮賢下士，所以想來投靠門下，無奈盤查了數日不得要領。最後牠採取的是條苦肉計，就是躺在每天上午賣菜的發財車底下給壓傷了一條後腿，母親把牠抱回療傷，遂得以登堂入室，而終至並列於眾犬濟濟之中，成爲三朝元老。舉一反三，約莫可知我家這班的身世由來了。

說起三朝元老，現尚存的是一名喚做奴奴的高腿公犬，已八歲高齡，所幸生得一張娃娃臉，看來只有實際年齡的三分之二大。牠的本事慣用嘴接石頭，百接百中，被譽爲最佳捕手，至今寶刀猶未老。排行榜第二名的毛毛，自始至終沒有人知道牠的年齡，因爲牠來時就已那麼大，不見牠老過，也不見牠年輕過。我懷疑牠是某個山洞裡修煉成精的老洋怪。

想想母親實在不得了，她除了照顧這一群四腳動物（還有編制內的七八隻貓，以及每逢餵飯時結黨而來的一干編制外)，包括向魚販交涉魚(狗吃的魚)、煮一大鍋狗飯貓飯、洗澡、抓跳蚤、排難解紛(例如叮叮搶了咚咚的骨頭，雙雙佔了單單的床鋪)，還得餵飽我們一家五口，外帶三三集刊和三三書坊的數位青年，以及國定假日時突擊而來的滿座高朋。然後還要翻譯文章，參加合唱團，碰到區運市運時逃不掉被拉去組隊參加網球賽。天啊，換上任何主婦都要崩潰的，而母親只像是小孩的精力用不完似的。我常想如果母親把這養狗養貓的時間、精神和力氣全部騰出來的話，喝，那是足足能夠發射兩部太空梭上去的！

最後一點要說明的，或者哪一天某位訪客光臨寒舍，假如母親說出這樣的對話來：「糟糕還沒吃吧——沒關係，我們還有一些狗飯。」請你不要誤會了，這人飯狗飯之別除蓬來米再來米外，都是淘洗三遍之後大同電鍋煮出來的。而且母親實在是，視狗如人——千眞萬確，這並無半點譏諷之意。

一九八一年五月

美國舞男

我們家的除草機是三隻兔子，黃毛的叫得得，灰毛叫愛波，白的是卡卡。三個住在鐵籠裡，天氣好的時候，把籠子搬到後院，往草長的地方一擱，不一會兒功夫就吃掉一方青草，再換另一處。先來的一對得得跟愛波，是天衣買來的，不及手掌大，養在生力麵箱盒裡，還跳不出來，餵牠們園中種的番薯葉，要用衛生紙一片片將露水擦乾了，不致吃下去拉肚子。把牠們仰臉捧在手中，即刻就呼呼睡著了，直睡得兩隻長耳朵發紅發熱、發燙起來，令我才忽然明白了沉酣二字。

據賣主說，得得是男兔，愛波是女兔，根據此項信以爲眞的立論，我們都比較憐惜愛波，加之得得全然是個大男人主義，往往牠已吃完兩片菜葉，而又去搶食愛波那片還在吃著的第一片葉子，眞叫我們憤怒極了。幾個月之後，長成的兩個中型兔子，得得要比愛波重一倍，毛色潤滑光澤，愛波因常遭得得欺負，那身灰毛逐漸敗成一件破襖似的，然而襤褸的外在掩不住牠蕙質蘭心，天心跑來跟我說，愛波吃玫瑰花瓣呢，一瓣瓣吃，到底是女的，得得就壓根兒不吃。後來我們疑心愛波懷孕了，卻始終不見牠生產，這時小妹又去買了一隻小兔子，正牌兔子：紅眼睛、雪白毛，粉裝玉琢團撲撲的，就當做得得愛波的義子。

再說另一樁，朋友送給我們一隻蘇俄獵狼犬，半價買來五萬元，告訴我們將來可將牠跟別隻去生孩子，時價一次一萬元。朋友是空軍軍官，給這位名犬取的名字叫天狼，口語喊做托辣。這隻少見的蘇俄獵狼犬，我們叫它 Russian Gigolo——蘇俄舞男，全名為：亞力山大·尼古拉斯·天狼托辣斯基。

天狼初來時，兩個月不到，個子已跟家中另外兩隻成年大狗同高，吃了個兒高的虧，每被我們當做已成年看待，急於培養牠成為一名才藝兼備的優秀舞男，從「坐下」、「握手」教起，不知牠畢竟只是一個貪玩的幼兒。照養天狼的責任被妹妹們自然攬去，所謂「托辣牠娘」已變成妹妹的稱呼，大娘是天心，二娘是天衣，我成了托辣牠阿姨。三天兩頭，便見妹妹抱著好大一條狗站在磅秤上，然後扣掉自己的體重，萬分懷疑而失望的喊道：「怎麼還是十八公斤？」仍舊巴巴的搭公車出去買牛雜，拌飯之前，用木杵把鈣片和表飛鳴碾碎，摻在飯裡。為要牠先把骨架長好，每餐只餵八分飽，早上一個雞蛋，餘則吃些青菜、柳丁、葡萄皮等纖維物品，消化健胃。視狗如人，以及得知我們大陸上的親友，每個禮拜不過有五個雞蛋可吃，妹妹是一半心虛的在做著這些的。不肯承認她對天狼的愛，就說僅僅是為投資一棵搖錢樹罷了。但她也有歎氣的時候，「唉，生個兒子來養，現在還不也快半歲了。」大有划不來之意。

有一天從外面回來，天心急忙向我叫道：「你猜我們家誰先去當舞男了——得得！」

原來隔鄰山邊的阿婆家，在半山上養了許多兔子，獨沒有黃色毛的，所以特來跟我們情商，借去宿一夜。同時才石破天驚的發現，愛波根本是隻男兔！三個單身漢一起住了半年多，實在也蠻慘的。

不能不提，家中有隻貓咪，小時從李爺爺那裡抱來，故而姓李，叫李家寶，長得最是眉目分明，不像貓的臉，卻像京戲裡的旦角。牠不但素來不與眾貓爲伍，而且不近女色，是個小沙彌，只跟人類來往。夏天來了，牠脫了許多毛，彷彿換上一件漿洗乾淨的白麻功夫衫，常獨自盤踞在紗門頂端搖窗窗台上，最涼快通風，或睡覺打盹，醒來就望著遠方，或俯瞰眾生。人朝牠拍拍肩膀，它便一躍縱上肩來，任人扛來扛去。

最近一隻母貓生了兩個小孩，取名爲快快、樂樂。我們的蘇俄牧羊犬，流落此南方異國，無羊可牧，倒做了快快樂樂的小保姆，不管怎樣在熟睡中，只要聽見小貓叫聲，豁地便豎起耳朵，七零八落忙忙將自己的長腿長腳站起來，奔去廚房米桶後面探看。牠的嘴巴眞長，已經可以把妹妹的腿一含整個含在嘴裡了，個子還會再高，到跟我們的飯桌一樣高。似乎牠的骨架長得很好，苗條而高，若在空曠的大草原上，一定是漂亮的，可是在我們的屋子裡，牠的高瘦顯得有些駝背，柔細的鬈毛像套長衫長裙，整個看去有如《大亨小傳》時代的女人裝扮。看著，看著牠，怎麼辦，註定了牠還是一隻犬呀。

家居青天白日下，日日與小獸們一起，快要忘記人的樣子了。而我從報上讀到飾演《美國舞男》的李察基爾，目前是好萊塢最被年輕女人崇拜的男性。

一九八三年六月

E.T.回家

傍晚，天衣在院子的牆根下撿到一隻小鳥，說牠小，是眞的小，黃嘴，綠尾巴，要放牠飛，飛不到一尺高，就又跌在馬路上了。於是把牠捧回家，找出一座半舊細木鳥籠，放在裡頭，弄些米飯和水給牠，就掛在樓上陽臺。但牠不吃不喝，光是拍拍的在籠裡跳飛叫著，叫叫便引來兩隻鳥，在陽臺的上空盤旋，天衣喊起來：「牠的爸爸媽媽來啦。」一家都跑出屋子仰臉觀看。

分成兩派，一派主張趕快放掉，讓牠的父母帶走，不然沾了人的氣味，父母會不要牠，牠也活不了的。一派主張再養兩天，等牠的翅膀硬了會飛時再放，因爲家裡有大貓小貓十數隻。兩派爭爭吵吵鬧了一晚上，人家爸媽也飛走了，就把鳥籠收進天衣的房間，放小鳥出來。牠倒也不怕人，叮叮叮四處跳跳走走，放在手掌心，牠便乖乖的蹲著，不一會兒，小頭一頓就睡著了。

第二天清晨，牠的爸媽又來了，在天衣的房間窗外飛上飛下，裡面叫，外頭應，叫得急了，三個都撲到窗上，隔著薄薄一層尼龍紗窗，啾啾啄啄。我們姐妹三人和媽媽躲在紗門外通道一側，目睹此景，終於決定把小鳥放了。天衣繞到窗外，將鳥兒擱在窗條上，四人藏身屋牆轉角偷看，恐怕貓來抓牠，暗中保護。才擱下，人走，牠的父母就來了，近牠身邊一喚，飛到對面鄰居家花棚上，「啊，飛了，會飛了！」在我們的歡呼中，小鳥忽——地也越過兩個牆頭到了棚上。趕快，四人擠擠推推奔上樓，搶進天心房間，登上榻榻米，挨著窗戶看牠們一家團圓樂，把還在睡覺的爸爸也喊醒了：「來看哪，E.T. phone home！」

小鳥的父母，一個留下幫牠理著羽毛，一個不見了，原來是去找吃的，飛回來時啣著一條蟲，小鳥的嘴巴張得好大呀，一口就吃下去了。然後兩個一起出動，找回來一糾糾青綠蟲絲，小鳥早又張大了牠的黃嘴巴，好吃極了呢。

東昇的太陽把守在窗口的我們曬得汗珠直冒，昏眩起來，眨眨眼，牠們卻已撲撲飛去，瞬間，消失在不知名的天空中了。

一九八三年七夕

給爸爸的信

父親節，報社的編輯要我寫一封信給爸爸，但我是連偶爾跟爸爸下了公車走回家的一段路上，如果只有我們兩個人，默默聽著皮鞋叩叩叩的敲在柏油路上，我都會感到生澀極了，覺得路好長好長，多麼盼望途中能出現救兵解圍呢。

不過這大半個夏天，我卻在爸媽的冷氣房間，借用媽媽的書桌，和爸爸共一個窗戶，兩盞枱燈，一起寫了好幾萬字的東西，都是在趕劇本。

我寫著，停下筆問爸爸：「ㄅㄧㄝ怎麼寫呀？」爸爸永遠知道我要的ㄅㄧㄝ是哪個ㄅㄧㄝ，在草稿紙的空白處書了一個又大又明白的「鼈」。諸如此類龜、蠅、癟等等的字，實在太古怪醜陋了，在我的腦海中，它們全是一族，令人頭痛，而爸爸總是求一奉十的，寫給我：癟三、蹩腳、彆扭、憋氣。我發誓從此牢牢記住、敝足腳、敝弓扭、敝心氣。當我想探頭看看爸爸寫的故事時，爸爸便笑斥：「去去，沒什麼看頭的。」不像我，寫完一篇文章，定要巴巴的請爸爸過目，讓爸爸用鉛筆在錯別字的那一行下面輕輕的打個小圈，改過之後，才放心的投出。

多半時候，爸爸對我寫的東西不予置評。如果正坐在沙發上閱讀，我會假裝無事的在客廳走來走去，倒菸灰缸呀，給花換水呀，把凳子從這裡搬到那裡呀，偷窺爸爸的眉色之間是凶是吉。

爸爸看完把稿子給我，我連好壞還不敢問，儘管把錯別字或技術犯規的地方，一一訂正。訂正完，沒話，那就是這篇完蛋了，自己嘆一聲：「好爛喔！」見爸爸溫和的笑笑，仍不言，就夠我去幾天閉門思過了。如果不錯，爸爸就會指出缺點說明。如果很好，爸爸倒會先不好意思起來，我才敢問：「怎樣啊？」通常爸爸只是笑笑，說：「好啊。」好在哪裡，也不說，卻夠我喜歡的去讀了一遍又一遍覺得眞的是好的。

所以有一天，一位常常來我們家的大家的好朋友，忽然給了我單獨一封信，我拿給爸爸媽媽看，也只是給他們看。爸爸卻說：「你是不是要考慮一下？」當下叫我驚詫不能言。媽媽一旁說：「你這樣不適合婚姻，能有一個像他這樣的人來照顧你，的確蠻好。」才讓我驀地裡發現自己原來一直是他們的女兒的，他們也跟世界上所有的父母並無兩樣，要爲女兒的終身大事操心了。

我還無法習慣爸爸跟我談到這些。就連上次一個讀者來向我推銷人壽保險之類的東西，是子女爲父母的健康保的險，大概五十歲至六十歲每個月交四百元，萬一發生事故住院，公司可每天提供醫藥費三千元……云云。無論如何我根本不願接受，只差沒有愚蠢的罵出：「什麼，你咒我爸爸住院！」等那人一走，我就把他留下的表格資料勞什子全都扔進垃圾桶去了。心中很動盪，有一股哀哀的恨意，不再是對他，而是對日日長成的我以及日日老去的爸爸。

去年，曾經十天之內，爸爸滿頭雪銀的白髮忽然掉得一根不剩，我們給爸爸照了幾張光頭相片，笑說將來頭髮長出來時要持照勒索他。如今仍又是銀髮似雪的爸爸，或許正像隔夜井水汲盡了，晨起時又滿了新泉，源源不絕。

舊曆年，爸爸不知從哪裡翻出一個炭爐子，除夕夜一家便圍著爐子烤年糕，滿屋的炭煙和焦香，爸爸連連歎息：「這才像我們老家過年，才叫做、年味兒。」入冬圍爐，我們的炭爐可是一直圍到四月，用來烤香腸，夾蒜吃。我有時隔紗門看見爸爸在院廊底下揀新炭，搬進屋來擺茶几上，細細的生火，孜孜的烤，想著：有生之年，我們是要回到老家的。

到底，要寫給爸爸的信我還是沒有寫成。

一九八三年八月

拔牙

雨天裡跟爸爸去拔牙。一把黑傘底下是我們父女倆，人家都說我長得像父親，可是有關於父女之間種種，要到最近兩年來，我才忽然發現了似的，而爲這個發現感到甜蜜和哀傷。是因爲我長大了，爸爸年邁了，歲月教我才懂得了自己的兒女身。

爸爸常常跟人講起我小學一年級拔牙齒時的勇敢，連牙醫叔叔都驚讚，叫爸爸一定要嘉獎帶我去買蘋果吃，爸爸學著牙醫的那語氣：「一定要去買哦，不可以騙小妹妹唷……」學著便呵呵笑起來。個把月前，爸爸的總共二十八顆牙齒，分三次拔掉了二十四顆，這次去是試戴新製好的假牙，順帶拔我一顆臼齒。

坐在華新牙科的客廳裡，喜愛它這裡沒有陳列那些可怕的牙齒模型或圖片什麼。乳白的皮沙發，木製家具，乳白的牆壁上掛著風景油畫，一口鍍金掛鐘，都在充足的日光燈下顯得非常愉悅，近乎百貨公司櫥窗的那種光撻撻的明亮。診所在裡間，若不是有一股辛爨的藥味兒，實在不覺得此處是一所牙科。我望著紗門外一棵大芋葉，黃昏細雨中，亦如雨打芭蕉，愁煞人。雨光之外，聽得見忠孝東路大衢上市廛囂囂，一輛賣麵包小發財車鏗鏗鏘鏘播送著流行歌曲駛過門前。

我眞歡喜，在這樣一個亂世，有這樣一刻與這樣一席之地，容我感到亦當惜之。

醫生開了六顆消炎藥，半截金黃半截大紅色的膠囊，先吃了兩顆，餘下帶回家，扔在櫥櫃上便忘了。夜晚十二點，爸爸叫我起來吃藥，並囑咐次日清晨不要忘了吃，以前爸爸對待我們並不這樣細緻的，當下令我起了不敢之情。爸爸晚間寫稿，上午總睡到十點起床，第一件事就問我可吃了藥？我朗朗答說吃光了呀。爸爸駭道六顆藥怎麼吃光了？詢證一番，原來先吃兩顆，以後一次一顆的我都當作兩顆把來吃掉了。

「你當是吃花生米啊！」從爸爸責寵的眼睛裡，我好像又看到二十年前那個年輕的父親，帶著他的拔過牙齒的女兒去買了一罐掬水軒糖球。

一九八三年十一月

家，是用稿紙糊起來的

一直認爲爸爸是五十歲出頭，到昨天晚上和一位日本朋友相聚，敘起年齡，爸爸說他係昭和元年生，昭和多大他亦多大，今是昭和五十八年。我聽了目瞪口呆，爸爸竟已邁向六十大關，什麼時候歲月就被盜了去，都不知道！曾祖父與高祖父皆未過六十五歲，爸爸戲言屬虎不過五，朱家到爸爸是第三隻虎了。兩年來爸爸謝絕了所有應酬跟演講座談活動而專心於長篇創作，天心因講起前日還聽見爸爸電話裡跟人家推辭俗務，又搬出這套過不了六十五的理論，爸爸向來愛說笑，我和天心講著卻都哭了。

也許姐妹倆個性皆強，感情的事始終不順，想到父母親的操心，不免對今時代的眾男子生氣。漢詩有句「健婦把門戶」，但願此生此世守著我的爸爸媽媽，我們的家業，這個家，是用稿紙糊起來的呀。

最早在鳳山，地址還有：中山路十三巷八號。出生在這兒，我的胎衣也埋在這座菜園的角落裡。在我二百八十二天端午節，搬離了中山路，隔壁賣愛玉冰的老太太送別時掉了眼淚。搬到誠正新村東二巷八六號之二，花了三千四百元買的房子，一間臥房、一間客廳、一間廚房，一個極待整理的庭院，此時我的體重是八．五公斤，胸圍四十五公分，身長七十公分。

爲什麼對這樣細微末節感到興趣至於癡心的地步，好像時間在這些地方才留下了足跡，我一步一步踩過去，來到從前。那次是爸爸南部巡迴演講，我跟著，到了鳳山被邀去黃埔新村履彊家吃飯，經過救國團，曾經是媽媽工作的地方，彼時救國團招考文宣幹事，媽媽臨時抱佛腳，由爸爸惡補了些公文的起承轉合，次日陪她去考，場裡就她一個年輕女子，作文題目倒新鮮：大貝湖遊記。媽媽隔壁一位先生提了毛筆便寫「是日也，風和日麗，吾與友人暢遊大貝湖」，媽媽簡直絕望，且又沒遊過大貝湖，只有舉手據實以告。監考的鍾組長遂叫媽媽寫一篇自傳，次日就錄取了，當媽媽是女兒輩的疼，公文從「敬啓者」開始耐心教起，媽媽下了班跟同事們在救國團前廣場上赤腳打排球，被爸爸在台灣的唯一親人表大娘看見了，痛數不守婦道。

在我五百十九天的日記，爸爸這麼寫道：下午伉儷倆在救國團看報，帶我一起去，我在那裡學爬大椅子，結果爬上去了，而且還能夠自己下來，眞高興，我就爬上爬下的練習，一面還嚷著：「爬，爬，爬……」他們差不多比我還高興。從今以後我就用不著大人抱我到椅子上了，什麼時候想爬我都可以隨時爬上去了。

爸爸一指救國團前水泥階道：「以前媽媽打球，你就在那裡爬上爬下玩。」只覺好笑，自己現在也有資格講「都二十年了！」畢竟人生能有幾個二十年。經過矮矮兩排淺門淺戶，轉個彎，眼前是棵大芒果樹，樹幹藤蘿纏繞，樹下蔽蔭的幾戶人家顯得綠潔，爸爸又一指：「喏，那裡就是東二巷。」父母親成家時唯表大爺大娘送了一床紅緞面棉被，爸爸的大兵兄弟合送一張竹床，飯桌則是兄弟們用砲彈箱改裝的。家中幾次斷炊，總是裴伯伯去教堂領些救濟麵粉來，媽媽加糖做成一張張雞心形烙餅，名之爲愛情餅，大家吃得津津有味。

中山路的房子，泥地，竹泥牆，窗戶是需用木棍撐出去的老式木窗，夏天屋裡燠熱，寫稿時爸爸便將燈泡牽到戶外來，籐椅扶手把子上架塊洗衣板就可以寫了，蚊子咬也沒辦法。因爲爸爸媽媽上班，請了位大陳島義胞老太太來照顧我，喚她翁媽媽，一口浙江話，根本難懂。我第四十三天的日記爸爸寫著：整一夜媽咪爲著我的胡鬧而沒睡好，我是沒辦法的，除掉哭是沒別的了，媽媽很冒火，發誓說，把這一個月熬過去，要翁媽媽走路，她太不盡責了，他們倆一再交代白天儘少讓我睡，哭哭沒關係。還有，翁媽媽很不講衛生，也不刷牙齒，說話時口沫四濺，有爸爸在〈列寧街頭〉中描寫馬二爺風雨齊下之概。每抱著我的當兒，又老是跟人家嘮嘮叨叨，我既無雨衣又無雨傘，眞是氾濫成災。爸爸說：「翁媽媽我給你買一隻牙刷罷。」她不要，堅決的不要。

其實不多久翁媽媽亦成了我們家庭的一員，直到搬離鳳山很久很久以後，翁媽媽每向別人提及朱先生朱太太以及剛滿月就抱到三歲大的小鳳，仍又會老淚婆娑。偶爾爸爸出差，總要彎道去探望她，把我們長大了的照片帶給她看，唯小妹妹她沒有抱過，引爲畢生的遺憾。每回她定然煮三個甜蛋，要爸爸一顆顆剝了殼吃下去，非常恐怖的事，像吃球，但怕她傷心，爸爸還是一一吃了。這次南來，憑弔舊跡之外，特地也撥了時間走訪大陳村子，一面也不知村子還在不在，翁媽媽還在不在，在的話都八十幾了。

不會忘記的，十一月，卻是秋老虎，南方，遲開的鳳凰木辣辣的紅一簇簇怒燒。鳳山那條街在正午太陽下整個花白而去，曝了光的黑白照片。白一些的地方是正在修護中的馬路，一半用麻繩攔起，大車、小車、腳踏車、行人，從所餘不多的路面挨挨蹭蹭繞過，黑一些的地方是路兩旁灰撲撲的修車行、五金行。汽車喇叭、剎車、人聲，都曝了光的，令人昏眩欲睡。大陳村居然在，如同所有眷村，未及學齡的孩童特別多，各自群集在牆角陰處K橡皮筋彈珠，玩家家酒。窄巷窄弄，我和爸爸好像《格列佛遊記》，大腳大身從小人的鍋鍋灶灶之間萬分小心的躡足而過，「到了。」雖然蓋了樓房的矮屋，舊址依稀，紗門望進去，一干婦人在做家庭副業，彷彿是穿塑膠花。兩個陌生人的來到，馬上吸引了一圈人，七嘴八舌，問起翁媽媽都不知道，講了她先生姓劉，生有一女一男，忽然有人想到「是蓮花她娘啦。」

於是我和爸爸又跋涉去與大陳村子完全相反的鳳山另一端，找到了蓮花，是個老婦，從前也抱過我。弟弟阿狗適巧下船回來在家，姐弟二人又驚又喜，執意要從我的臉上認出一樁東西，「還是像，像啊……」蓮花流下了悲喜的淚。翁媽媽已於去年鼻癌過世，生前仍一直念著朱先生朱太太和她抱大的小鳳。我也願意這樣相信翁媽媽是的。

爸爸軍職北調，因尚未配到眷舍，母女三人暫住到外婆家，說是外婆家，應算做媽媽的外婆、阿太家。阿太四十守寡，現帶著小舅公的兩個兒子住五間房，一條通到底，頭間客廳，供著阿公太的牌位。常聽媽媽講公太的事，因喜歡一位女子，嘩地就築起了一條裝有路燈的石子路專爲便利去看她，阿太跟下還有兩房妾。往往我站在供桌下端詳阿公太的畫像，畫像很眞，有黑白相片的效果，沿著相框開始泛黃，我曾經認眞的告訴玩伴，那些泛黃的部份表示公太正在顯靈。

次間臥房，老式雕花眠床，甘蔗板牆頂鏤空透進客廳裡的天光，飛舞著紛紜的細塵。最愛拿阿太的拂塵扮仙女，或把帳子放下，一旋轉裹進帳子裡做古裝美人，阿太的籐枕好硬。再進去是飯間，堆積雜物，七烏八黑，我頂怕，覺得有鬼。然後是大廚房，阿太時常蹲在地上切地瓜葉，切成一截截丟進灶上的大平鍋裡煮豬食，煮好了，用鋁杓舀進鐵桶裡擔去後院柴房餵豬。有一長段時期，除非不得已我絕不樂意上阿太家，因爲阿太養的雞鴨老跑進屋來拉屎，尤其廚房，是通到最裡間臥室的必經之地，之於我簡直遍布地雷，走一回短命一回，連每次煮豬食時蒸騰的煙霧和酸餿味都不喜極了。阿太前年以八十八歲高齡去逝，我悲哀的發現自己原來不是一個賢慧的人。

外婆家迥然不同。轉過火車站前一座噴水池，大路直通到重光醫院大門，當門一圍龍柏樹，花園鋪地是韓國草，有魚池、葡萄架、蘭棚，有各種果木花樹：桃子、李子、杏花、櫻花、荔枝、桂圓、楓樹、石榴、芭樂、五歛子、菩提果、芒果、柑、柚、夜合歡、玫瑰、薔薇、桂花、白茶。園子中間一幢兩層樓，碧青的樟腦樹和油加利遮著紅牆，牆內株株檳榔聳入天空，深深邃邃的人家，牆外望望也引人遐思。我們童年的寒暑假幾乎都在外婆家度過，永遠是一所探索不盡的迷宮。阿太與外婆兩家走路三分鐘即到，阿太常時就兩邊來來去去，她是閒不住的，養雞餵豬種菜。經過商議，外公外婆答應我們住到阿太家，不過堅持我們必須在外公家吃飯洗澡。外公雖已有兩份報，我們仍訂了報。爸爸在軍中電臺撰寫廣播稿，星期六夜車來，星期天夜車去，媽媽好強，刻苦儉省，大早起來把我跟妹妹收拾好，便去外公家幫忙配藥。

大多時候我都睡了，偶爾媽媽攜我到車站去接爸爸，火車經常誤點，等得太久，阿太怕我們涼，送衣服來，也一齊等。爸爸終於回來了，帶給外公一簍蘋果，給了我兩個，另外帶了蛋糕給阿太的，結果總是我和妹妹吃了。清晨爸爸北上時，阿太同媽媽下豬肝麵給爸爸吃，又煮了四個白水蛋，兩個給我和妹妹，兩個爸爸帶著車上吃。三人送爸爸去車站，火車誤點三十分鐘，阿太不放心又跟來了，媽媽偷著流淚被我看見了。北上的車來，爸爸幸運的找到了座位，等南下錯車，便將行李放好又下來陪我們，這時候一疊聲荒雞叫破，媽媽把我的毛線外套攏緊了緊。

印象裡外婆是跟白山茶聯在一起的，從院中剪來插在瓶巾，客廳裡一室冬陽澹澹，迎光只見枝葉的剪姿很雅致，堂楣上一副匾額「壽世壽人」。不然便是診療室外公在填寫病歷，檜木檔案箱上一隻藍紫長頸玻璃花瓶插朵乳黃玫瑰。外婆眞愛剪花，連口袋裡隨時都飄溢出含笑花甜森森的蜜香。這就是外公家，有上好的檜木樓板，檜木牆壁，慣常用抹布包著豆渣擦得光可鑑人，過堂風走過，帶來椰影和油加利澀綠。自鳴鐘又敲響了，這回是樓上起居室的那座，與樓下的那座各走各的，走了十年，時差十三分鐘。

我仍然比較喜歡阿太。每天上午帶我們去市場，吃一碗甜粄或鹹粄，像范仲淹劃粥充飢那樣的用一支竹片把粄劃成井字，一塊一塊慢慢吃下去。阿太還瞞著外公買芭樂給我們吃，可是每次我和妹妹廁所上不出來時，阿太就遭殃了。

天衣小妹妹出生在阿太的屋子最裡間那張三蓆床上。在那間幽暗半明的房間我只記得一件，爸爸沖麥片牛奶給小妹妹吃，我巴巴的攀住桌角望著、望著，覺得爸爸是那樣的高與屋齊，桌上的暖水瓶、玻璃杯、碗、碗中一隻匙，全是那樣的高騰，我巴望能吃到的一點點麥片牛奶是多麼遙遠不可及啊。不敢奢望的，爸爸把小妹妹吃剩的半碗遞給我吃了。二十年後我讀大學住宿，一回意外發現店裡賣「老人麥片」，盒子上是一個開懷大笑的聖誕老公公圖案，當下買回去，用搪磁缸沖奶粉吃，吃了整整一季冬。是那麼深刻的：我望向教室窗外黑沉沉的天幕，想，就要下課了，回寢室先沖一缸麥片牛奶！

之後我們住了十四年眷村，從桃園僑愛，板橋，到內湖。爸爸一直沒有考慮存錢買房子，有一個令我十分詫異的理由，爸爸說：「買什麼房子，安家落戶的，就不打算回去了麼?!」回去，指的是回去大陸。這個理由連我都覺得不免忠貞得幼稚了罷。

當時的眷舍，客廳兼飯間，與我們女孩的臥室僅一扇紗門之隔，室內兩蓆大上下舖，妹妹下舖，我上舖，家中客人多，大半是光棍叔叔伯伯，每宿此我就下來跟妹妹們擠。貼床一張書桌對窗，書桌就成了爬到上舖去的第一層梯階，窗前是孩子們玩克難棒球的一壘壘包，我攀上攀下再怎麼當心，仍有時會被可厭的小鬼逮著，拍著手叫：「看到你的褲子囉。」下雨天，一竿萬國旗橫過客廳當央，擋在紗門前，進出臥室就無法了。媽媽很不忍我們長大以後的少女時代回憶是如此之落魄，於是決定買房子。千真萬確，當時我們的存款——如果那也算存款的話，就是盧伯伯向我們借的兩千塊錢。

新房子只是一片山丘，存款從打地基開始分八期工程繳，每期一萬一千，兩年完工，連訂金共九萬，銀行貸款十萬，分七年還清。房屋裝潢及圍牆十萬，前後加起來算三十萬買下了這棟兩層樓住宅。像父母親對於財務處理這樣無能的人，居然並未受騙，堂堂買進一棟樓房，簡直奇蹟。雖然爸爸是常常訓誨我們，不要憂慮吃什麼、喝什麼、穿什麼，要先求祂的國和祂的義，這些東西都要加給我們的。

如今我們住在此地已經十年有餘，此刻我邊寫東西，紗窗邊斜斜一枝海棠，樓欄外青天杳杳。陽曆三月三，後園桃花盛開，暖風遲日洗頭天。把三隻兔子放出來曬太陽，黃的叫得得，白的叫卡卡，灰的是位小姐，喚波波，也喚愛波。愛波的臉最像兔子，得得頑劣而狡詐，驢臉掛褡分明是隻黃鼠狼。園裡有貓：李家寶、杜小米、ET六、皀皀、恬恬……有狗：九九、來來、大王、奴奴、豚豚……兔犬貓和平共存。還有爸爸蹲在泥地上逗卡卡玩，整個人只見一蓬銀花大腦袋，與卡卡交談的童兒語，零零落落，斷斷續續，在這個陽光、春天裡。

爸爸是已經到含飴弄孫的年紀了，我卻怎麼也難以承認。把這份責任交給小妹妹吧，她於前年訂婚，夫婿也是山東人，訂婚宴上一杯花雕乾了，喊道：「大爺，大娘。」媽媽生平第一次被叫，驚詫得格格發笑，被我們瞪了兩眼才止住。至於我——且唱道：

有一個淨飯王的太子在印度，
他夜半撇妻子，向雪山而去。
有一個那撒勒人在講經，
他不認，來會場的娘親。

又一個晉溫嶠絕衣裾，他不顧母啼咀。
更那個五臺山的師祖，
他拿鍋鏟打走了文殊。
今兒個朱天文，像杜麗娘唱潑殘生，
莽乾坤，鼎鼎百年景，
她只爲有大事在身也。

一九八三年三月

輯二

綠楊三月時

記多摩川

看完能樂出來，我們在人潮裡走著談，聲音爲要掩過夜空霓虹燈下大都市的沸沸騰騰，才一會工夫已經啞了，講得我鼻尖都在冒汗呢。去咖啡店吃冰淇淋，明兒問我們的感想，你這時候說了許多，明兒非常稱讚，我發現自己在路上講的話又幼稚又錯誤，身子整個都寒了，想著明兒是不會喜歡我的了。

坐電車回立川，也是談能樂，你講，明兒翻譯，仙楓大大的點著頭驚訝讚許。第一次覺得你是那麼的高，我是這麼的低，你遙遙的走在前面不要理我了。

明兒說我講話清楚，但你是最知道我的口拙的，心裡的話到了口上完全變得不對，就索性不發一言，寧可讓人家誤解的罷。你應該還記得那次我們去市政府辦書坊登記，以爲我對你的情緒不表示意見是故做冷漠，街上就只管登登的跑到前頭，我叫了幾次等等人家好不好，你稍稍停一停又自顧走自己的了，當時你不會曉得我是怎樣的氣急和傷心的。而此刻夜語似急行車，再過兩天我們就要和明兒分別了，你似比初來的時候更肯定了什麼，笑語宴宴，長長的眼睛一閃一轉都是光輝。可是我卻是千頭萬緒，剪不斷理還亂，亦說不得，試著要說它，也只像風吹雲水流影，說來說去總道不著。

倚著車上的銅柱，冰冰涼涼貼在頰上，車頂廣告海報的各種顏色，此時與我格外切身似的，紅的是紅，綠的是綠，人也是我的人。隔著兩位乘客，忽然明兒問道：「疲倦了嗎？」我說不，心可眞是傷了，一哭就是不可收拾。但是在電車裡哭像什麼話，這樣的多愁善感也不是我平常做人，未免太滑稽了。是你走來看看我，叫我過去明兒身邊，明兒要講張愛玲是不流淚的，我哭紅了眼睛怎麼好去呢，心上卻已寬了大半，你道：「不聽是你的事，我可要去聽囉……」臉上那種壞壞的笑，又是我十分熟悉的了，我怕要不認識你的，這一晌你又回來了。眼裡的淚水雖然不斷，心中已燦爛的笑了起來。天心一旁陪我立著，抱歉的笑，問什麼原因哭的，遂又兀自懊惱道：「我這次來算要棄防了，怎麼不能像你感動得這麼深刻。」我聽著覺得凄涼，她眞是強大的，永遠不會動搖，又像小孩子的渾沌，成天顧著逛西友和長崎屋，紮著小辮子和一清捽角，一頓飯吃掉了四個夏柑十七個草莓。你送我的一個小撲滿上寫著，人生識字憂患始，不識字的境界也著實令人羨慕的啊。

早上七點十五分起床，一望你已不在，睡袍散在被褥上，頓時一份鬱結不能解開，難道你是那鶴妻脫了羽衣飛回天上，再也不會回來了嗎。床沿坐了一會兒，只對你生氣，爲什麼不喊我起床一塊兒跟明兒散步去呢，你知道的，一刻更比千金。也許很多事情過去了就再也追不回來，可是我不服氣，要一把挽住，挽住時空的巨輪，永遠停留在我要的時空裡。

往羽村的路我們昨天走過，記不記得也不曉得，人是滿滿的一股怒氣只管驀直前進。過了平交道，過了下坡，過了菖蒲、芍藥、牡丹花，天橋邊的梅樹，你昨天攀上去採了兩顆大梅的，沿渠一行連綿蔽日的櫸樹林，白色的小花落得一地，肅肅殺殺踏了過去。再去是櫻花道，卻不願走它了，岔路彎出，眼前的多摩川呵，你使我流淚……

見到河水，是見到了親人，彷彿連一步也走不動了。隄岸春草濕潤，是知道我的心思嚒，那樣柔韌體貼的，托住一寸寸腳步。我哭，哭這晨曦薄霧裡的村廓人家，青青草長，哭這清淺的水波流向遠方遠天，哭這迷迷邈邈的晴空你要把我的人身如何啊……

天上有星，地上有花，人間有淚。我把自己還給了一個五月的清晨，多摩川流到千年萬年，水影裡永遠留住了這一天的陽光。

多摩川邊你有你的誓盟，我亦對這山高水長不再有言。別有紅塵外，仙枝日月長。天上地下不應有事。

天心說她十幾年來好像才第一次認識我，感覺上很不喜歡，雖然我不同意，也爲她的話心痛得厲害。此番有幾回我也幾乎對你認生了呢。然而好天氣，應當是沒有任何疑慮的，也不會有任何回答的。

你的書，好天氣誰給題名，像這時的多摩川，映在微陽裡水光粼粼，春天的煙氣漫漫，連晴空也是帶水的。對著這樣的白日空曠，只令人要起興做一樁不得了的大事情，叫那渚邊戲水的人兒一個天大的驚奇。

你的人生，與我的相似又不相似。新年夜裡我們談到早晨，你說我是一朵宮庭裡的白牡丹，你是城牆外的一棵小松樹，小松樹現在還沒有成形，等到日後長成了，要闊闊邈邈的伸進牆裡來，一生一世庇蔭牡丹花。我聽了非常驚動，以爲不及你遠甚。

「蘿蔔菜籽結牡丹」，眞是什麼樣的情狀或什麼樣的結論都朝著未知，你的人生正好比生在牆裡牆外的邊際上，又好像一棵田畔花，太陽底下無名目，如此的懷疑驚險，而又絕對貞信。這樣大到不可以名狀，若眞要給它來題名，則唯有是革命罷。

英雄豪傑給一個時代題名，劉邦的漢，李世民的唐，　國父孫中山的中華民國。好天氣誰給題名呢？好天氣是我好天氣亦是你。

一九七九年春末序仙枝散文《好天氣誰給題名》

一花開

唱到「共飲長江水」的水——一音轉折陡地拔高，好像長江之水天上來，三人的眉毛眼睛隨著高音都挑入兩鬢去了，只有天心拔了上去，我和仙枝抱歉的一笑，想要放棄了，山峽的水勢卻不容人遲疑，一勢托住了流去……

席上的明兒已有兩分醉意。此水幾時休呵，是恨？是憂？是愁？是悵然？是人生如花朵的滿開了，開到天涯地角無有保留？

榻榻米上一張長几，吃到現在已是杯盤狼藉。明兒坐上位，對面伊東夫人，左手我們三個，右手山下先生、佐佐木先生、加藤先生。主人伊東先生，是純粹農民出身的鄉野氣，面孔生得滑稽而喜氣，今晚這樣佳賓滿座，他是最最得意的了。

到伊東家才略略坐定，伊東先生便捧上了筆墨，請明兒在一長木篋上題字，題的是「申大孝」，旁邊一行小字：今年花句。原來木篋是爲裝壁上的一幅字「今年花開去年枝」，伊東今晚宴客，也是爲這新裱的字。字就懸在明兒身後，長長的一幅好像一頂氣柱直貫到地底，這樣的千鈞之力，而又姿勢弩拔，揚揚的像要乘風飛去。字前一隻陶瓶，插著芍藥花，卻又是安穩柔和。他們大人講話，我們聽不明白，只顧看著明兒的神色，也約莫猜得了五六成，這會兒明兒卻不翻譯呢，久久的，才轉頭一笑道：「他們在誇獎我的字，不必翻譯了罷。」那臉上的笑，幾分生澀，幾分頑皮，完全是小男孩的新鮮模樣，這一笑倒是我們三個變成了大姊姊呢。

飲了幾巡酒，加藤便領頭唱起民謠來，唱完也要我們唱，就唱一條〈楓橋夜泊〉，山下小時候是唸過漢學的，忙的把詞抄下來翻給他們聽。一首唱完了又唱晏殊的〈浣溪紗〉，加藤十分感動，他道：「這支曲子，是一種對人生的惆悵和徘徊，但又是有著豁悟的。」佐佐木一杯喝乾了，擎著杯子道：「你們的歌，好像此刻我是在揚子江邊。大江流去，有酒，有你們這樣美貌的女子。」

我和天心眼睛望望，此時此景何不唱一首〈揚子江頭〉？仙枝將歌詞抄好遞前去，山下吟誦了一遍，即刻正襟危坐，臉看著伊東夫人道：「我住長江頭，君住長江尾，日日思君不見君，共飲長江水……」他那言外有言的語氣逗得大家都笑了起來。唸畢他忽又嘆息道：「中國人的戀情，比我們實在要深、要大得太多了。」

唱啊，歌聲一如流水的琮琮琤琤，來自何處？去往何方？只便是如此時人，如此時宴。照綺席，有如花如水紅妝，傾國傾城豪傑，高陽酒徒，還與那沛縣亭長，一般好色。始皇帝三十六年，秦社稷之末，數年少項籍，劉季約莫半百，老了酈食其七十。天下事猶未晚也……

記得一回在歧阜某小站等車，突然一聲霹靂，夾雷帶電的一股旋風摧枯拉朽而過，我驚叫一聲，魂魄險不被攝捲了去，原來就是新幹線。乘客坐在車裡只當是如履平地，閒逸的望著窗外過眼的山野川林，卻不知新幹線的速度可比噴射機那樣快。可是我眞喜歡，喜歡新幹線刷的飛過去時，車頂與電線摩擦爆出的水銀藍光，眞是一個驚心動魄！新幹線的顏色我也喜歡，流線型的車頭很像飛機，雪白的車身，普魯士藍窗框，徹底是現代西洋的，像 *LIFE* 上的廣告攝影，明快而刺激。

要說喜歡現代的東西，就是銀座三越百貨公司的窗，那種一切近乎潔癖的亮撻撻，最是痛快人心。明兒曾爲一位商界朋友題字「日出金色」，那朋友嫌是銅臭氣了，但比起許多所謂的風雅之士，我是寧可與銅臭氣的一塊兒玩玩。眼前的山下、佐佐木、加藤，他們都是農家子弟出身，白手起家做到今天的地位，仍然只是一個本色，不說的話我們還看不出來，佐佐木與加藤是福生市市議員，山下則是東京商會副會長和福生市瓦斯公司董事長，也算得是位財閥了，三人加在一起便可以決議整個福生市的大事。更還有一位明兒，不曉什麼來頭的，攪和的一塊兒嬉嬉鬧鬧。大家彷彿都是沒有來歷，而自然相悅無間，好像漢高祖與天下萬民海水通水井，照膽照心皆是一家人。

所以我喜歡「日出金色」。有著一個時代嘩嘩的起來時，連好的壞的，都混在了一道打，打，打出金箔那樣熠熠的光輝來，雅的俗的都是這個時代的光輝所照。現前的明兒便是好一位光輝映人，你瞧，太陽加月亮可不是明兒的事？

伊東家的園子裡有一株白牡丹，今晚開了好幾朵，我們臨去時，伊東特別摘了兩朵相送，持在手上搖搖蕩蕩的，像是一不小心就要潑濺了出來。

車上，山下仍是好高的興致，邀我們再去喝杯咖啡如何，他打趣道：「三位小姐這樣的高尚，我帶你們也去個俗氣的地方可好？」車子轉入一條巷子，停在一間吧前，好像叫曼陀羅。門一推開，我們都駭了一跳，幽暗的小屋不知哪裡擁出來五六個女人，沙發上坐定了才看清楚，一式的都是濃妝豔抹，人挨著人把我們夾在中間。我和天心仙枝太意外了，緊張得只會笑個不停，心想著不要沒見過世面似的，停止了笑，就猛吸著手上的檸檬汁，不意一口氣竟喝乾了。明兒坐對面也是左右包圍著，神態卻是從容之中一份認生，竟是非常美的，我和仙枝互相望望，像心口上的一件什麼紛紛的碎了。山下介紹我們是台灣來的作家，她們顯然很吃驚，亮了亮眼睛打量人，天心和我相視笑笑：該不是以爲我們是來發掘寫作題材的，又一個張明玉？和山下跳了支慢四步，又扮男的帶仙枝跳了一支。她們當中唯有一位長得清秀，那種清秀是讓你想要問問她的身世，是有一段故事可以演在京戲裡成了玉堂春，但是我這裡起了關懷之意又似乎很可笑，她自己也許並不是這樣多愁的。還是那樣罷，那樣她們送我們出門時，天心忽又跑回兩步，拉拉她的衣裳急急的說一聲：「I like you very much 。」她臉上倉促而燦爛的一笑。

四人走在路上，明兒是微醺了，腳底有些飄，我和仙枝左右護持住，手上一朵白牡丹，天心後側方跟著照看，高跟鞋空徹的敲在柏油路上，有種傲介和決斷。整條街是這樣紅紅綠綠的霓虹燈流離，每間吧的門口站著人招攬生意，常時攔到路當央來。此時很像我們走在地獄裡面，而如白牡丹一般，愈發的清祥妙儼，自然避除不潔，又讓我無由的想到敦煌壁畫裡的人，赤足裸肩，拈花的，吹笙的，抱琵琶的，他們也許是河西走廊楊柳道上的行路人，眉目皆是清姣，可是我們穿的是高跟鞋，卡卡的敲著柏油馬路很好聽呀。

回到家，明兒夫人來應門，劈頭就說：「喝酒啦，沖得人一臉！」，明兒只是低頭找拖鞋，半天找不到，還是夫人扔了來，罵一聲：「十三點。」桌前坐下了，明兒瞇瞇的看著夫人，忽然一伸手道：「來，給我跑過來……」夫人拖把椅子對面坐下，手上理著尼龍網，眼睛斜插著睨人，好橫，眞是愛煞人也。明兒忽又道：「那些女的沒有一個好看。」復轉臉問：「是沒有一個好看吧？」我說唯有一位是好看的，夫人也說：「福生的不算，好看的要去銀座看。」

明兒夫人聽我們也喝酒也跳舞，仙枝是大腳婆不會跳，哈哈的笑了起來，笑得像瓶中的牡丹花一樣爛漫無邊際。昨天明兒夫人送衣服去洗衣店回來，一進門就好得意的蹦到我跟前，嗯的一束花湊到鼻子上來，驚得人往後一退。原來是曉得我喜歡書本裡夾花，沿路見到人家院中的好花就採下來，連唱帶做的和我敘述著怎麼一眼看中了那花，怎麼趁園中無人，走上前去，定神瞄準了，一舉手，噶喳摘了下來，返身就跑，叫那枝子打著了眉毛，一路跑回來，現在還挺心跳的哪。明兒夫人講話好像夏天午後的雷雨，強健而響亮，手舞之，足蹈之，神氣昂揚，熱鬧得如一場結婚宴席。而又完全是小孩子隨時會無緣無故的高興，像她偷採了花來，竟是偷了西天王母娘娘的蟠桃似的那樣得意，要全世界都來誇她能幹，我看著看著，眞想在她腮上親一記呢。

傍晚準備赴伊東家時，三人洗了頭髮換衣裳，仙枝打算穿牛仔褲，給明兒夫人止住了，道：「也要給人家看看我們中國姑娘的等樣。」就替我們打扮起來。我穿的是明兒夫人的一襲黑色半長大衣，黑窄裙，天心看了喜歡，說很像卅年代，我一聽心就碎成了片片，但願一輩子都穿著這身衣裳，再不要脫下來了。卅年代，卅年代中國的上海，永遠是《傳奇》和《流言》裡的上海，一個紅紅橙橙的時代，在張愛玲的筆下，都存入了中華民族永恆的記憶裡。有一次夢見上海的街道上，頭頂都是電車，變成了萬國旗似的，明豔的黃色、藍色、紅色、叮叮噹噹的開過來開過去，後來不知怎麼是烏來的纜車，在山雲裡綿綿的駛著，張愛玲站在車門口當剪票小姐，往窗外張張喊起來：「雲霄樂園到了，請大家趕快下車。」我才忽然發現她是張愛玲，急急的叫她名字，卻就醒來了。一刻的恍惚，簡直不能相信，明明是見到她的呀，怎麼轉眼就消失了，悵惘得想死掉。

明兒夫人也是我夢寐中人，及至見了面，是夢裡數年的交情，卻又像前生就認得的，第一眼便看到了心上，連我預先所能設想的那種種美法和大法，都不存在了，竟是沒有範圍，亦不可名說的。

來到了明兒的家，就是來到了自己的生身之地，一切都是還未有名字的，連美人也不是，英雄也不是，有的就是一個絕對的眞實，從這絕對裡生出來的一切，一窗一几，一紙一筆，都是這樣令人感激不盡。明兒夫人幫我理理頸上的珍珠項鍊，然後套上大衣，爲這珠鍊這衣裳的眞實，我又不知要如何才好了。然而外面伊東的車子已經停在門口了，明兒在院子裡催人，三個趕緊跑了出去，坐上車，轎車的門砰的一帶帶上，這砰的一聲又要愛煞人也，眞是富貴得有音有響，一股子殺辣勁兒。和天心兩人對望一眼，不相干的都想起了〈傾城之戀〉裡的白流蘇。明兒夫人當年就是這樣繁華得英氣四射，帶著那金色世代的光輝一直走到今天，響亮達闊如昔日一般，而且仍是這樣的調皮滑稽。

現代社會的人意飄失是要重新再找回的。可是見到明兒夫人的人，又不禁喜歡起現代的許多東西，像長崎屋的包裝紙、西友的超級市場、三越百貨公司、國泰航空局的旋轉玻璃門、銀座街頭PARCO櫥窗、京橋大街上各式各樣霓虹燈、霓虹燈打在臉上的一明一滅、邊走著邊吃巧克力霜淇淋，風一陣颳來，融得快，滴在身上、腿上、鞋上，來不及的舔著、跳著、躲著、狼狽著，大街上笑彎了腰。地下鐵寶藍色和紫紅色的絨面椅，新幹線流線型的車頭，車過時與電線摩擦擊出水銀藍的火花，都像是明兒夫人做人處事的情意明快，使我對於現代的種種惡處也覺得不必有選擇的餘地，或許是一個護惜之意吧。

燈光下的白牡丹已完全的盛開，蕩漾得花和人和昏黃的光暈分不清了。明兒說花苞開時的艱難，總要十天、十五天、二十天……以爲它要開了，就只是不開、不開啊，然後什麼一個辰光它忽就自己開了，一旦開開來了，也不過三兩天即刻就要過去。像是明兒的做學問，二十年三十年，至徹徹底底明白提出大自然五大基本法則的時候，只覺年齡和身體已歲不我予矣。

但是因爲是革命，花開了並非完結，而是今年花發去年枝。明兒也沒有料想到遇到我們，我們亦非徒弟，亦不是要傳遞本缽，而是明兒年輕了，要與我們比鬥青春。

我們打個金鈎鈎，可別一個大意讓明兒贏了去呀。天心的動作好快呢，已經搶先和明兒勾了勾小拇指，約定了明兒寫《國父紀》，天心就開筆繼《擊壤歌》之後再一個石破天驚！

一九七九年六月

吹夢到西洲

在岐阜的長良川，那是五月一個涼涼的青色的天氣，像薄荷。中午有過一刻太陽，澄淨的落在岐阜小城上，稍稍偏西了，給涼風一化，便淡淡湮去了，剩下空氣中的陰潤寒香。

五月，是花事過了人面新。而河風吹來，竟是遠遠長長的秋意，好像船邊的水紋，盪到河心，盪到天邊，天邊淡起了鴨色的雲。

小船一竿子駛過大橋，眼前豁然一片開朗，長良川只顧闊闊渺渺的流去，也不見盡頭，倒是船前船側忽然多了好些同伴。船伕們吆喝著，招呼著，又撐了一段河面，始泊向岸邊，船篷接著船篷連成綿綿的一行，原來是靜謐的河水，一霎時就潑翻了似，好不熱鬧。

船上的遊人這時都打開便當吃將起來，左鄰還叫了酒喝。陪酒的幾位婦人，穿著和服，髮際斜插簪，簪上的寶石閃爍著，一笑一顫時，那婦人就像是河面的水光，乍陰乍陽，不可求思。我雖和眾人素昧平生，可是同在這漢廣的好風日，同船之緣也是前世修來的。即便有故事發生的話，那也是洛川之濱的仙凡一會，世上已千年。當中有婦人抱了三味弦彈起來，和著大家的歌謠，和著拍掌擊節，三弦的弦音流著長良川，逝著如斯呵……

船伕們已三三兩兩聚在川邊生起火堆來，沒膝的荒草離離，風吹得煙霧暮靄低低的，人語笑聲，竟好像幾里之外吹送而來，飄渺又明晰的。天色暗得快，對岸市街燃起了燈火，映在河裡流離搖漾，市聲隔在岸上隱隱約約，若天外有音，倒叫人恍惚起疑。

突然從上游疊疊傳來了鼓聲，越行越近，駛來的船上，兩個漢子面對面打鼓，鼓非常大，架子架起來比人還高，一擊鼓一翻。兩人撐開馬步，使足了勁兒，交錯掄棒，咚咚咚的像在急急的追著流水，水上粼粼的波光一刻卻不能留，追也難追。小船流到下游去，又上溯回來，來來去去三兩回，鼓聲敲著江心，結實的一擊一擊，把江水都打響了。

隨後又駕來一船，盈盈若一碗金蓮，船上燈火通明，八九位女子圍成圓圈，載歌載舞著。女孩都著和服，照在燈下一片緋色，和服的寬袖舞起來，彷彿不勝風力，要凌波遠逝了。我想起趙飛燕踏歌〈赤鳳來〉，一陣風來，她忽然覺得悲哀，想要飛去。

時已夜當正中，有駕小舟的來售爆竹煙火，舟中一老一小，那小的長得清秀薄弱，使我憐惜他父子涼風的夜晚還出來為生計奔波。鄰船買了一筒煙花，即刻點燃了，一瞬間江面耀亮如白晝般，遊人的臉映得似一朵朵曇花忽地都開了。那空中的飛花水裡的流星啊，我想要把自己委身於一樣什麼？也許是一次即將來臨的大浩劫，如《赤地之戀》裡的戈珊和那時代所有的青年，委身於一次最徹底的荒謬，即使沉淪到最低最低的泥裡，也在所不惜。為什麼不呢？我是這樣的年輕，年輕就是要把世間多大的不平與憾恨，都全部填滿了，像櫻花盛極時的邊開邊落，落它一個乾乾淨淨，還給了天地去罷！

從下游上溯而來數舟，船頭高挑一盆熊熊的火舌，迎著風，像是一把燒著了的長髮飛揚，火星紛紛揚揚的吹到船後，落入水中，原來是鸕鷀捕魚。船伕們便解了船纜，跟隨那些捕魚的小舟平行逆水而上，江面百餘艘遊船相摩戛，河風吹渡夜氣裡的星光人影。不知何時卻飄起了驪歌，長橋外，是護國神社背後的金華山，沉沉的，比夜還黑的黑。

梁武帝詩道：「南風知我意，吹夢到西洲。」西洲卻不是長良川。而他又說：「海水夢悠悠，君愁我亦愁。」我的愁，就是中華民國這一代千千萬萬人的愁呀。

一九八〇年八月

隴上歌

元曲有《張生煮海》，是說一書生行海邊，與龍女結爲夫婦，龍王怒之，禁女於宮中，書生乃取鐵鑊海水煮之，他要煮乾海水爲求妻。有仙人經過聞其故，聽了很同情，遂授以仙法，鑊中水溫高一度，即大海的水溫高一度，漸漸海水要沸騰了，魚蝦皆叫跳倉皇，龍王乃推女出海面，書生遂挈妻而歸。

明兒有詩曰：

學劍學書意不平　未知成敗只今身
盡輸風雅與時輩　獨愛求妻煮海人

頭一句就是李白呀！又是漢高祖微時，不事家人生產作業。第二句使我想起張儀。張儀學成而游說諸侯，嘗與楚相飲，已而楚相亡和氏璧，疑是張儀，執來掠笞數百。其妻責曰子毋讀書游說，安得此辱乎！張儀謂其妻曰：「視吾舌尚在不？」其妻笑曰：「舌在也。」儀曰：「足矣。」

張儀那時一位書生窮極潦倒，營生的伎倆一個又不會，可說瀕於生活破產邊緣，這一生是成是敗根本未知，很危險的，他倒還有心跟老婆滑稽。

又有個蘇秦，「出遊數歲，大困而歸」，也是位不合時宜的仁兄，一語道破古今多少英雄身世，讀之大笑，而亦潸然淚下。喜見他們顯達時的丰采，我則更愛看流離顛沛時狼狽的他們，更能見出他們本色的自己，才眞是憂患相親。

這位蘇先生東弄弄，西攪攪，不成個氣候，招來兄嫂妻妾皆竊笑他。蘇秦聞之而慚，自傷，乃閉室不出，出其書遍觀之，讀書欲睡，引錐自刺其股，血流至踵。可想像當時他的儕輩個個都是成家立業有規模了，獨他一人，還像那灘上要煮乾海水求妻的張生，執著得可笑可癡。

畢業兩年，和朋友合資辦出版社，大家都是學生，行的家庭手工業格式。說來好笑，當初以我的名義申請登記，一夕間變成了出版社的發行人，今被叫做：穿睡衣上班的董事長。如果出版社不幸倒帳，只有抓我去坐牢。我也被迫奉行十誡，之一，不可隨便蓋章簽名，因爲鈔票支票總也分不清。舉我爲例，就這樣的，居然也辦了一個出版社至今，不可不說是一宗奇蹟了。

但怎麼看怎麼不像呀，只覺是不務正業，「妾身未分明」。而長長的一季夏天和秋天，我不知爲求一樁什麼，弄得失魂落魄，幾番灰心得想自殺，又自知完全是沒有原因，沒有事故的。轉瞬不覺冬天已落起了冷雨，這才明白，原來我就是，學書學劍意不平，意不平。

這樣忽然的明白了，便連那時的絕境都是可感激的了。歲月荒唐並不是白過的，要把它刻骨銘心，生生死死永遠記住了。爲報答今年夏天綠得特別的綠，秋是這樣秋風秋陽迢迢，迢迢的呀。

就記一段那天起了個大早，趕赴火車站送仙枝回宜蘭。

起了個大早，其實已是八點鐘出門，平日晚睡遲起的習慣，此時正是大夢方酣呢。一出門，初冬早晨灰茫茫的天空，打個照面，呵呵，眞是久違了，驀地便起了遠思，好像這一去，再也不回頭了。

路上的行人，車裡的乘客，來不及的看，衣服的一個顏色，擦身而過的一種氣味，車窗外一瞥即逝的臉，我的天，都是一段故事，一場人生，來不及寫呀，寫也寫不完的，紅塵心事。這「紅塵」二字實實令人心皆爲之摧折，我只願就此投身其中，沉淪到最低最低也在所不惜。

火車站的氣氛，又最是叫人荒涼至死，總想起沙皇傾覆時的俄國，那樣一個灰白倉皇而破落的時代。我在販買部買了一條特大號糖霜麵包給仙枝，抱在懷裡疾疾走著，似出奔，悲涼慷慨得想笑，這是紅拂投奔李靖了。

月臺上等著了仙枝，仙枝的妹妹玲芬，我愛每次壞壞的喊她一聲，零分。三人找了位子坐下。仙枝昨晚趕稿到兩點鐘，凌晨四點起來又趕，還剩個結尾未完，就墊著膝蓋寫將起來。我捧著稿紙從頭讀起，題曰「珏緣未了」，是評的賈寶玉林黛玉二人，兩玉相合謂之珏。我竟像今生第一次讀到仙枝的文章，晨風裡機伶伶的打顫。剛寫完火車即來了，玲芬已有身孕，仙枝一人拉著大行李奔向十一車廂，我跟過去，一邊埋頭在文章裡，眼一抬，仙枝的拖著行李奔跑的背影，那樣拙而摯純的，當下我的一生可以全部託付於她。而我只狠了心，迅速把文章讀完。安頓好玲芬，仙枝便站到車門來，隔著飆飆的過堂風，風裡喧譁的人聲，我在車邊喊：「好啊，寫得好。」

仙枝亦喊了些什麼，實則兩人都未聽進去，唯覺冷風直直的灌著人，還在喊著，車已發動了，平地陡然颳起一陣大風，彷彿「十萬八千里從時代的深處吹出來」，我揮手隨車跑了幾步，幾乎要被捲了去，停住，一直看著火車遠去，看不見了，早已淚數行下。

樂府詩：「來日大難，口乾脣燥，今日相聚，皆當歡喜」，每讀只覺雲垂海立，要對天放聲大哭……

我是爲求一個「士爲知己者死」嗎？李延年歌、「寧不知傾國與傾城，佳人難再得」，不知是天下的人負了她，還是她負了天下的人？

想去淡水呀，那兒長晴的遠天和大海，與我最親最親的，最斷腸。然而此刻卻是訣別的心，「夫妻本是同林鳥，大限來時各自飛」，世界的未來勢必還有一場天崩地坼，而成毀一刻不容，相挨即要墮著。我們原都是這樣強，倔強也是，剛強也是，強到彼此不能相挨相近。送走了仙枝，像是送走了心中最深最深處的一片藍天，像是對自己的昨日今日道了一聲再見！來日大難，我已沒有怯意。

明天，我是沒有明天的。有的話，因爲今天的早晨是這樣的，也無盟約，也無誓言，我且揹了鍋子去淡水海邊煮海水吧，煮它個水涸石爛呢。

一九八〇年

俺自喜人比花低

不知哪個朝代，哪個佳日良辰的事了。高樓上是夜晚的星空秋風無邊際的颳來，遠天隆隆的炮聲，一陣陣歡叫裡，燦爛的煙火一蓬蓬的開在黑藍的天空中。

在這千戶萬巷的遊人裡，有位女子也不知她姓誰名何，她也只是和眾人一樣，那高處的曠闊的秋風很悲哀，只顧臨風遠逝了。你道她心裡想的什麼？她想的是良辰美景奈何天！可歎她獨稟林黛玉之資，空賦賈寶玉之情，縱有一人知道她，終於不能是她的，不過像是洛濱的仙凡一會，空中嚮往，風流雲散到底兩無情。

可是呀，可是爲什麼那煙花開得似這樣爛漫不可收拾，謝時眼睜睜看它如三月的繁華，一塌塌的陷落了，挽也挽不住，留也留不下，她是從今起就撩開去，今生今世做一個最最無情的人，憑他誰誰，也再是不相干的了，不相干。

《紅樓夢》裡有三個人，皆是「天生麗質難自棄」，賈寶玉，林黛玉，和晴雯。

這先使我想起日本陶人岡野先生來。他爲福生市立圖書館做的陶壁，當門進去，自牆根至房頂，照眼一面峨峨大壁，竟是雲垂海立的氣勢，中有一輪初日欲出未出，眞是清新明亮又大極了的，壁前一支立杜題曰：日出金色。那還是去年岡野先生陪我們遊京都時，一路好天氣好興致忽然得來的靈感呢，在我們也都成爲天幸了。今年五月底岡野先生開陶藝展覽會，製陶燒窰時正是四月櫻花初開至盛極，那花心的開到徹底沒有保留，就像岡野先生燒陶將他的魂魄都燒進了松柴火焰裡。

我們是櫻花開完就回台北了，岡野先生的陶藝展覽會結束，也好似一場花事忙過，院子裡殘紅還在，而已是靜靜的，初夏的陽光，有一種蒼涼和倦意，卻眞是就此死了也甘願的，謙遜的，柔婉之極的心。是這樣的心境，岡野先生今又開始轉轆軸了，卻做的是人家日常用的陶器碗碟之類，爲怕久做高雅的陶器，會漸漸陷入藝術的薄窄。但明兒信裡說到稽康的詩，「目送歸鴻，手揮五弦」，岡野先生做做食器，一面又起了想要再做那面大陶壁的豪興了。正是，英雄不離常人，而還是異於常人。

林黛玉不比妙玉的自離於大觀園之外，黛玉寶玉跟晴雯皆長在大觀園人情世故的禮儀中，黛玉的處境，比別人又更是多一番小心謹愼。寶玉儘管刁鑽古怪的毛病，亦如賈母所說，若他還正經禮數，也斷不容他刁鑽去的。他們是行於禮教之中，而不免於出邊出沿的反禮教。他們是想要遷就，妥協，和眾人一樣，結果到底也不能。所以晴雯被逐，黛玉去世，正如王昭君的不得不出塞，倒是爲了成全歷史。歷史的眞實響亮，在於那一個時代裡，那一個曾經存在過的，最高最美的一椿東西吧，是從前也是今天，讓人永永遠遠想也想它不盡的……

1

說起晴雯，最喜歡看她的罵人了。比王熙鳳還更有一番佻達潑辣。

那次傻大姐誤拾繡春囊，碰巧邢夫人撞見，密封了便令王善保家的送過王夫人，王夫人顏面掃地，氣了個死，和鳳姐磋商命人暗訪此事，王善保家便趁空挑唆，說了晴雯一堆壞話，正碰在王夫人心上，即刻傳見晴雯。晴雯午覺才起，正無端發悶，又連日的不自在，並沒十分妝飾就出來了，只見她「釵斜鬢鬆，衫垂帶褪，大有春睡捧心之態」。《紅樓夢》到七十四回了，晴雯的正式穿著這才第一次寫出，卻只是寫意，像畫裡走出來的人，不是哪個特定時空，特定地方裡的。

當晚關了園門後，王家的便請了鳳姐，一干人闖入大觀園，先就到怡紅院，直撲了丫環們的房去，挨次一一搜過，到晴雯的箱子，問是誰的，打開叫搜。晴雯是哭了一天，襲人正欲代她開箱，「只見晴雯挽著頭髮闖進來，豁琅一聲，將箱子掀開，兩手提著底子，往下一倒，將所有之物，盡都倒出來。」王善保家的沒趣，說是奉太太的命搜查，拿大話壓人，晴雯更氣，指著她臉罵：「你說你是太太打發來的，我還是老太太打發來的呢。太太那邊的人我也都見過，就只沒看見你這麼個有頭有臉大管事的奶奶！」鳳姐本來不滿王夫人抄檢大觀園，又礙著王家的是她婆婆邢夫人的人，晴雯一罵鋒利尖酸，鳳姐暗喜，我也叫聲好好，痛快！

晴雯志高心大，可惜做了丫環，丫環裡也只有她不甘爲環境所拘，處處反叛。晴雯的眉眼生得像黛玉，沒有襲人的柔婉，只管抓尖要強，王善保家的說她「一句話不投機，就立起兩隻眼睛來罵人，妖妖調調大不成個體統。」

原來晴雯長得比誰都美，她的美似乎更是一股英氣逼發，還未成「色」的，像是一條水光，一波雲影。寫她和林黛玉，總不寫相貌，裝束打扮的。那英氣不是尤三姐式的，尤三姐很話劇性。尤二姐和秦可卿的美貌則是一個顏色的色字，是成了形的。要比就是王熙鳳的英氣，而較晴雯世俗一些，現實的感覺也更多一些。林黛玉的英氣又不同，她彷佛海天低昂迴盪，閃過一道青白電光。

晴雯對寶玉，只覺怡紅院裡家常的歲月，地老天長便似簷前的日頭，庭中的芭蕉與海棠，就只是在著那兒了，愛不愛她是從不曾意識過，不曾懂得。她比黛玉更是什麼也沒有。又不似襲人的順從，能幹，過日子有打算，有計較。她也不纏綿悱惻，有淚就像晴天落白雨。想想她也實在膽大，根本她是沒有可憑藉，可依傍的東西呀，卻只管這樣托大不安分！除非她是天驕，「天生我材必有用，千金散盡還復來」。她連對寶玉都有一些不服，不平，一些些敵意似的，雖然她並不明白此才是她比襲人更與寶玉親的呢？

寶玉最是好性情體貼人，只有跟黛玉吵架生氣。再就是一次回到房中正不樂，晴雯上來換衣服，不小心把扇子失手跌斷了，寶玉嘆道：「蠢才，蠢才，將來怎麼樣，明日你自己當家立業，難道也是這麼顧前不顧後的。」

寶玉也自己不明白，晴雯是他寶玉的，這話豈能說的？原來寶玉見著晴雯，即是見著未有名目的黛玉的人了，只覺親是有的，卻未有適當的感情與言語，黛玉與寶玉的戀愛未有名目之前，她的人也許就是晴雯這樣的。與晴雯，是寶玉在神前與最素樸的黛玉相見，他覺得不是這樣的，甚至像與自己不相干，所以說出「明日你自己當家立業」的話。

明兒寫著：寶玉與黛玉相愛是自知的，對襲人又是一種，他亦自知。還有他對凡是女兒的無差別的愛意與至情，他亦是相當自覺的。唯他對晴雯與以上三種都不同，彷彿都不是這些。中國人舊時夫妻惟新婚時感知恩愛，又是至大難分離時乃知恩愛，而平時則歲長月久，都似不著一個情字。寶玉與晴雯便是像這樣，乃至像外人，人是對自己也會像是外人的。其實比起對黛玉，寶玉與晴雯才眞是已然的夫婦呢。寶玉是晴雯病重時與知其死了時，才知恩愛的。

晴雯是絕別時也知道了。寶玉去看他，晴雯哭道：「我今日既擔了虛名，況且沒了遠限，不是我說一句後悔的話，早知如此，我當日——」

當日，當日又如何呢？當日是金烏急，玉兔速，即便時光倒流，重證新緣，光天化日下，結果兩人還是凡裡來塵裡去，倒又糊塗了？

晴雯撕扇，那是端午的節氣，夏始春餘，聞得見暑意在晚風裡開拆的新香，又有些酒醉的酣熱。下午吵的架，這會兒好了，寶玉笑說：「比如那扇子，原是搧的，你要撕著玩，也可以使得，只是不可生氣時拿它出氣。就如杯盤，原是盛東西的，你喜歡聽那一聲響，就故意砸了，也可以使得，只別在生氣時拿它出氣，這就是愛物了。」晴雯便接了扇子來，嗤一聲撕了兩半，接著又聽嗤嗤幾聲，寶玉在旁笑呢，說響的好，再撕響些。這嗤嗤幾聲裡，全都是晴雯的人在著了，又激烈，又危險的！

古時有個妹喜好聞裂繒之聲，夏桀便爲發繒裂之。又有個褒姒不笑，一笑便傾人城傾人國。而賈寶玉道：「千金難買一笑，幾把扇子，能值幾何。」啊呀，這寶玉原也是個煞星下凡，亂世覆國之人！晴雯便是英氣帶妖氣，正也是她，反也是她，毀滅了，完成了，都是她。

晴雯病補孔雀裘，卻又是最委婉動人。她道：「補雖補了，到底不像，我也再不能了。」啊唷一聲，仰身便倒下了。使我想起精衛鳥的故事。炎帝少女女娃遊於東海，溺而不返，魂靈化爲精衛鳥，常銜西山之木石塡於東海，陶淵明有詩曰「精衛銜微木，將以塡滄海」，爲了後人，那離恨天上，灌愁海中，她要塡滿那不平。

但她也再不能了。像屈原的，他也再不能了。寶玉寫〈芙蓉誄〉，祭的晴雯，也祭的黛玉，又似並不爲誰祭的，祭的誰。寶玉的一顆詩心，早已還給了天地之初，那兒也沒有晴雯，也沒有黛玉。

2

薛寶釵比林黛玉賢德，深於世故，守禮最嚴，廣得人緣。她生得嫻雅大方，「任是無情也動人」，才高與林黛玉史湘雲並，比黛玉還博學。怡紅院夜宴，她抽的花籤是枝牡丹，薛寶釵是非常現世裡的，宜於室家。她的裝扮，衣飾，行事，筆筆寫實，濃濃帶著那個時代的背景和色彩。

她理智清明，大概從來沒有幼稚，糊塗的時候吧。

寶釵跟寶玉向不投機，雖未始無情，若論及姻緣，她倒不願意。兩人結了夫妻，是彼此都錯過了，辜負了。事實上後四十回的賈寶玉，我都不認識他了。像國劇聯演，前半場劉玉麟的小生扮，後半場換了人，就都不是了。

八十回以後不好看。鳳姐完全沒了鋒頭，寶玉一味傻笑，黛玉亦走了樣，居然出現「頭上簪一支赤金扁簪，腰下繫著楊妃色繡花棉裙」的異文，難怪把張愛玲駭了一大跳。移花接木一場太委屈薛寶釵，虧她吃得住，令人生氣。林黛玉焚稿斷癡情，魂歸離恨天，不知為什麼，只覺不眞，彷彿是風格化了的。黛玉死後，越發烏煙瘴氣到底了。

其實「紅樓夢未完」，單看前八十回，也可以是一個完全了。寶玉哪裡是去做和尚的，沒有覺悟不覺悟的話呀，他的豁脫是在大觀園，並不是另外安一個出家的結局來解脫的呢。平劇的戲文，落難憂患時，也都是一路行去一路丟開，一翻過了又一翻，當時絕境，當時豁然，並不要誰來救贖超渡，弄一個光明悲壯的結尾。寶玉出家亦風格化，那是假寶玉做的假事情，我們的眞寶玉是大觀園時代的。那已是一個完全。

還是黛玉知道他。端午節下午，正為和晴雯吵架幾人哭著，黛玉進來笑道：「大節下，怎麼好好的哭起來，難道是為爭粽子爭惱了不成？」寶玉和襲人嗤的一笑，黛玉趕襲人叫嫂子，為什麼吵了，她做妹妹的也好勸和勸和。襲人老實，經不得玩笑，黛玉笑說：「你說你是丫頭，我只拿你當嫂子待。」眞是這顰兒慧黠頑皮。襲人賭咒稱死，寶玉笑道：「她死了，我做和尚去。」

才前日跟黛玉說的，你死了我做和尚，這時林黛玉將兩個指頭一伸，抿嘴笑道：「做了兩個和尚了，我從今以後，都記著你做和尚的遭數兒。」

寶玉多少個姐姐妹妹，只不知他有幾個身子，怕都去做和尚了。

那次是初夏的午後，樹蔭匝地，蟬聲喧天，日子很長很長的。寶玉因釵黛多心，自己沒趣，無精打彩從賈母房中出來，背著手到處走走，走一處，一處鴉雀無聲。正經是沒緣故，沒事情，就像齊天大聖在天宮裡的歲月，浩浩乾坤陰陽移，下文卻是造反天宮，一反反出了一部《西遊記》。這位石兄賈寶玉也是，平白無故，好好的就四處捅漏子。先在王夫人那兒與金釧廝混，著王夫人摔了金釧一嘴巴，逃進園子裡。走走來到薔薇架旁，隔著籬笆洞，見一女孩兒拿著簪子畫薔，又看癡了，後來冒雨跑回怡紅院，襲人開門又誤踢了她肋上一腳。這賈寶玉有了林黛玉就該安分，偏他要犯金玉之說，看看薛寶釵又會呆了。哪裡弄到一個金麒麟，又巴巴的向史湘雲去獻寶。還有個平兒跟香菱，連劉姥姥瞎謅的一位什麼若玉小姐，寶玉也不放過，眞眞是干卿底事。

警幻仙子向寶玉道：「吾所愛汝者，乃天下古今第一淫人也。」好個大膽至極的話，相稱而不相稱，切題而不切題，把寶玉也嚇了一大跳。賈寶玉愛女子，也愛男子，如北靜王，蔣玉函，柳湘蓮，秦鍾。他這樣汎愛，而各各愛到徹底，這樣愛到徹底，卻又是人在光天化日裡，不落色境。禪宗說於佛語要如聽戀人的說話。司馬遷多愛不忍。明兒亦道，其實聖賢與開國的眞命天子，對於世人便都是像賈寶玉的天生情種。所以賈寶玉也同時又有像天地不仁的豁脫。

李白求仙，秦皇漢武求長生，賈寶玉則願好花長開不謝，姐妹不嫁，天下的宴席永不散。

「生年不滿百，常懷千歲憂」，那憂，原來是一股意氣不平，是生命的大飛揚，大到沒有名目，大到要否定它了。李白「人生在世不稱意，明朝散髮弄扁舟」，曹操「何以解憂，唯有杜康」，而賈寶玉他要做和尚，他要化爲灰，化爲塵，化爲煙，風吹吹散了，做個風月兩不知。又還有林黛玉葬花，與《牡丹亭》的杜麗娘，她唱：「煎淹，潑殘生，除問天。」那樣的激烈，蓄滿了風雷，像櫻花盛極時，開著落著，她是青春的無可奈何天！

寶玉黛玉生在大觀園人世的禮儀中，而兩人都有這樣一個大荒山靈河畔的夢境爲背景，飄揚蕩逸的，櫻花的夢境。現實裡尋常見面，也只是相看儼然的「儼然」，親極，眞極，反稍稍疏遠的，似信似疑，帶著生澀敵對的。薛寶釵的人生沒有這樣的夢境。

3

我又愛羨黛玉晴雯的利嘴，和鳳姐的口齒春風，深以自己的口拙爲憾，因此幾次被仙枝的快嘴快舌搶白冤屈，弄得一顆深心無處表白，索性灰了心，一副痲木不仁的呆狀。這裡幸好有寶玉也是個口拙的。記得妙玉在惜春處下棋，寶玉從瀟湘館過來，妙玉先不睬他，後來停了子方問：「你從何處來？」寶玉巴不得這聲問的，忽又想著或許是妙玉的機鋒，竟就轉紅了臉應答不出，倒招來惜春笑他。

寶玉口拙，屢屢給黛玉封殺出局，黛玉每次冤枉他，編派他不是，其實正是最驕縱寶玉的了。寶釵襲人勸寶玉，晴雯卻不，黛玉也不，因爲知道他。晴雯和黛玉說話刀光劍影，自是女子的，男子就是劉邦的出口狎侮人。《紅樓夢》裡正派人物算賈政王夫人薛寶釵襲人這邊，反派人物是寶玉黛玉晴雯王熙鳳。以賈母爲中心的大觀園的風景，「景」在於正派，「風」在於反派，《紅樓夢》迷人的地方，還是那風光的撲朔迷離罷。

黛玉晴雯的所行所爲，只能是一次，是她黛玉的，晴雯的，說好說壞總之拿她沒辦法。是無跡可尋，不能爲師，像黛玉葬花，晴雯撕扇，若去學她，當眞就成了東施效顰，可厭可笑了。賈寶玉的天生情種固不可學，他的拓落不事營生而好管閑事亦如劉邦，不能置一字之評，讚一詞之功的。尚有王熙鳳，她呀，她是「治世之能臣，亂世之奸雄」，看她便是愛她在賈母跟前的有場面，有手段，鋒芒四射，搶盡了風光。

記得劉姥姥一進榮國府，輾轉見到鳳姐時，平兒立在炕邊捧著茶，鳳姐坐在那兒，也不接茶，也不抬頭，只管拿著火箸撥手爐的灰，慢慢的道怎麼還不請進來，說著擡身要茶，見劉姥姥已立在面前。這一景明明是戲，底下還有。「這才忙欲起身，猶未起身，滿面春風的問好，又嗔周瑞家怎麼不早說。」劉姥姥一個窮鄉下佬來攀親扯故，還值得鳳姐賣弄手段？原來都是中國人的「人之相與」，這相與之間，有作假演戲，但喜的是那風姿綽約，就可以成爲文學，傳誦不滅了。

傳誦最多的自然是黛玉進府一章，鳳姐初次亮相，「只聽後院中有笑聲，說我來遲了，不曾迎接遠客。」傳奇小說中，美人登場，先聞環珮叮噹之聲，又或一陣香風飄來，很空靈朦朧的手法。鳳姐出場，則一翻案，壓倒前人，眞是新鮮具挑撥性。我就愛王熙鳳一等一的聰明人，善奪機先，言語潑辣，顧盼飛揚，好似神龍見首不見尾，隱隱一抹殺氣懾人。《紅樓夢》裡我是覺得賈寶玉之外，所有的男子都辜負了，賈璉根本不是鳳姐的對手。

鳳姐其實有她的厚道。像劉姥姥是個有趣人兒，投了鳳姐的脾氣，鳳姐即眞心待以賓主之禮，並不嫌棄。邢夫人雖是她婆婆，她就看不起。邢夫人的姪女兒邢岫烟來投奔，是位有志氣的女孩家，鳳姐便憐她家貧命苦，反比別的姐妹多疼她些。那場大雪裡大家穿紅猩猩氈斗篷，獨邢岫烟一色舊衣，鳳姐即給了她件大紅羽緞斗篷。襲人母病回家，鳳姐知王夫人獨重襲人，著意替襲人打點了一番，下人的體面，也是在上太太的體面。鳳姐在賈母跟前彩衣承歡，也都眞心的，只覺那侯門豪族的大排場，大規矩，都成了「春風至人前，禮儀生百媚」。

至於尤二姐一段，毋寧是尤二姐太水性了些，假如她也有探春的清堅，硬性子，諒鳳姐也不欺負她的。尤二姐配賈璉，恰好。九十六回鳳姐設移花接木計，分明是篇很壞的小說，我不承認的。

王熙鳳的人生還是因爲中國廣大人世的背景，所以這樣強健，活潑，理性，平明。她逞強好鬥，但總總不離一個做人的道理，千人搬不動的一個理字。她放重利，幾次弄權蔽上，但有她素來做人的氣概，就也可擺平了，蓋過了。我想今天大家說慣了民主法治的社會，受賄貪污當然是完蛋，日行一善，遵守公民與道德，一樣也是完蛋呢。行善第一還是要有氣概呀。今天這樣產國主義唯物社會下的小市民，小公民，哪裡來的氣概？那些小善小德變得滑稽得很了。

賈府三小姐賈探春，是位有氣概的。排行三，就覺她比二小姐伶俐，果然相貌是迎春富泰，探春俊眼脩眉。探春生母趙姨討嫌，女兒可敬，做人都是自己做出來的。探春庶出，心志不凡，是男孩兒就出門闖天下了，而她只可在大觀園裡，似朵幽閒花，新枝新葉生得爽利柔勁，往後遠嫁，可想見在夫家亦是她做人的鋒芒，有稜有角，得大家的敬重。

林黛玉難懂，尤其大大不合現代人的情調，就是從前爲數不少的擁黛派，也懂得的程度各不一致，知道她的還是賈寶玉了。晴雯亦難知，便賈寶玉算得人緣的了，要知道他也不是容易。人緣最好的當屬史湘雲。想著她很可能被封做是「O型的俏姐兒」，便要大笑兩聲。再回頭想想，誰是「B型的甜娃兒」，還是她。兩者共同都是情竇未開，女朋友多，男朋友也一大堆。她的身材「鶴勢螂形」，長腿細高個兒，頂適合T恤牛仔褲了。

史湘雲比寶玉黛玉都小，講話大舌頭，每把二哥哥愛哥哥叫不清，扮男裝，啖腥膻，睡相跟仙枝一個模樣。醉臥芍藥裀是史湘雲的夢境，她的夢是海棠花的「只恐夜深花睡去」，像嬰兒香夢沉酣，夢中自己笑起來。小時候湘雲寶玉跟賈母一塊睡，兩人十分親厚，後來來了林黛玉，把她位子佔了，她對黛玉有時不免敵意，完全小孩氣的。

湘雲稚氣豪爽，有詩讚她：「眾中最小最輕盈，眞率天成詎解情」。我只覺似是少了一些些豔。

早年看《紅樓夢》，不知元春迎春探春惜春是合的「原應歎息」，也不知英蓮是「應憐」，秦可卿「情可親」，秦鍾「情種」，甄士隱「眞事隱」，賈雨村言「假語村言」，後來陸續知道了，是這樣的啊，有些惱惱的。而我對「紅學」的興趣便也止於此。有關《紅樓夢》的考據，我只看張愛玲一人的，而且還未看，已百分之百相信，看著不懂，眞不懂的，仍然相信。另外一位宋淇也看看，因爲和張愛玲是好朋友。張愛玲在序中道，「十年一覺迷考據，贏得紅樓夢魇名」，讀之掉淚。紅學裡我認爲她的才是絕對的眞的。

4

逛日本百貨公司，我每在和服部徬徨不能去，和服配色之美，層次之深，就只有是日本民族才有的本領。記的不清，是說皇太妃和服上的一條穗帶，眞絲紫染編就，染一回砧一回，砧過於涼處陰乾，乾後再染，如此三千回遂成。那樣的紫色該是怎麼樣的一種紫啊。我只曉得櫻花的輕揚如夢之境，我還曉得此境是那樣一個三千回的染，三千回的砧，砧出來，染出來的嗎？

我只愛江山如畫千古風流人物，我可知孔子陳蔡，孟子栖栖，大漠的風沙憔悴了王昭君？我只說岡野先生庭前白雲翠松多閑逸，我不知他做陶燒窰時，整整三天三夜不食不能眠。

我只知天涯遠遠的，那兒吹起了長長的秋風，此生此世，唯一唯一的，而我要與之斷離了。再不落一滴淚，爲了更親，爲了前程憂患，民國之事尚未央。

錄一節明兒的信吧：

一日在濤濤會講了西施，再講了王昭君。昭君的本文是單于遣使來索婚，帝回宮中問願去者，昭君自度入宮三年不見知，遂上前自云願去，帝驚惜，然已不可改云，然則漢帝至此時爲止，初不知昭君其人也。

而元曲漢宮秋卻云帝偶見昭君，幸之，遂欲斬畫師，畫師逃往匈奴，獻昭君之眞圖於單于，單于遣使指名求之，帝不得已從之。故云昭君怨。我問昭君何怨？柴山等方擬思，仙楓直對曰：她是要的絕對。我聞言一驚。

當時的事情果然是漢帝若要不顧一切留住她，也不是必不可以留，昭君要戀漢帝之惜意與愛慕也可以爲之躊躕的，然而昭君只慷慨一二語遂去。她的這慷慨決絕眞乃如伯夷叔齊的至純極高。伯夷餓死首陽山作歌傷唐虞之世不再，司馬遷謂之怨。王昭君當時是決絕了漢帝，及出塞時在馬上彈琵琶卻淚數行下，傷心於虞舜與娥皇女英之世不再，今時無絕對的男子也。

林黛玉的一生其實不爲情，不爲戀愛，是爲求一個絕對。「訴肺腑心迷活寶玉」一段這樣寫、

——寶玉瞅了半天，方說道，你放心。林黛玉聽了怔了半天，說道，我有什麼不放心，我不明白這話，你倒說說，怎麼放心不放心。寶玉歎了一口氣問道，你果然不明白這話，難道我素日在你身上的心都用錯了，連你的意思都體貼不著，就難怪你天天爲我生氣了。林

黛玉道，果然我不明白放心不放心的話。寶玉點頭歎道，好妹妹，你別哄我，果然不明白這話，不但我素日之意白用了，且連你素日待我之意也都辜負了。你皆因多是不放心的緣故，才弄了一身的病，但凡寬慰些，這病也不得重似一日——

黛玉對寶玉還會有不放心？是南泉禪師道「時人對此一枝，如夢相似」嗎？她也像「天問」問了一遍又一遍，這是眞的嗎？那絕對的眞，她不是一次徹悟即得了金剛不壞之身，她要問了又問，證了又證，悟了又迷，迷了又悟，都是她的人一瓣一瓣澄豔的開在明媚的春光裡。納蘭詞、「幾番離合總無因，贏得一回儜僽一回親」，爲求一個親，證道修行的遠程又是多麼的脆弱，動搖，危機重重。她是「秋露如珠，秋月如珪，明月白露，光陰往來，」一層層，一波波，搖曳迴漾，惝恍迷離。史湘雲的夢境如果是天仙，我則更愛林黛玉的夢境是謫仙。黛玉豈有不放心，她是爲的求證她自己。

人生的絕對處，沒有人能相伴，能幫助，最最是只有一個最最孤獨的人，不憑藉任何，不依傍任何，而自己強大。我只是我自己的。寶玉只是我黛玉的，天只是我劉邦的。曹操煮酒論英雄，英雄美人都自以爲是天寵他，故此天驕，永遠志氣不竭。林黛玉對人自負，對天奢侈，她的吃醋，小心眼，好哭，忽喜忽怒，一半是假的。「莫怨東風當自嗟」，她對寶玉的愛驕，自己的歡憐呢。

孟子說，人力大不能自舉。如何自舉？我想我是在文章裡自己舉起了自己，岡野先生是在陶藝裡舉起了自己，因爲都是超過我們自己所能的。寶玉黛玉也都是超過他們所能的了。芳官的乾娘冒冒失失跑進寶玉房中吹湯，給晴雯喝了出去，小丫頭們道：「你可信了，我們到的地方有你到的一半兒，那一半兒是你到不去的呢，何況又跑到我們到不去的地方。」是呀，人生的絕對處，是情也到不去的。晴雯的亮烈高絕無人可及，我亦至此才明白寶玉黛玉何以是太上忘情了。

寶釵黛玉寶玉本不是通俗小說裡慣使的那種三角關係，因爲黛玉的對手是寶玉，不是寶釵。早先黛玉每借寶釵爲題發揮，也不一定眞是嫉妒，多半還是激寶玉一激，試試他的眞心。逢此場合本就是女子特有的聰明，慣會假話反話，攪得人一頭霧水，含冤莫辯，她倒又好了。寶釵寶玉素不投契，依寶釵的家教和做人，卻是避著他倆的好。黛玉身體太壞，父母雙亡，雖外婆家的舅舅舅母，兄弟姐妹，也到底無人能夠做主，終身之事無著落，這是她的處境比誰都難。她管自聰明要強，底子原又是個老實不過的人，那次三宣牙牌令上，黛玉露了《西廂記》兩句豔辭，寶釵勸了她好些女孩兒家的道理，是我就未必都聽，而黛玉竟爲此自慚自悔，感激寶釵不盡，令人心酸。釵黛二人後來一直是金蘭契。

黛玉肺病，賈母王夫人作主許了薛寶釵，並沒移花接木的事，寶玉更非那樣瘋傻不知情。安排寶玉失通靈，似乎就可把寶玉娶寶釵之事，推卸得一乾二淨。寶玉一輩子在賈母寵護下，這回是他要獨立面對人生最大的一件事實，他明白得很。不可改變的事實，人爲也好，天意也好，寶玉是帶著自覺，明知故犯的，義無反顧的，順從了。他並不怨恨，連悲哀也無，惆悵也無，倒像和他不相關，眼看著闔府上下爲辦他的喜事忙碌熱鬧著，成了他是局外人，有一種奇異的，樸素的好意。天命如此，寶玉的大順，像是他把自己還給了大荒之初，赤條條無牽無掛，反比平常愈加無事遊盪去了。

他依然常來瀟湘館。黛玉病重，也許有時來了黛玉睡著不知，他和紫鵑低低說兩句話，或只是在鸚鵡架前撥撥小米，階前立立，見陽光下細細的竹影，也沒有淚。黛玉醒著時，虛弱多是不講話，寶玉沒有要向黛玉辯明的，交待的。屋裡是藥香，天色映在霞彩紗糊的窗格上，那回吧，那回改〈芙蓉誄〉，寶玉道：「我又有了，這一改極妥當了，莫若說茜紗窗下，我本無緣，黃土隴中，卿何薄命。」眼前這人，知己也是敵人也是自己，我本無緣，卿何薄命，這樣大極的！黛玉，黛玉，青天白日裡，哭它一個海乾河涸吧！

或者寶玉拜天地的那一刻才有淚如傾，他大觀園時代的結束，他身邊的人兒，他今後新的人生，人生裡那個最眞最眞的，迢迢的遠星啊。他是這樣清徹明白了，而面前一洗天地蕩然，他也膽怯的嗎？

或者訂了親依禮寶玉不能常來，他倒是少來的。紫鵑或像青兒的衛護白蛇娘娘，待寶玉極烈性。黛玉至此唯有蒼杳的遠意，戶外晴光又白又亮，風吹過竹梢，他來了，彷彿沒來，他沒來，也彷彿來了。

大荒中有石，字跡歷歷。

一九八〇年十一月《三三集刊》第廿七輯《補天遺石》

綠楊三月時

小雅〈采薇〉一章講的是打玁狁的事，結語說：

昔我往矣、楊柳依依、今我來思、雨雪霏霏、行道遲遲、載渴載飢、我心傷悲、莫知我哀。

這時候是十月，秋天。去年此時最是灰涼寂寞了，蘭師寫完〈鳳凰鳴於岐山〉航空寄來，只一句說「我很知道你在想些什麼，如我知道溪山楓葉爲什麼紅了」，已令我終生思及淚下。蘭師又會哄人，哄道今年秋天赴日本看紅葉，當時我有些賭氣，一面是覺得日子還長，年輕就是一切，我可以管自驕矜任性我是再也不去日本的了。七月二十五日蘭師仙逝，在青梅河邊的家裡。

我不能親至蘭師靈前哭拜，蘭師仙靈有知，不忘今秋的約定，謹以這本《傳說》奉上。所集的十一篇文章，有七篇是蘭師讀過批評了的，我承教銘記在心。今年我才二十五歲，以後我寫出來的一篇一篇的文章，蘭師是再也讀不到了，再也、讀不到了。

知音不在，提筆只覺眞是枉然啊。今我是以伯牙絕琴之心操琴，因爲蘭師的文章是這樣最最中國本色的文章，因爲我是從蘭師那裡才明白漢文章原來是這樣的。

一九八一年秋

四本書

民國六十八年成立三三書坊以後，三三集刊便由我們自己來出版發行了。六十九年籌劃出版第廿五輯《鐘鼓三年》。我是先把當期的稿子〈三毛休走、看槍〉寫好了去日本的，仙枝和天心則是負債起航，到了東京福生明兒的家，三人成天只管隨明兒看花冶遊，台灣來的航空信頻頻催得急了，才一夜趕出寄回。那時正當伊朗人質事件和蘇俄入侵阿富汗，每天清晨明兒夫人煮一鍋麥片粥，吃著明兒一邊把《東京新聞》上的幾則消息譯給我們聽，隨講一段國際形勢。當時也就是個家常日子，直到後來讀《東周列國志》，管仲的幾次與齊桓公論政論人，又或是如蘇秦張儀的一言以興國、一言以亡國，頓然我才大夢初醒，原來我們就正是生生的活在歷史之中，歷史正是眼前的一物一言皆眞。昔年魏徵「杖策謁天子」，於唐太宗馬前論析評斷形勢的那種氣概，是明兒教給我的對於時事研究的最大的好感和嚮往。若要做，我就要做到像管仲他們那樣，他們才是對手呢。

現在台北正上演的一部恐怖片叫「來者不善」，其實我每把人家當對手了就會心懷不善，所以對三毛也論起刀槍來。後來三毛回了三三一篇文章〈雲在青山月在天〉，竟是打太極拳。《鐘鼓三年》印出送來，大家興沖沖的在客廳裡評鑑，一翻開目錄，照眼只覺叮叮噹噹的一片刀光劍影，正是、來者不善，善者不來。

編輯紅樓夢專輯時，那更是充滿了殺伐之氣。因爲有所謂擁黛派、擁釵派、擁寶派，乃至史湘雲、王熙鳳、晴雯、襲人，皆各有各的排行榜，然後各爲其主，各盡其忠，大打起筆墨官司來。從稿紙上打到飯桌上，捆書、寄書、校對、剪貼，連走路坐公車時都在打，卻就打出了一本《補天遺石》來！

有趣的是取書名，在諸如兵歌行，鐵馬干戈，馬鳴風瀟瀟，止戈爲武……等等都想盡了時，一氣之下，乾脆叫做軍中春宵吧。後來《戰太平》書出，夏志清先生很稱讚這個題目。《看戲去也》原來取做：看戲，看天下事。

記得《看戲去也》的三校和美工，因就國城打字行地利之便，在丁亞民家做了個通宵。丁媽媽沖的五百CC咖啡一杯下肚後了無睏意，邊聽著安迪威廉的歌，剪剪貼貼不覺天亮，是國父誕辰紀念日。晨曦微明裡披著大毛巾毯到樓頂平臺吹吹風，沒想到那麼大的風，又冷又白，濕濛濛的吹著天吹著地，像是陰天的海邊，又像《雷恩的女兒》裡的蘇格蘭海鎮，讓人悲涼得沉到最底。阿丁在講丁伯伯種花的事，不知爲什麼非常好笑，笑聲給風一吹就沒了。我卻想起姜成濤唱的「山高也有人呀行路」，眞是好高好遠的山，不是登山探險可以到得的山，那絕對的高遠只有是在歌裡、詩裡、畫裡、文章裡才可以到得的山，多麼令我想與眼前的人兒盟誓呀。

一九八二年三月三日

輯三

重逢

老地方

等待一人
仍然在老地方
一輩子只是爲等待一人
秋天有陽光的日子
鴨灰薄毛衣就可以了
冬天冷的時候
天空變得很低
人行道第三十三塊紅磚
綠色郵筒邊
等待一人
忘記要去哪裡
老地方年年
木棉花還會開

一九八四年

惜歲

舊曆年還沒過，院中兩棵桃花已經開了。詩詞裡讀到的三月桃花，在我這個南方窗前，月份不是月份，桃花不是桃花。反潮的天氣牆壁出汗，煙雨裡有雞鳴。

我們計劃天晴時大掃除，請朋友們來看桃花，喝竹葉青或紹興加飯，也像那年在樹底下放火花。朋友離去時一人分贈一枝桃花，他們小心的拿著枝子，但回到家大概花瓣都落了，留下枝頭上的花蕊是主人的意思，插在瓶中，很詫異它不久就長出了新綠葉子。曬衣竿上吊著的各色香腸恐怕還沒吃完，我卻又老了一歲。年年度歲，只有今年寫了首不知道是不是詩：

天空有星
地上有花
槿一年芷二年
山茶紅三年
桃花百年

扶桑一千年
情果在海底
天空的歎息
星星偶然相遇要億萬年

一九八四年

外公的留聲機

很久，已經不大知道光陰是什麼了。回到外婆家，這一天下午，還沒有病人來求診，外公很好的心情，給我們看那架留聲機。手搖的留聲機，年齡足夠做我的爸爸了。這時候放送的一張黑色唱片，是莫斯科皇家交響樂團演奏的《四季》。稍微緩遲的節奏，稍微走音的旋律，時光恍倒回了五十年。炎熱的夏天午后，窗軒几淨，坐在涼潤籐椅上，我漸漸記起來歲月。

台北的時間單位早就已分秒爲計的此時，讓我訝異的發現，在這裡時間單位竟以年計。兩層樓房是四十年前外公從羅東運來上好的檜木所建。外婆插花的寶藍色磁瓶自我有記憶以來就在那裡。小學時代比我高大的聲寶牌電冰箱現在只到我肩膀那麼高了。再過一些日子，皆堪爲古董了罷。然而我喜愛它們，是喜愛它們的仍然在日常生活裡被人們用著。

外公總是在任何新東西最先出產時便買了下來。從照相機到幻燈機，到八釐米攝影機，年年我們放假回來，也從觀賞外公外婆旅遊南洋東北亞的照片，到澳洲美國的幻燈，到歐洲之遊的動畫影片，雖然影片的女主角永遠是外婆朝著鏡頭揮搖著手帕。以及高速公路舖設工程經過銅鑼東邊河，外公拍下的每期工程進度照片。以及有一年暑夜，連同爸爸媽媽，全家大小聚在花園草地上，架著一隻六百倍的望遠鏡，我們看到了火星像一顆橘子迅速的轉動。日蝕的正午，外公教我們把玻璃片塗黑了，對著空中的太陽觀測。以及當年政府推行國語運動，外公率先訂閱了一份《國語日報》從ㄅㄆㄇㄈ學起。我不難想像，半個世紀之前，外公自現今台大醫院前身，台灣總督府醫科專門學校畢業出來，返鄉懸壺濟世，娶妻生子，年輕的人夫人父，卻又是一位於閑暇時候也會聽聽古典音樂的知識份子，聆賞從這架手搖留聲機旋轉而出的樂曲，他只覺世界是這樣新鮮才開始，生活是這樣值得的。

對於舊事物的珍重愛惜，對於新事物的驚奇喜悅，外公乃如此。

一九八四年七月廿七日

拍片的假期

幼時的寒暑假都在外公家度過，客家話說得很流暢。唸國中以後唯過年會南下一趟，漸漸像到人家家做客，漸漸客家話也生疏了，夾國語夾手勢的，總算還能跟一句國語不會講的外婆溝通。

七八月間在銅鑼拍攝《冬冬的假期》，我也隨片登台了兩星期，充蹩腳翻譯，充臨時採買、道具。最擔心的是要讓外公外婆兩位老人家不會因爲日常作息的被攪擾感到不適，爲此連母親也撇下日文翻譯工作前來助陣。結果是，兩邊都客氣體貼得過頭，簡直成了「君子國」。

外公在鎭上行醫超過五十年，是看見彎腰駝背的嬉皮青年會要他回去剪了頭髮再來治病的劉醫師。所以一旦聽說重光醫院的劉先生家在拍電影，全鎭皆爲之譁然了。我聽見不止一次，外婆和春蘭阿姨對好奇來探望的鄉鄰們說：「都是爲他孫女兒的緣故啦。自己的孫女兒嘛，還有什麼話說。」

外婆是歡喜的。就像小時候我們姐妹三人下了火車回到外公家，穿著一式樣的衣裙、鞋襪，第一件事，外婆便打發我們三個一起去街上買醬油鹽巴糖什麼的，回來必孜孜的詢問我們：「有沒遇見誰人呀？」「有沒問你們是誰人家的小人兒呀？」「有沒講你們好漂亮呀？」

少女時代在日本唸過書的外婆，愛美，愛花，愛珠寶。偶爾用日文寫信給媽媽，仍然沿襲了日式優雅的風格，談談窗外天氣，談談庭園花草，之後才談到正題上來。家居日子也要薄施脂粉，不爲打扮自己，倒更多是爲在丈夫和賓客面前的禮儀。初次我帶朋友們來看景時，外婆見到淑眞頂著一張脂粉不施的白臉，向我暗歎道：「好老實的細妹家呀。」拍片期間，但凡有親戚長輩來家，外婆總要請我擦點口紅胭脂，領我到她那座古董化妝枱前，一面抱歉笑著，「阿婆這樣老了，還較你們年輕人愛漂亮哦。」外婆的本領之一，便是完全不必藉鏡子就可以把口紅塗在嘴上，又快、又勻、又準確，令我歎爲觀止。

外婆每天殺雞殺鴨款待我們，數十年來仍不改她殷勤勸菜的習慣，每每把人家飯碗堆滿了菜肉還要挾菜給人，便教外公又笑又斥的喝住。爸爸愛吃外公家老沙鍋煨出的紅燒肉，且不怕肥，外婆將油紅滴滴的大肥肉挾到爸爸碗中，都要驚讚道：「只有青海才奈何得了啱！」

工作人員中午吃便當，飯館送來的米醬湯銷路不好，外婆說是飯館阿某眞沒神經，外省人怎麼吃得慣米醬湯呢，遂叫春蘭阿姨挑大麻筍來，跟小排骨燉了一大洗澡鍋筍湯，當下吃得個鍋朝底，侯孝賢用他洋涇濱客家話說：「連鍋子都要吃掉了啊。」外婆變著各種花樣，酸菜肉片湯、排骨福菜湯、酸菜豬血湯、乾豆角排骨湯，發現還是筍子湯最受歡迎，喝得光光時，就夠從春蘭阿姨、阿宏叔、舅舅們到外婆，當做一樁快樂的稀罕事兒傳誦不絕了。

外婆似乎只能用吃食來表達她的盡心盡意，因此中元節市場不殺豬的那些天，外婆就萬分苦惱了，巴巴的走老遠到不知誰家那裡借豬肉，又爲著煮出來的肉片不夠鮮嫩頻頻道歉。後來幾日拍外景，清早從台中開拔到銅鑼或大湖，我仍回外公家，外婆仍每天割豬肉煮一小鍋鮮湯，上午吃一鍋，傍晚收工前又吃一鍋。她不曉得我都市人愛喝清湯不吃肉，往往專揀滿滿一碗精肉要我吃，我只好趁她不注意的當兒把肉又揀回鍋裡去。但我永遠記得顫跳的肉片沾沾醬油空吃時的鮮味，那是任何地方都不會有的味道，連同外婆陪坐在圓桌邊笑咪咪的望著我喝湯時的那種味道。

而我總難以習慣於天倫親情似的。

下大雨，隨媽媽到銅鑼街上買菜，一人一把傘，雖是夏天，下起雨來也覺飄涼，兩人是母女，又像姐妹，明明是親，卻教我生澀難言，反而變成了傻頭傻腦有失常情。光是覺得四周的景事人物特別亮眼，青菜綠的是綠，荔枝紅的是紅，媽媽跟老阿婆買帶回台北的梅乾菜，聲音一起一落話家常，大雨嘩刷刷把塑膠遮棚打得斜飛。我站在媽媽身側竟像客人，是這個市場的客人，也是今天這個雨天裡的客人，一切使我想要用全部生命來報答主人待我的厚意。但客人是不宜多言的，我就更沒有一句話了。

陪外婆散步也是這樣，默默的跟在身邊像隻乖小貓，感動存在心底不言。外婆教我有餘錢不要亂花掉，頂好去買金子收藏起來，以前外公看病之餘自己種花生，曬好的花生一蔴袋一蔴袋扛出去，換得的錢往往東借西借就不見蹤影，外公起先也不信，後來聽從外婆勸告，幾錢幾兩的金戒指金鍊子買了存起來，結果就是靠了這些金子才蓋成的這棟檜木樓房，至今已三十五年，依舊鑑亮如新。是第一次，從外婆的語調裡發覺金子的重量與現實感，喜愛這種世俗的感情。

另一回，跟外婆走累了，並坐在山崗一棵龍眼樹下，纍纍的桂圓垂到臉前。山下二季稻已插秧，一片油翠，高速公路橫過前方，過去是西邊河，點點停停著白鷺鷥，再過去山邊有炊煙，天涯遠遠的。外婆記起年輕時候唸過的課文，她說聖武天皇是一位賢明的君主，因爲他每次看到百姓人家的屋頂冒出白煙就好高興，那表示大家都有米，在煮飯，吃得飽呢。往昔我的阿太和舅公們就住在山邊斧頭坡那裡，外公被日本人徵爲海軍隨軍醫官發送到南洋，空襲時外婆帶著幾個小蘿蔔頭舅舅避到阿太家，黃昏警報解除後再抱一個、牽一個、跟一個，越過斜陽長長的田野走回家。

眼前南來北往的各型車子飛駛過高速公路，我愛高速公路基隆起站隧道入口大書的、國道多少多少公里，國道二字眞好。讓我想起媽媽最喜歡乾貨店，吊在樑上簷下，塞得滿屋子千千種種的乾貨，大口大口嗅著那股子曬味兒，媽媽讚歎道：「啊，眞是物阜民豐。」

片中有一場冬冬爬大樹的戲，是侯孝賢拍得很過癮的一段。金澄澄待收割的大稻原，從外公那架手搖留聲機播送出來的《詩人與農夫》交響樂中流展而出——雖然我們打趣這一組畫面是絕對有資格當選「省政信箱」，是新聞局心目中聰明的「模範生」和優秀的「童子軍」。

外公的那架留聲機年齡都夠做我爸爸了，那些質感沉厚的原版唱片穿透德國製磁頭鋼針出來的音樂，也都是歲月的聲音，幽幽邃邃，帶著記憶的華麗。錄音師小杜特別從台北來這裡轉錄，選的另一條曲子〈霍夫曼船歌〉，我亦常聽媽媽哼唱：「啊，良夜，五月之夜，體恤愛你的心……」我們靜靜坐在倒映著人影的檜木樓板上，歌裡好像聞見花氣襲人。這時午后兩點鐘，樓上老掛鐘剛敲過，樓下那座又響起，兩座鐘各走各的走了數十年，時差數分鐘。

外公七十幾歲了，還常常騎摩托車出診，淨亮的本田一五四是國內第一批進口摩托車，已有二十五年歷史。外公坐不靠背，腰板畢直，行如風，立如松，三兩下爬到樹上採阿蘿娜做果漿給大夥嘗。古軍飾演冬冬的外公，放唱片給冬冬聽那場戲，外公守一邊教古軍怎麼放針，怎麼搖箱，古軍弓著背站在留聲機旁，身子隨手臂搖動一起一落，外公囑我要古先生站直立穩才對，我悄聲轉給導演糾正他的姿式，外婆看在眼裡直叫慚愧，不許外公再這樣多事撈過界。

外公卻是不管，說掛臉就掛臉。診療室一場戲，古軍胸前掛著聽診器要爲病人聽診，燈光打好了，攝影機擺好了，導演喊：「正式來，開——」古軍將聽診器套上耳朵，聽筒才舉起來移到病人胸口，當下外公叫停：「莫！莫！」立刻傳召我這個翻譯官。外公說拍診療室沒關係，古軍坐在桌前圓黑沙發旋椅上也沒關係，拿著筆寫病歷表、胸前掛著聽診器，都沒關係，只是不准古軍聽診。因爲古軍不是醫生，不是醫生就不好有醫學的行爲出現。外公臉上認眞如小男兒的神氣，他心底對醫學這門道業的自重自尊，他覺得古軍的診治行爲就是不像，不像的這種感覺彷彿在外公臉上打了一巴掌，令他不快而羞慚。

明白了外公心理，我們便利用外公午睡或出診的空檔，趕緊拍完手術間和藥房的戲，迴避開外公的不適感，眾人戲稱這場不大不小的游擊戰是「禁忌的遊戲」。

但外公又有他的瀟脫不介意。來自於醫學上科學精神清簡的習慣，外公很厭惡燒香拜拜之類的事情，逢到節日祭拜神明，外婆都是不讓外公看見，在側門供雞鴨花果。拍戲期間正當農曆七月，有一度攝影和燈光器材不斷發生毛病，人氣也不順，遂準備了一桌菜食饗奠。那當口我們遊戲沒玩好，給外公出診回來瞧見，外婆眞是爲難極了，攔前頭對外公說：「人家拍電影的風俗，定要做的唷。」外公倒是好意的側立一邊，看著大家燒錢祭鬼忙完，也無話，點點頭進屋去了。

一天早晨我們從台中到外公家，過三義下起雨來，侯孝賢惱著是否停工一天返台中旅館，還是回台北休息兩天看看毛片，猶豫不決時，外公出示一卷圖表，竟是他二十五年來所記載的本省颱風氣象記錄圖示。侯孝賢回頭就跟天心笑說：「這是你寫百年孤寂的材料。」眾皆會意大笑，想到馬奎茲《百年孤寂》裡那位充滿了對新事物的狂熱好奇和研究精神的老祖先。根據外公推測，即將來臨的郝麗颱風會帶來幾天豪雨，於是侯孝賢立即下令班師回府。

八月二十二日黃昏，補拍顏正國光身子蓋著一片芋頭葉呼呼睡在木橋上的最後一鏡，就殺青了。西邊河橋地方遠僻，請大舅舅開車載攝影組和顏正國，侯孝賢騎摩托車載劇務，外公勁頭大，也駕了他的HONDA一五四載我去。我非常意識到車子經過火車站前小池駛出鎮街，鄉人們眼中的劉先生和攀坐在他身後的孫女兒，我覺得快樂。

西邊河滿佈著雪灰肅肅的野芒花，外公帶我坐在堤上，遙遙望得見對岸山丘上，我跟外婆小憩過的那棵龍眼樹。溪水淅淅流過腳下，水清見石，無數隻紅蜻蜓來水上飄飛。星星散散幾人在岸邊拍戲，遼曠的岸，芒花搖吹一搖人便看不見了，而我知道侯孝賢他的人是在那裡的。外公跟我閒講起光緒年間的事。

片子完成後一個月，外公外婆因參加天心婚禮來台北之便，才看了《冬冬的假期》。我等不及問他們的觀後感，異口同聲都說：「屋子攝出來很美呀。」語氣之間像是他們的房屋要負下這部電影成敗的整個責任，現在責任卸下了，兩位老人家這才放了心。外婆笑嘻嘻道：「很奇哩。」

是很奇！拍片的假期，我的假期。

一九八四年十一月十六日

遇張

夏威夷影展，凱悅過街就是威基基海灘，大批渡假遊客在灘上日光浴。住在二十七樓，房間望出去，太平洋摩登得就像 *LIFE* 雜誌裡的風景攝影，我卻一點也不想走進那裡而去。這時候負責接待我的人家勞先生打電話來，景物裡有了人的聲音，教人才落腳實心下來。

勞醫生夫婦六、七十歲光景，只會講一些廣東話，沒有想到台灣來的編導們這樣年輕，即刻便當做了兒孫輩一般照顧，勞先生也眞是像我的醫生外公。他們夫婦在地方上社交根基之深，與待人的熱絡有氣力，使人懷想昔年國父的兄長孫德彰那一輩華僑在這裡活過的歲月，夏威夷就變得有情了。走時勞太太開車送我們到機場，勞先生在診所忙不能送行。車上勞太太問我們對夏威夷的印象，我說夏威夷的風景是可以想像的，但是遇見勞醫生夫婦卻不是我們所能預期到的。勞太太開心的大笑起來，說：「You are diplomatic.」

一日，勞先生邀請我們去參加一家非正式餐會，說女主人是李鴻章女兒的外曾孫，姓張，不久前去俄國遊覽回來，放映幻燈照片給朋友們欣賞。當下我心一驚，李鴻章女兒的外曾孫，張愛玲？

當晚來應門的女主人，個子很小，知我們是台灣來的，改用國語招呼，說：「我是張家玲。」聲音裡的上海腔好熨貼。

自助餐，也許是昂奮過度，什麼都吃不下，唯一根一根西洋芹沾沙拉醬吃掉了半邊盤子。總算找到機會問女主人，是不是跟張愛玲有什麼關係？她吃驚道：「張愛玲是我表姐呀。你知道她！我四十年沒見她了，現在在哪裡？」原來她的玲是琳，與張愛玲的張家不屬一脈，她母親跟張愛玲的姑姑極好。她非常高興的告訴在場每位客人：「他們知道我表姐呢，我表姐寫小說。」並向客人轉述我父親從前當小兵大江南北來到台灣時，背包裡就帶了一本她表姐的小說《傳奇》。她對我說：「張愛玲的幾個表妹都生得漂亮，就張愛玲難看。」她講得平常，我聽著卻大大覺得刺激。

後來我們在陽臺上設的小桌上吃點心談話。她說那時候張愛玲放學回家教她們英文，很會形容事物，說某某的嘴巴厚得可以剁剁切一盤。聽著我又一驚，這句膾炙人口的名句，出自〈金鎖記〉裡七巧刻薄新媳婦的話，流傳甚廣，都忘了創始人是張愛玲。她道：「張愛玲命苦啊，後母非常虐待她。她母親在那時也眞奇，就丟得下兩個小孩，出國。姑姑不得了，在倫敦是交響樂團裡彈鋼琴的，跟張愛玲爸爸也處不來。她弟弟好像不大有出息呢。」她說到後母虐待張愛玲時，臉上的神情極爲鄭重。我想起〈私語〉裡張愛玲寫過自己的身世，她弟弟有一天帶著一雙報紙包的籃球鞋也逃到母親家來，但母親無法收留他，他只好又帶著那雙籃球鞋回父親家了。

張家琳的家在山上，從陽臺看出去，山谷裡的人家燈火迤邐，像一盤珠寶，托到海邊，恍然置身於香港。張愛玲在香港唸書時，曾寫一信給張家琳，希望表妹能幫忙她去美國。「當年我十七、八歲罷，自己的前途都不知道呢，怎麼幫她安排？我中文又差，寫不來信，就一直沒有回信給張愛玲。這事我到現在還掛在心上欠著。」張家琳這麼說。

她來戲院看《風櫃來的人》，我很覺抱歉，心想不會對她味口。她卻喜歡，說非常sensitive，使我感激，上一代人眞是厚道的。她攜來三張黑白照片，兩張是張愛玲的表妹，一張是五年前她母親與張愛玲的姑姑坐在門院前花壇上照的。她准許我帶回台北給家人看。

我端詳著相片，心中唸道：這是張愛玲的姑姑了。

一九八四年十二月

重逢

五年前離開成田機場時，我跟仙枝天心在出境口向蘭師鞠躬後，一階一階走下出境大廳，回首望去，站在階梯口一襲長袍的蘭師眞是高山仰止，笑笑跟我們搖搖手再見，那是我最後看到的蘭師。

回台北後，蘭師寫信來說開始著筆寫《今日何日兮》，次年完成付印。然後又寫《日月並明——女人論》，從女媧寫起，打算寫到林黛玉晴雯，及民國諸女子。我們正等待蘭師寫完周文王的夫人之後要怎麼來寫妺喜、妲己跟褒姒，蘭師竟就去世了。本來我們還約定好秋天一起看紅葉的。

今年二月底日本舉辦第一次台灣電影節，我隨團赴日，出了羽田機場，冷風迎面撲來，依稀帶著那股熟悉的乾爽的寒香，久違了東京，別來無恙乎？

星期三跟咪咪約好在福生車站見，孝賢和淑眞隨我同去。那條從荻窪、立川到福生的國鐵，櫻花開時，火車曾經多少趟穿過兩邊的雲霞人家，蘭師跟我們講著明治時代的事情，有時四人瞌睡成一堆。如今暖器還沒有撤去的季節，車廂座位底下烘烘搧出的熱氣，使得我和孝賢淑眞也惺忪起來，窗外倏倏閃過枯樹黃草，五年的時光一晃眼就這樣過去了。

車到福生，隔車門看到仙楓站在月臺上，挺挺如一棵槿花。我跳下車叫她，兩人抓住手，她的眼睛就紅了。過月臺，到對街新蓋的麥當勞店，一路我講中文，她講日文，看著她那張熱騰騰的臉，奇怪，都聽懂了她的話。原來她看到報上消息，不知道《小畢的故事》已譯成日文片名「少年」，索性電影在銀座東映劇場第一天放映時就跑去看了，結果是《老莫的第二個春天》和《大輪迴》，看完當日才收到我寄給她的招待券，於是又看了《玉卿嫂》和「小畢」。呱呱呱的講話，一如從前，就是她擦了口紅，我也擦了，指指她的嘴巴，兩人開心大笑。

師母和咪咪在麥當勞，我奔上樓，見到師母就哭了，仙楓也背轉身去哭。師母已八十五歲，自老師去世後，不再做小菜吃食，下雨天在家，平日總是按著她心中認定的那條又遠又繞的小路去老師墳上，在墳前坐個大半天。以前師母每對我們說，她要比老師後死，「我先死了，你們老師可憐呀。師母是滾過刀板來的，什麼場面沒經過，我經得起，不能先死。」

此時師母回復到像嬰孩時期的純一，往事如繁花落盡，不生煙塵。偶爾，師母的思緒會像一艘小船駛過渾茫大海，劃開一道花白的波瀾，師母會指著窗戶外邊飛飛停停的鴿子說：「白鴿人，頂勢利。」咪咪把母親的話解釋給我們聽，是說誰家興旺時鴿子就飛集來居，一敗，鴿就走了，所以他們上海老家把勢利小人叫白鴿人。師母又說：「什麼都是假的，身體健康最要緊。」福生市上空紫煙靄靄的，師母說：「天要做雪了。」

天冷，師母回青梅家裡，咪咪和仙楓領我們走路去墓園。咪咪買了桃枝和油菜花，道：「三月三日女兒節嘍，父親最喜歡這兩種花。」菜花亮柔的黃色，桃花紅，那是江南民間的顏色，蘭師是從那裡出來的。墓園即在蘭師常常打拳的多摩川公園路側，仙楓打了一桶水提到墳前，將木桶和木杓交給我，我走上石階，將桶裡冷冽的清水舀了一杓自碑上淋下，心如明鏡，覺得我的一生哀怒悲喜全部都過完了。已是新的世事來到蘭師面前，仙楓結婚了，天心結婚了，我今來日本住赤坂王子飯店，大宴小宴，有我的新朋友們，這都是我自己結交來的場面和人情，蘭師也要誇讚我的罷。然而眞是多麼不一樣的人生了啊，眼淚在黃昏的風裡掉下來。

咪咪向我們鞠躬道謝，仙楓站在一旁側著頭微笑，很歡喜的樣子。碑柱上刻著蘭師的字「幽蘭」，側碑是師母爲老師寫的小傳，筆觸橫豁就像師母有一幅條字寫著的，「聽天由命」，豁得大明大開。咪咪說墳地是她跟母親選的，面向旭日升起的正東邊，好極了。

然後我們搭車去日之出町岡野法世家，在高島屋前面一家糕餅店買些吃食。仙楓給我和孝賢、淑眞一人一包女兒節吃的糖，金箔線紮住透明玻璃紙袋，裡面是星星形狀的嫩草綠、水仙黃、櫻花紅和冰白，一人手上捧著一袋春天，走在寒爽的空氣中，這就是日本。美術的民族，花的民族，這樣一個世界工業大國，結果是以其日本之心，那種極其女性的素質和性情，而勝過了所有的工業先進國家，讓我會爲他們的一匹西陣織，一張手漉信封，一個裝陶杯的松木盒子，這樣撫歎良久，良久。

前年雷根訪日時，與夫人曾到日之出町參觀幼兒園，當地人將岡野先生的一塊陶版贈給雷根夫婦，岡野先生聲名大噪，從此更忙了。我們到達岡野先生家時已天黑，巷底老遠的松影下邊跑出一隻蓬鬆大狗吠著，一名女孩張開手臂快樂的跑上前來，竟像古老美好黃金年代的事情，是小女兒文子。雙胞胎姐姐良枝寬子已是高中生，岡野夫人仍然只像三個女兒的大姊。牆上仍然掛著那幅蘭師贈陶人岡野的字，「佛火仙焰劫初成」。

稍後，仙楓的先生阿部下班來此，大家圍爐吃茶。良枝三人收到禮物，眼神向母親探問可以嗎？母親笑說可以，她們才仔細把禮物拆開，不論得到什麼都是滿心喜悅的，看在我眼中，以爲又是前代的事蹟。仙楓與阿部同習能樂而認識，阿部是地謠伴唱，仙楓是舞者，結婚後兩個人禮拜四禮拜天去濤濤會習能，仙楓每聽到人家講阿部，臉先紅了，在一起的時候，兩人隔得開開的，又近近的。她與阿部，使我想像秦穆公的女兒弄玉善於吹笙，夫婿蕭史吹簫，後來二人乘金龍紫鳳翔雲而去，世人所羨乘龍快婿，眼前的不就是。我笑著看看她，看看阿部，她金銀叮噹笑起來，斜斜倒在我肩上，這樣纖麗的女子，待朋友如男兒般義重情深。她道：「老師是我的恩人，在台灣時你父親待老師的各種，我們日本友人衷心感激，朱先生是我的第二恩人。」

多少年前，同樣是在這坪榻榻米房間鬱金香盛開的午后，天心和良枝三姐妹在樹下盪鞦韆，蘭師坐在現在仙楓的位置，談了許多話，最後說：「絕對的相信就是永遠不會失去。我相信天文的。」此時岡野先生從拜島車站趕回家來，隔几坐定，那張端端然然土地般的臉容已是一切，朋友十年不見，亦永遠不會失去，這一剎那我才懂得。岡野先生將他新燒的數隻茶杯捧上相贈，孝賢收了最大的，大家都笑了起來。

深夜離開岡野先生家，搭京王線回赤坂的路上，孝賢說：「今天的一切，謝謝你。」

與淑眞三人走出地下鐵，頂頭高入夜空的王子飯店，璀燦如一座鑽石寶山。天寒地凍，夾道而上的兩行櫻花未開，卻是人意爛漫，倒先開了三四分。從來不會寫詩的人，也有了一首詩：

我們的事
就是摻入人間的砂礫也不壞金身
把未來還給蒼空
愛惜眼前的光陰如織
人兒如畫

一九八五年五月廿三日

桃樹人家

花多，樹多，狗多，貓多，人多，女性多，筆多，吃得多，B型多，書多，是敝家的十多。

五個純種B型，父親是獅子座傾向巨蟹座，外冷內熱，素有「暖水瓶」之稱。母親是正宗獅子座的熱情旺盛。獅子家庭的三位女兒，大姐佔了冷僻的處女座，妹妹天心屬浪漫的南魚座，小妹天衣則是家庭型的金牛座。

這一家的收入，五分之四是被吃掉的。數年吃下來，如果吃掉高速公路的泰山站到后里站，那亦絲毫不足為奇。雖然昔年孟嘗君食客三千的雄風今已不在，目前食客不算人口在內，仍有老少新舊狗七名，貓口不詳，一對蝦蟆夫妻帶著它們的若干子女住在水槽下面的瓦斯桶背後。吃飯的次序依照人先，貓次，犬後，蝦蟆家族總是三更半夜才跑到院中，吃著犬貓的剩飯，並不害怕有誰會傷害它們。

父親種花植樹，母親雖沒有種菜，卻三天兩頭上山當神農氏。這座山，就在我們後園三棵桃樹的背後，新近被母親發掘出三樣山珍，木耳、蕨菜、昭和草。木耳下湯，蕨菜用紅燒肉汁炒煮最好吃。昭和草像茼蒿，比茼蒿更味道苦濃，燙過再炒，碧油如綠玉。有時母親把一根蜷曲肥亮綠賊賊的蕨芽向大家展示，再三讚歎：「嘖嘖你們看，像不像一隻魔鬼！」而我總是喜歡將它們盛在玉色陶盤中，更顯出那綠色的野和鮮，覺得非常快樂。

三月看桃花，五月採桃子，做冰桃湯喝。六月曇花開，沒有去看它一夕之間開了又謝了的時候，便嗅著一潮潮如歎息般的花香襲進屋來，夜裡好像睡在有月光的南海波濤上。九月採桂花，與蜜醃在空的胡椒粉罐子裡，因為捨不得吃，漸漸忘掉時，最後多半是發霉了。

曾經有過一家人通宵趕稿的紀錄，自嘲是製造小說的工廠。三三書坊在住家斜對面，公司即家庭，家庭即公司。天心出嫁後在住家正對門租屋而居，嫁出去的女兒潑出去的水，這盆水卻潑在自家大門前。與材俊丈夫，一個管出版社發行，一個管出書，合作無間。對於許多人，譬如郵差和收水費電費的人，他們都很知道，過了台北市辛亥隧道之後，山坡巷子的二十五號、二十號、三十四號，這一家人的幾張面孔都可能在這三處地方出現。

敝家目前最高興的事，就是明年二月十九日即將誕生的一名水瓶座。不過天心希望這位水瓶座晚一天來到世界，那麼她不但是南魚母親，而且還擁有南魚小孩呢。

一九八五年八月十二日

家有小老虎

媽媽在電話裡和她的球友說：「來看我們家的小老虎吧。」

球友是個十八歲電器工人，忙不迭抓了羽毛球拍騎腳踏車趕來，以爲我們家狗多貓多之外，又收養了一隻小老虎，待他進門看時，原來是天心的嬰兒，顯然失望極了。

今年丙寅虎，初三生的這個小女孩，取名海盟，我們常常喊她虎妞，小老虎。小老虎的外公是丙寅虎，曾外公也是丙寅虎，三代隔了一百二十年，可寫成一部近代史了。因爲有孩子的年輕父母告訴我們，嬰兒要到四個月大時才好玩，所以天天盼望她長大，等待她跟我們講話。看著她躺在臂彎裡，那樣貪婪有力的吸吮奶嘴，像是一隻吃時間的小獸，眞叫人怵然心驚。

小老虎在母親肚子裡五個月時，曾去了一趟埃及、土耳其、希臘，來回共坐十八趟飛機。如有所謂胎教，我記得參觀尼羅河上游拉美士二世神廟的時候，面對那四座破天荒的大石像，以及洞穴中的壁畫斑爛，雲垂海立，天心歎道：「回去要是生了一個『魔鬼怪嬰』，我也認了。」替天心排過紫微斗數的朋友，說她將生一個桃花女，脾氣古怪，到了讀國中的叛逆時期，萬一要去當木匠的話，我們也不必太驚怖。

常常我們姐妹合作幫小老虎洗澡，見她整個人就是大頭，和一顆蛋黃似的鼓脹肚子，兩人都快笑死，叫她伊索匹亞飢民。她又食量特大，顯然是承傳女家的特色，一個半月，已喝得牛奶一百五十CC，和兩餐之間差不多同量的柳丁汁或蘋果水。有時我早出晚歸，一天不見，她的頭又長大了，令我咋咋稱奇。天心卻道：「以前一天看一本書很平常，現在連份報紙，都讀不完。」

我深知她這句話的份量所在。

看著小老虎帶給天心和我們家庭的變化，覺得兒女眞是父母的終生牽掛，一輩子斬不斷，理還亂。父母的付出，如此徹底沒有保留，不帶任何條件的，令我敬服到膽怯的地步。對於像我這樣自私的人，那是偉大不可思議的情操。

所以有一天我忽然和天心說：「其實我們家有一個小老虎就行了。你的等於也是我的。就算是你也替我生了一次孩子。」天心笑說：「那還要看你先生同不同意呢。」

我只是感到人生太短，太短了。

如果，生孩子是許多人可以做得的，我做一些許多人做不得的吧。

一九八六年

歲末的願望

劉小姐來邀稿，囑我寫一篇關於「回顧與展望」的文章，她先找吳念眞寫時，念眞說他沒有展望，他對前途很悲觀，推薦我可以寫。可惜我缺少像念眞那樣的推稿的機智，這時深深感到是被陷害了，因爲我對未來亦不樂觀，也許接近於漫畫家 CoCo 說的，「對人世前途十分悲觀，卻對日常生活十分樂觀。」

在這樣的秋冬之際，母親去山上放狗，採了一大蓬芒花野葉回來插瓶，撿到的一個鳥窩斜斜擱在草葉間，父親笑她插的是「草莽流」，我每天替它換水，重新換一種姿態，心裡也覺得高興。

兩年半前天心從日本帶給我一盒方糖，是美紀在一家專賣方糖的精緻小舖買了送我們姐妹的。天心很感歎日本的生活素質之高，光賣方糖也養活得了一個店舖。這盒方糖漂洋到此，收藏在我的書桌抽屜裡，有事沒事拿出來看看，掀開它層層疊疊的包裝，一盒子霜雪冰盈，每一塊糖上點畫著各種花草圖案，清麗可喜。或許它沾了我的手氣和呼吸，近來漸漸泛潮要融化了，我只好狠心用它來調咖啡，一次放兩顆，見它載浮載沉終於消失在焦香騰煙的咖啡中，竟像一場悼亡儀式。

端午節喝雄黃酒，加了雄黃的高粱或大麴，一小杯一小杯炎炎的燙紅色，像后羿射下的九個太陽。初夏的鬱勃之氣自地面蒸蒸冒起，雄黃酒一下肚，后羿時代死掉的太陽隔了多少千年又活回來了，在座眾人紅醺醺的差不多都快脫殼爆裂，父親說：「這杯下去就現形啦。」

父親屬虎，母親屬豬。天心屬狗，先生屬雞，天衣屬鼠。仙枝屬蛇，來頭很大，當令就有白蛇娘娘淒美壯烈的故事給撐腰。我屬猴，更大，大鬧天宮西天取經的齊天大聖孫悟空跟我是一宗。

在世上我的第一個猴年，除掉從父母親口中知道我極愛哭，曾經被年少氣盛的父親恨得重重摔到木板床上幾乎摔昏之外，大概就是那幾張光頭禿眼無齒的照片了。第二個猴年我小學畢業，得到市長獎，代表畢業生領證書、致答辭，臺上臺下跑。參加私立再興中學考試鎩羽而歸之後，剪掉長辮子，加入中華民國首屆國中義務教育陣容，穿上鐵灰色襯衫鐵灰色裙的內湖國中制服，像是一塊戴著眼鏡的煤炭。第三個猴年我已換戴了隱形眼鏡，擁有一本小說集，一本散文集，人稱作家。

第四個猴年我將三十六歲了，希望那時候的我不致於太老。因爲最近我又發現了一件老化的事實，就是我對一切巧克力製品失去了熱衷，正如幼年期我們無法瞭解爲什麼大人不愛吃冰淇淋，每每立下志願說「我長大了我就要當賣冰淇淋的人」，成爲我們恨不能趕快長大的渴望。然後逐漸拋棄冰淇淋、蘋果、奶油蛋糕、巧克力等等，一次次都叫我不解和悲傷。

老化的跡象還包括對時裝的眷戀，以及喜歡把家中打掃清爽，讓敞亮的陽光充滿屋裡，飯桌上一角放著象印牌乳白底撒花的電子鍋，旁邊一架橄欖綠烤箱，前面插一捧白色雛菊，我坐在桌邊，靜靜把咖啡喝完，棕木色咖啡杯洗乾淨後擱在雛菊一側，衷心希望能有一隻筆把這幅靜物畫下來，永遠的留住。

剛才我和一歲九個月大的盟盟一起看梵蒂岡博物館的畫冊，她頂知道其中一張米蓋朗基羅的雕像「哀慟」，馬利亞膝上臥著受難死去的耶穌，她說：「馬利亞抱抱耶穌。」

我問她：「馬利亞頭上的是什麼？」

她說：「戴帽子。」

我問：「耶穌在做什麼？」

她說：「喔喔睏（睡覺）。」眼睛學照片上的耶穌像閉起來。

我問：「耶穌爲什麼喔喔睏？」

她說：「生病。」

我問：「生病了怎麼辦？」

她說：「擦藥藥。」就把我的手拿到耶穌的腳上看來像一塊疤的地方，學我平常替她擦蚊子咬的藥那樣，用力抹著。

我的回顧，都是這些。雖然今年是台灣四十年來變動最大的一年，我卻只有記下日常生活裡一些零落的樂觀。若有展望的話，那亦不過算做是願望。願三十六歲的時候我仍然美麗，寫的書賣錢，電影獲得坎城影展大獎，影片全世界放映。而且但願我至少活到第十個猴年罷！

一九八七年

聞吠起舞

三十歲以前，我難免自恃生命富有，不屑保健之道。暴食暴飲，熬夜寫稿、看書，興致來時，和朋友夜談至天亮，白天非睡到中午吃飯不起床。從來沒有覺得這樣的生活不對，文人無行，約莫如此。

有一天，妹妹忽然驚駭的發現，我的頭頂心長了一根正宗白頭髮，惡狠狠替我拔掉。從底白到尖，肥亮肥亮一根銀絲，美得令人生恨。我還沒有切身之感，如果真的遺傳了父親的少年白，那也是沒辦法的事。往後不知多久，等車的時候，光撻撻陽光下，妹妹指著我的眼尾說好多皺紋，要保養了。這才把我暗暗嚇一大跳，可不是，都三十歲了。然而該從哪裡檢點起，又很茫然。

在劉媽媽的家庭美容院洗頭，她告訴我每天清早到巷子底的空地跳舞，有老師教，邀我也去。當下我深覺可笑，認它是件愚蠢的行為。但每次被劉媽媽洗腦鼓舞，漸漸動搖，心虛得不敢再去洗頭。最後決定我去跳舞的動機，竟是我的鼻子。

淡江大學四年住校生活，多風多雨潮濕的氣候，染上鼻子敏感，十幾年了，早晨起床噴嚏連連的，像鯨魚噴水，房屋震撼。病不是病，可煩人得很。偶爾聽到劉媽媽談及，跳舞老師本來有鼻竇炎，十幾年都醫不好，後來是每天練舞，便這樣練好了。

開始跳舞運動之後，先就是改變了生活習慣。早晨七點起床，跳一個小時，回家打掃屋子，給花換水，花也是高興的。看報紙，吃完早點，到書桌前坐下寫稿。大約過了三星期，朋友遇見說我瘦了，氣色好，臉結實。還有什麼比說瘦了更會讓一個女子快樂的呢，於是跳舞至今，斷斷續續，已有三年。鼻子亦形勢大好。

記得是吳念眞，電話跟我約上午過來載書，問我幾點起床，答說七點鐘，他道：「騙人。」聽我大笑，又道：「眞的假的？」

每天清晨，隔壁鄰居出門上學，小狗一陣吠起來時，我從夢裡醒來，放下我的百葉窗，請東曬的陽光窗外小坐。穿上我的粉紅色布鞋，加入各位奶奶媽媽當中，舞之，蹈之。我很歡喜，終於我也能與大自然的作息同步了。

一九八八年八月

輯四

記胡蘭成八書

獄中之書

麥田的編輯送來校稿，附紙條說，「整本書還缺一篇你的自述，你可以寫自己寫作生涯一路來的歷程，或回應王德威、詹宏志的說法，一切隨你。」

關於自述（或自剖），近年來倒有過兩次衝動。一次是〈人間副刊〉做專題「七〇年代懺情錄」發出邀約的時候，不過這個所謂懺情，是來眞的嗎？由於勇氣不足，我放棄了。

另一次，是去年九月張愛玲去世，我與妹妹朱天心躲開了任何發言和邀稿，不近人情到父親都異議，我只好託辭：「缺席也是一種悼念呢。」理由仍然是，悼念是來眞的嗎？那麼，我仍然缺乏勇氣。

從九月以來，至今未歇的各種張愛玲紀念文，書信披露，回憶，軼聞，遂一再也寫到胡蘭成，當然，胡蘭成跟三三。

張愛玲是已被供奉在廟堂裡的人，饒是這樣，上了傳播媒體也變成神祕難解的怪物。一九七五年她寫給我父親朱西甯的信說，「我近年來總是儘可能將我給讀者的印象『非個人化』——depersonalized，這樣譯實在生硬，但是一時找不到別的相等的名詞——希望你不要寫我的傳記。」胡蘭成老師曾講，張愛玲頂怕人家把她弄成一個怪物似的。事實上，張愛玲的晚期，天心與我交換過意見，按我們目前存活的狀態，假如不是有家人同住在一起的話，大約也是就走往類似她那樣的生活方式，因爲那是最自在的了。

「寂寞身後名」，張愛玲已如此把世事豁開，但對於她所掛念的，亦還是有所辯。一九七一年六月她連寫二信給父親，說明她的先生賴雅，信長而不分段。

十二日的信說，「……向來讀到無論什麼關於我的話，儘管詫笑，也隨它去，不過因爲是你寫的，不得不嚕囌點向你說明。我跟梨華匆匆幾面，任何話題她都像蜻蜓點水一樣，一語帶過，也許容易誤解。上次在紐約是住旅館，公寓式的房間，有灶，便於整天燒咖啡。從來沒吃過一隻煎蛋當飯。如果吃，也只能吃一隻（現在已經不許吃），但是不會不吃素菜甜點心。我最不會撐場面，不過另有一套疙瘩。雖然沒有錢，因爲怕瘦，吃上不肯媽虎。倒是來加州後，尤其是去年十一月起接連病了大半年，更瘦成一副骨骼。Ferdinand Reyher 不是畫家，是文人，也有人認爲他好，譬如美國出版《秧歌》的那家公司，給我預支一千元版稅，同一時期給他一部未完的小說預支三千。我不看他寫的東西，他總是說：『I'm in good company，』因爲 Joyce 等我也不看。他是粗線條的人，愛交朋友，不像我，但是我們很接近，一句話還沒說完已經覺得多餘。以後有空找到照片會寄張給你。他離過婚，只有個女兒，女婿是個海軍史學家，在 Smithonian Institute 做事。那年我到香港，他到華盛頓去看她，患腦充血入院，她照應了他幾個月。我回來以後一直在一起，除了那次到紐約，那時候他們倆也在兩個城市，隔著幾百里，她怎麼會把他『藏來藏去』？——我月底離開加大，秋天搬到三藩市，以後會保持聯繫。……」

十七日的信說，「前天水晶打電話來，我謝他寄〈一朝風月二十八年〉給我，告訴他我看了以後寫了封信給你，聽他講起傳說的還有更離奇的，說 Ferd 病中我見不著他，賬單倒都送給我。〈一朝風月〉裡雖然沒提，我想如果不跟你解釋清楚，也許你回信都不好措辭。他腦充血兩天昏迷不醒，他女兒打長途電話告訴我，兩人都哭了。那時候有錢在那裡，我告訴她『現在儘量多花錢，等以後……儘量少花。』她也完全了解。我對自己的後事也是這態度。後來三次開刀我都在場，當然由我付賬。她不管什麼動機，也犯不著幹違法的事，不讓我見面。我倒也不是這樣容易欺壓。哪有這種事？我對他也並不是盡責任。我結婚本來不是爲了生活，也不是爲了寂寞，不過是單純的喜歡他這人。這些過去的話，根本不值得一說，不過實在感謝你的好意，所以不願意你得到錯誤的印象。……」

一九七一年上半，父親編選《中國現代文學大系》小說部份，九十八位小說家，把張愛玲排第一位，並寫了文章表達崇敬。用典「萬古常空，一朝風月」，陳述距當時二十八年前，父親於隸屬揚子江下游游擊總指揮部的中學讀書，新四軍來犯，學校暫告解散後，在日軍佔領的縣城裡，叫做新中央的第二方面軍總司令部，接待和保護他們疏散的學生。他們每日唸唸國民英語，大部份時間是看《新聞報》、《中報》、《平報》副刊。總司令大鬍子李長江，傳說一字不識，卻交代其副官處，學生要讀什麼書買什麼書，城裡買不到的拍電報到上海訂購。上海正風行一種二十開本的方型文藝刊物，《萬象》、《春秋》等，女作家很多，有些表現大膽，讓他們初中生像讀性書一樣不好意思，手指夾在另幾頁後面隔著，若被好事的同學看到可趕緊翻過去滅跡。便是這時候，父親結識了令他一下子著魔起來的張愛玲。

學校復課無望，暑假開始時，李長江請得了覆示，任他們學生要去哪裡，就把「少尉排長」的差假證開到哪裡，發給不算少的差旅費。父親投奔到南京城裡的六姑家，拐帶好幾本《萬象》雜誌刊載的張愛玲小說，一股腦介紹給六姑看。姐弟倆成了對張迷。秋後，父親負笈皖東地區的小後方，憑同等學力考試，跳級到七聯中高中部。當時除了共區，全國郵信暢行無阻，所以只要有張愛玲的新作發表，不論小說散文，南京的六姑總是剪下寄給父親。此時父親讀到胡蘭成一篇〈評張愛玲〉，覺得這人的才情縱橫得令人生妒。

抗戰勝利，京滬一帶父親的家族曾大團圓了一陣子，張迷更擴散範圍。大家把張愛玲戰後再版的《傳奇》和《流言》兩本集子搶來搶去看，且四處搜集張愛玲的趣聞，據說京滬正時興的西裝褲子小棉襖女裝，創始人便是張愛玲。

四九年父親投筆從戎，入營前夜，父親的說法是，哭著寫著日記，隔壁屋裡有年逾花甲的兩老，窗外叢竹的天井對面，有一段不了情，更還有那個年齡貪戀的學問、學位，要割捨的太多，菸頭燒掉半個木棉枕。斬斷種種，唯獨一本書《傳奇》，塞在背包裡，到東到西，遍地戰火裡走過來。

一九五三、四年吧，《今日世界》的前身《今日美國》，突然連載起張愛玲的《秧歌》。由於父親讀香港的報紙不曾斷過，從無半點張愛玲消息，《今日美國》也未介紹作者，使父親一度懷疑眞的是張愛玲脫離大陸了嗎？不久，增訂本《傳奇》在香港出版，改名《張愛玲短篇小說集》，這就是了。父親終於提筆寫信，爲張愛玲的新作品和重獲自由，濃縮了萬般慕情祝賀，寄去《今日美國》轉交。沒有回音，也不存那樣的希望，亦不能確定她是否收到，其時張愛玲已遠赴美國。

六五年秋天，文星書店轉來了張愛玲的第一封信，稱西甯先生，劈頭道，「《鐵漿》這樣富於鄉土氣氛，與大家不大知道的我們的民族性，例如像戰國時代的血性，在我看來是我與多數國人失去了的錯過的一切，看了不止一遍，尤其喜歡〈新墳〉。請原諒我不大寫信。祝健筆。」要到九年以後，在陽明山華岡，胡蘭成老師讀了這封明信片短箋，嘆息說：「還是張愛玲頂會看文章。」

六七年夏天，張愛玲二次來信，「……多年前收到您一封信，所說的背包裡帶著我的書的話，是我永遠不能忘記的，在流徙中常引以自慰。但是因爲心境不好，不想回信。一九六〇年在雜誌上看到《鐵漿》，在台灣匆匆幾天的時候屢次對人提起你，最近也還在跟這裡教書的一位陳太太講。你的作品除了我最欣賞的比地方色彩更深一層的鄉土氣息外，故事性強，相信一定有極廣大的讀者群．將來還會更擴大。……」

次年七月皇冠出版《張愛玲短篇小說集》，厚厚一本，綠底，墨綠樹枝子，黃色大滿月，售價新台幣二十元，港幣四元。十月張愛玲贈書，扉頁題字，「給西甯——在我心目中永遠是沈從文最好的故事裡的小兵。」

一天父親從他房門背後的櫥裡拿出此書給我，說：「這本書很好，你可以看。」當時我並不知張愛玲是誰，沈從文是誰，既然父親說好，想必是好的。特別是，那門後的五斗櫃裡，一向收藏著家中重要東西，包括櫃頂的餅乾盒，小孩子不能動，吃時得由大人去開，而且絕對公平的每人分配幾塊。連糖果、花生米，都一顆顆配給清楚的，自己那份吃完就沒有了。幼時姐妹們的遊戲之一，比賽誰把零食吃得最慢最久，誰贏。進而發展出原始的交易行為，幾顆糖幾塊餅乾換取對方替自己洗一次碗之類。父親剖切西瓜，以及用棉線將滷蛋（避免蛋黃沾刀）勒割成均勻的片瓣，其技術完全可比陳平分肉，公平無爭。

這般難以言喻的因素加起來，我立刻也成了張迷家族的一員。逢年過節，父親敘起家鄉舊事，梨棗多大多香，山楂多紅，桑椹多甜。祖父自山東移徙蘇北的宿遷（黃河一宿遷道），開牧場。曾祖父傳道人，祖父是長子，小縣城的牛奶全靠他一家供應。祖叔父任教金陵神學院，《聖經》「一九三六年譯本」，是他依據新約原文希臘文（舊約希伯來文）校譯而成，公認為善本。六姑嫁到南京，她總懷念做女兒時期，冬天來了祖父騾車拉回成簍大白菜，儲滿屋子，她每天放學回來取些大白菜下麵熱呼嚕的吃。所以張愛玲，不只是文學上的，也是父親鄉愁裡的，愁延子孫，日益增殖長成為我的國族神話。當然，對於所有張迷來說，三〇年代的上海，差不多就是麥加聖地了。

讀過〈民國女子〉的人也許記得，那個夏天傍晚，胡張兩人在陽臺上眺望上海，紅塵靄靄，胡對張說時局要翻，來日大難，張聽了很震動。因語出樂府、「來日大難，口燥唇乾」，張愛玲說：「這口燥唇乾好像是你對他們說了又說，他們總還不懂，教我眞是心疼你。」

此話說過五十餘年後，張愛玲去世，胡蘭成因而又被提出。瀏覽諸多報導，我學習保持儘管詫笑，也隨它去。直到讀了黃錦樹的長文〈神姬之舞：後四十回？（後）現代啓示錄？〉，他提出，《荒人手記》是對胡蘭成晚年著述的〈女人論〉的一個回答，這使我感激。接著讀了王德威的序論。我亦想起去年身亡的邱妙津，她有論文析述《荒人手記》在試圖實踐一個陰性烏托邦。於是我決定打破自己的戒默罷，來寫胡蘭成老師，跟三三。

寫著爲查證張愛玲信中一語，卻翻出來所有胡老師的信件。我一封封取出攤平了讀，偶爾遇到夾在信中枯色的梅花、科斯摩斯、銀杏葉、楓葉，或櫻花瓣撒落了一身。永遠是極薄的航空信紙，當稿紙用時便寫得儘量密麻，寄來由我們謄清，一本本書這樣寫成出版的。數百封信，鮮烈如今天。不厭其煩說了又說，何以還是當年那樣說得口燥唇乾，而人總不懂呢？

我恍然目睹〈從前從前有個浦島太郎〉的結局，這是天心一篇小說。典出日本童謠，講漁夫浦島太郎救了海龜，龜爲報答載他去龍宮遊玩，哪知宮中一日世間千年，浦島太郎回到岸上，村人卻都老死不在了。天心寫政治犯出獄後的適應社會生活，處境荒謬。最後，政治犯在家中發現一個紙箱，裡面全是他從監獄寄出來給家人的信，那段空白年月裡，寫信曾經是他唯一的精神活動和寄託。這些信有拆封的，也有，未拆封的。他拆封看時，彷彿打開時間的寶盒，一封封喋喋不休令他羞澀不堪的癡人說夢，剎那捲成白煙升空，他變成了白髮老公公。

〈米世界戰略の中の日本〉上下篇，〈米の台灣政策に警告〉，〈一九五八年台灣海峽紛爭時，

米、核攻擊を決意〉，〈やつぽり破産した中國經濟〉……一九八一年六月、七月的《朝日新聞》剪報，飄散於地，焦黃易脆將化爲灰飛。信中請我母親口譯給三三同仁聽，「可以對美俄軍事現狀有一概念。慕沙夫人精力充沛，當喜樂爲之也。」

七月二十五日，盛暑中午胡老師走路去寄信，回來沖了冷水澡躺下休息，心臟衰竭去世。唯對佘愛珍師母說：「以後你冷清了。」享年七十五歲。

彼時，正忙著浪漫忙著戀愛的我們，並沒有請母親口譯剪報，一如浦島太郎寫給家人卻未被拆封的信。

胡老師住日本三十年，未入日本籍，始終自視爲亡命。一九六四年在一本橘色封皮的簿子上題書〈反省篇〉，開筆即反省亡命。他體會日本人似乎極少亡命的經驗，如源賴朝早年，是謫居而非亡命。他說，亡命一則要有他國去處，如五霸之一的晉文公曾亡命狄國、齊國、楚國，輾轉住了十九年，殆如現代國家的承認政治犯。日本歷史上有大名諸國，但不夠獨立，難以保朝敵。二則，亡命者要有平民精神，如劉邦曾亡匿在民間，與之相忘，日本卻是武士戰敗逃走，即刻被百姓或町人發現，不得藏身。他認爲，謫君者除了源賴朝後來起兵打天下，其他只能產生文學。如韓愈、蘇軾，如管道眞，如杜思妥也夫斯基，皆因流放而詩文小說愈好，屈原也是謫居而作《離騷》。然而從亡命者當中出來的是革命，如劉邦、孫文、列寧，及歐洲新教徒逃亡新大陸，後來都創造了新時代。

謫居是服罪被流放，被限制行動範圍。亡命卻是不承認現在的權力，不服罪，亡命者生來是反抗的。一樣的忠臣，他愛西鄉隆盛，不愛屈原，屈原太缺少叛骨。而因爲是反叛的，亡命比謫居更難安身立命。胡老師說他於文學有自信，但唯以文學驚動當世，心終有未甘，此是亡命者與謫居者氣質不同。他寫道，「我不服現成的權威，當然是要創建新秩序。可是對於現成的權威，我已經夠謙虛麼？我的創建新秩序的想法不是白日夢麼？我亡命日本不事生產作業，靠一二知己的友誼過日子，我的人果有這樣的價値麼？是不是做做廚子與裁縫的華僑還比我做人更有立腳點？……」

一封封來自日本的信件，畢竟是癡人說夢，浦島太郎的獄中書麼？

我行經信義路，插滿了旗幡，印著「落地生根，終戰五十年」，開喜烏龍茶贊助新新人類總統府前飆舞。創黨主席江鵬堅感嘆，這些新人類，美麗島事件發生時他們才小學幾年級，根本不知美麗島爲何物。我因此想，趁我這一代人至少還知道有胡蘭成，而我亦還有掛念有所辯之時，寫下點什麼來。我恐怕現在不寫，再老些了，更淡泊了，欲辯，已忘言。

懺情之書

很多年前，以〈月印〉一文讓大家深深記得的郭松棻，曾說胡蘭成的自傳《今生今世》，「是一本中國人難得有的懺悔錄，只是他口裡不說悔罷了。」

考察起來，中國人的世界，究竟有沒有過懺悔（懺情）這樣東西？至少，如眾所皆知的，中國人一向並沒有宗教，而懺情的來源是宗教。祈禱，自白，苦行，神修，神祕主義，向神父告解，心理分析。其歷史之悠久，拿告解來說，大概已內化為好比像是女人的生理週期，必須抒發不可。懺情有其傳統，使得他們一般寫起自傳或回憶錄，包括傳記寫作發達，皆直諒無諱，格外可信似的。中國人則不然，若不是為賢者、長者諱，就是至不濟也要收拾一下才好出來見客。乃至若把柏格曼的哲理式對白，伍迪艾倫的囈語滔滔，移植到我們戲劇表現上，肯定是叫演者和觀者一起尷尬透了。

按張愛玲寫〈中國人的宗教〉所觀察，在古中國，一切肯定的善都是從人的關係裡得來的，孔教政府最高的理想唯是有足夠的糧食與治安，使五倫關係得以和諧發展下去。人的資格，最重要的條件是人與人的關係，除了人的關係之外，沒有別的信仰。因此過分擴大自我和挖掘自我，會切斷人與人的關係，不足爲取。「未知生，焉知死」，有如中國畫裡嚴厲的留白，一切玄想在那裡懸崖勒馬，絕對的停止。中國人集中注意力於眼前熱鬧明白，紅燈映照裡的人生。在此範圍以外，瀰漫著哀悵。物質和細節充滿了歡愉，主題卻永遠悲觀。

曲終奏雅，向來是中國文學的主流氣氛，標榜節制之美，因爲人生或藝術，最難得是知道在什麼時候就應當歇手。一次走往公車站牌途中，胡老師提起我寫的宿舍陽臺上看貓走過人家屋脊，昔年周作人寫幾個朋友江邊吃茶，都是無事也寫得個收場。不同於他那一輩人浸淫漢文章之中的，諸般寫來最後是「奏雅」，一一還它一個價值或名目，歸於公論。

往前推到《詩經》，大雅小雅、頌，寫的全是公眾之事，國風裡精采的兒女戀愛都也容納在世俗生活裡。中國人的私我，頂多是到「詞」那種程度。比較詩和詞的境界，詩是世俗領域，看廣大，詞是私宅院第，賞徘徊。中國文學若有懺情錄，第一部應該算〈離騷〉。屈原〈天問〉，你看他上山下海問了又問，把自己弄到形容枯槁行於江邊的受難景象，太驚慟人，在文學史上獨樹一幟。於是千年之後有胡蘭成寫自傳，其狼狽不堪處，朱天心說：「其實他不寫出來也沒有人會知道啊。」

一九七四年父親偶然得知胡蘭成在華岡，八月去信連絡，居然有回音，兩行字曰，「足下偶有興來陽明山一玩乎？僕處無電話，但大抵是不出去。」胡老師五月從基隆港入境，住華岡大忠館，三個月以來便是著書《華學科學與哲學》，初稿寫完約八萬字，正在謄清刪改。書是改寫了三次，前後竭兩年之力，所以我跟父母親上山探訪時，胡老師仍處於寫書狀態中，據他日後說是，「畏人默坐成癡鈍」——語出蘇東坡給姪子的詩裡，當年蘇東坡居黃州作〈赤壁賦〉，文思益進，而於世務益疏拙，寫下的這句話。

父親是爲了作張愛玲傳來搜集資料，手上唯一冊日本排版印行的《今生今世》上冊，破舊不堪，扉頁有胡蘭成簽名，贈龔太太，不知是輾轉幾劫得來的海外孤本。胡老師便取出上下兩冊贈父親，書中有藍字紅字校訂，可能是自存的善本。

我因爲愛屋及烏，見不到張愛玲，見見胡蘭成也好。眞見到了，也一片茫然，想產生點嗟悵之感也沒有，至今竟無記憶似的。父親卻不，會面回來他非常澎湃，寫了篇致張愛玲信，〈遲覆已夠無理〉，覆的是三年前張愛玲那封談賴雅開刀住院的信。刊在〈人間副刊〉，寫這趟見面的經過，殷殷報知消息，通篇的熱心腸試做調人，甚至盼望張愛玲若能來台與蘭成先生重聚就太好了。

四十八歲的父親，竟做如此遐想且訴諸輿論，完全違背了他寫小說時的冷靜世故。他引耶穌以五餅二魚食飽五千人做喻，講耶穌給一個人是五餅二魚，給五千人亦每人是一份五餅二魚。約莫像孫悟空那樣吧，拔根毫毛變做千百個分身，意指博愛的男人，愛一個女人時是五餅二魚，若再愛起一個女人，復又生出另一份五餅二魚。他不因愛那個，而減少了愛這個，於焉每個女人都得到他的一份完整的愛。相反來說，從一而終的男人，能給的也不過是一份五餅二魚，何嘗會變出十餅四魚，十五餅六魚來的呢？而女人妒醋，無非便是要獨得五餅二魚乘以五千人的那個總數罷了。

以上父親所做調人語，替蘭成先生的博愛開脫，首先就引發我母親不悅，何況普天下女子，聞此言勢必要揭竿起義，打他個滿頭包的。

胡老師收到剪報後回信，「……耶穌分一尾魚於五千人之喻，前人未有如足下之所解說者，極爲可貴。張氏之〈談看書〉，寫小矮人之傳說，又是學術，又是隨談，不用文學字眼，而通篇無有不是文學。此種看似平淡無奇之處最是難到，前人歐陽修之詩與周作人之散文之有味，蓋在此。日前偶逢中國時報副社長，彼云亦有人寫信到報館，說張愛玲之〈談看書〉算是什麼！我乃想起戰時在上海許廣平對我說的一節話：『雖兄弟不睦後，作人先生每出書，魯迅先生還是買來看，對家裡人說作人先生的文章寫得好，只是時人不懂。』愛玲的〈談看書〉時人不知其好，亦不足怪耳。惟足下文中引我之言，張氏每日寫稿僅千字左右，我原說的是二千五百字，有機會時乞更正。……」

〈談看書〉三萬餘言，當年人間副刊發瘋似的以九天頭條來刊載，反映了編輯的張迷心態——由於張愛玲惜墨如金，張迷們只好不斷去挖掘其舊作少作或廢作，以致忽然有新作發表，大家都以爲又是古物出土，待驚醒過來，就特別的欣喜若狂。

但這是我第一次，看不大懂張愛玲了。懷抱無限好意，像小孩瞌睡懵懂牽著大人衣角走回家，跟隨她談人類學，忽而到東，忽而到西，跟跟便失了線索掉入南太平洋裡，或是一同走進小黑人過不去的熱帶森林帶，她卻不見了。讀此文留下了這個印象，多年後的現在翻出書來重看過，她提到的人類學者及著述，好多熟人，我嘆道：「原來那時候你在讀這些！」

胡老師一再稱讚〈談看書〉，與鹿橋通信也說起，「張愛玲寫夏威夷，澳洲，非洲的小黑人的那幾章可是非常之好，是神話的，又是童話的，又是在現實世界裡的，很好玩。只覺得其是時間空間都非常之闊大、悠遠，也沒有一種沒落的哀感，而是什麼感情都超過了。這幾章不是看他人的書的批評，而是她自己的創作。這種境地惟有山海經裡有。『縱觀周王傳，流覽山海圖』，還使我想像了陶淵明讀山海經的那情懷。」

〈談看書〉寫道，「二次世界大戰末，是聽了社會人種學家的勸告，不廢日皇，結果使日軍不得不『齊解甲』……可見社會人種學在近代影響之大。」於日本，李維史陀曾經驚嘆，高度發展的文明直接通於上古時代，而那個時代恰是人類學者所最熟知的，他驚見神話原型竟活生生的存在於現代社會中。胡老師若說是亡命日本，到頭來卻啓發了他的創述，眞非始料所及，一九七四年底《華學科學與哲學》出版，是他長居日本以來的一次考察總其成。佛經裡有阿修羅，採四天下花於大海釀酒，不成，但胡老師自幸是他釀的酒成了。他亦如從前，折花贈遠之意，寄了一本給張愛玲。

胡老師有信說，「……我二十幾歲在廣西出過一本散文集《西江上》，文情像三毛十七八歲時之作，說愁道恨，如今提起都要難爲情。後來我也像三毛的一變而爲現實的，但我是寫的現實國際形勢的論文，當時聲名還在三毛之上呢。而其後是三十八之年遇見了張愛玲，盡棄以前的文筆從新學起，到了四十歲上從寫《山河歲月》開始，才是打出了今日的文章。三毛今或未到三十八歲，而遇到了你們，她也能捨故從新嗎？有異才的人應當可以像嬰兒的謙遜。」

盡棄舊學，此事記在〈民國女子〉裡，昔年張愛玲看胡蘭成的論文，說是這樣體系嚴密，不如解散得好，胡就把來解散了，「驅使萬物如軍隊，原來不如讓萬物解甲歸田，一路有言笑。」《山河歲月》開筆於抗戰勝利後出亡溫州時，張愛玲已跟他訣別，他卻每寫到得意的地方，就像立刻可以拿給張愛玲看，得她誇讚。他自比是從張愛玲九天玄女那裡得了無字天書，於是會來用兵佈陣，文章要好過她了。《今生今世》且是張愛玲取的書名，他到日本後所寫，以散文記實，也是按張所說。一九五九年春天此書完成，他巴巴結結的又好想告知張愛玲，彷彿他的一切所作所創，都爲了要在張愛玲處受記才能算數。五八年到六〇年間，胡張往來過兩封信，信中他說把《山河歲月》與《赤地之戀》並比來又重看一遍，所以回信遲了云云。比並兩人的新著來看，這必是令張愛玲要有點慌的，慌慌也好，因爲她太厲害了。十多年後，胡仍寄去新書，但是這回，張愛玲連封套都不拆，原件退回了《華學科學與哲學》。

想想原因是，父親那封五餅二魚的信寫壞了。還有是兩份雜誌盜載《今生今世》，甚至加上〈我妻張愛玲〉的標題，胡老師寫信給父親說，「我看到時，第一感是於愛玲不好。唯因其時我正在寫《華學科學與哲學》，未暇向之交涉，若交涉必有不辭訴之於法律手段的最後決心，遂懶得理了。其後彼等知我人在台灣，託人來說了兩次要請我吃飯，我都不應。而近從他人處知悉愛玲爲此甚怒，她是怒那標題，以爲是我所作，她不知是雜誌社的下流也。我與愛玲已多年不寫信，台端如便時給她說明此事實，於她的理知亦爲有益，如何？……」

六月張愛玲寄信來，謂匆忙中寫的便條請原諒，希望父親不要寫她的傳記，照例並代問候慕沙。這是張愛玲給父親的最後一封信，音書遂絕。

我乃想起胡老師說，太初是女人發明了文明，男子向之受教，所以觀世音菩薩是七佛之師。

果然，這些和張愛玲交手過的男子，全部鬥不過她。

優曇波羅之書

是謂、「一路行遍天下，無人識得，盡皆起謗。」

當年義玄禪師被視為異端邪說，給罵得掃地出門，好不慨嘆起來。因為他講的大家不這樣講，成了他是個怪物，作賊心虛似的他反要感到不好意思。胡老師不止一次談到張愛玲的叛逆，性子強，可又極柔，極謙遜。讀張愛玲寫給朋友的信，每為自己的不回信、不見人解釋原由到卑微的情境，天心也是個不寫信的人，感同身受笑說，「這就叫做前倨後恭。」但她儘管抱歉，不依的總之不依，一切行事仍照自己的來。

義玄禪師後來被普化迎到臨濟，開了臨濟一宗。胡老師解這段「翠巖眉毛」公案（義玄給罵得體無完膚不知尚剩得眉毛否），正是他離開文化學院，移居我們家隔壁寫書，每禮拜六晚上講《易經》的時候。一九七六年五月搬來，至十一月離台返日，完成了《禪是一枝花——碧巖錄新語》，一百則公案一條一條解明，他是在眾謗聲中安靜寫完此書的。譬之書法，民國書家裡他喜歡康有為。康在政治失敗生涯中，毋寧是臨池的工夫不足。那麼如果一生得以書齋做學問，有一種格調，窗明几淨的，一種境界，好不好呢？胡老師說：「書齋的氛圍，小而完美，倒是打破得好。」聽來是不是對於我的處世為文提出了警告呢，叫我渾身冷汗簡直沒得校正起。胡老師又引《聖經》裡記載，有人向盲者說我是基督，盲者摸著他的手無釘痕，答道你不是基督。因此儒者們雖也講中國的聖賢之道，但是他們的手上沒有釘痕，康有為的字是有釘痕的。

一九七二年九月，中日斷交，胡老師說是「家裡有事」，便雙十節應邀隨華僑團初次來台，之前是張群、何應欽到日本時皆曾連絡。按彼昔當局的講法，不是敵人就是同志，為號召團結反共，不聞其人過去的政治經歷。在台十天，陳立夫、張其昀邀胡老師在文化學院執教。這事隔了一年半未成行，是胡老師料想將有人以他的過去做話題，後得黨副祕書長來信，謂此可勿慮，切勿以此腐心，希早日蒞止云。所以七四年來華岡，秋季開始上課，講了一年「華學科學與哲學」，亦相安無事。

七五年春天再版舊作《山河歲月》，此地始知胡蘭成。由於書的內容太違反常識，除了像我這樣常識薄弱的人，委實叫人要質疑他的學問來歷。張愛玲受供奉是最近的事，早年她也被當成鴛鴦蝴蝶不值一談，何況胡蘭成，更歸不了檔。他寫思想，把人潑染得一塌糊塗，太破格，難怪評者批他妖媚。有文壇名家也許過於驚折而怒，去跟發行人說，願意用自己的新書換取停止出版胡蘭成的《山河歲月》。當下發行人是婉謝了，事後跟胡老師提到這段好玩的插曲。

至下半年，胡老師新開三門課，「禪學研究」、「中國古典小說」、「日本文學概論」。其中一門約莫侵犯到某教授轄區，就鼓動學生拒上胡蘭成的課，是系主任出面制止了。這位教授拿出漢奸二字到報上撰寫，連同學生投書，似乎非弄到罷課不可。頃時伐聲紛至，宣判《山河歲月》

污衊民族跟抗戰，又怨責到我父親抗戰當過兵，不該推崇胡某，然後也怪到請胡某來台的黨國諸公。罵得中央黨部只好去勸告出版社莫再賣書，且排印中的《今生今世》亦不可在台灣發行。十月胡老師停止上課，唯以華岡教授身份留校，猶有人喧譁胡某搬出華岡。未幾，《山河歲月》果也查禁。

卻是這年我大一暑假，偶然才把《今生今世》先讀了，枉費一年前跟父親去看胡老師，白看，簽名的上下冊書也毫沒關係的擱在一邊不理。這會兒讀完《今生今世》，只覺石破天驚，雲垂海立，好悲哀。就寫了封信，根本不指望胡蘭成還在陽明山大忠館，可比是瓶中書那樣投入大海，付與潮汐罷了。不料立刻得了回音，是學生林慧娥寫的，她一直替胡老師膽抄文稿。她轉告胡老師正要付印刪節版的《今生今世》，想把此信當做代序，等一下抄好了便給出版社。我寫那封信極幼稚可笑的，當然不能代序，父親急書一封阻止此事，胡老師回說，「讀八月二十日來信很感激。天文忽然寫信來我都喫了一驚……若做代序，當然是先要問過你的，請放心……」

自父親上山拜訪以來，往返過三、四信，到這封胡老師才不客氣論及父親的作品，寫道，「你的小說我讀了如〈出殃〉等都很好，你的是正、眞、與工夫。而使我讀了驚心動魄的是〈鐵漿〉，因爲太驚心動魄了，一直避免提到它。〈鐵漿〉的那氣魄與現實的感覺，通於史上大英雄與絕世美人的強處，亦通於仙佛的決徹的悟處，我不覺有點膽怯。」胡老師並歡迎我們去玩，仔細告知了如何轉接電話找他。

九月我們二次上山，天心亦同往，她對北一女同學說：「我今天要去看胡蘭成。」因無人知道，她註解說：「汪精衛手下的第一才子。」她也跟我一般的幼稚可笑。

焉知胡老師次日就寫了長信來，「西甯先生轉天文小姐、天心小姐，昨承你們大家光臨，深感榮幸。今晨四時醒來，枕上把天心的〈長干行〉與天文的〈女之甦〉及〈給新夥伴們的〉都看了。以下是我的感想：

「一、你們兩位的寫法都受張愛玲的影響，你們的爸爸的小說雖然看不出來，亦一樣受有張愛玲的影響。我亦如此，若不得張愛玲的啓發，將不會有《今生今世》的文章寫法。由此可見張愛玲確是開現代中國文章風氣的偉人。我和你們都受她的影響乃是好事，因爲受影響而並不被拘束，可以與她相異，亦自然與之相異。如你們爸爸的小說甚至很不易被看出是從她受有影響……」這樣寫了四大張稿紙。而我們從山上回來，都說還好做了牛肉和壽司帶去，不然胡老師準備的湯跟菜（學生做的），實在太可怕了。母親特別感慨，胡先生平常怎麼吃的！

冬天，我們全家和幾位文友約了胡老師去山仔后空軍招待所洗溫泉。走路上聞到香味，大家找著，說起每人喜歡聞什麼香，母親是聞到香水就頭暈，問胡老師呢？不會暈，喜歡女人身上的粉香，大家都笑起來。深夜聊天，唸工專的天衣唱了段花旦，菩提叔叔唱黑頭。胡老師問我領到第一筆稿費怎麼用的，我說交給爸媽了，他大笑不已，翻譯給旁邊的小山老師聽，大家也說起張愛玲則是去買了一支口紅。又談到諸人的小說，我說蔣曉雲寫得比我好，胡老師聽了有那麼一下下的歛容危坐，留在我眼中很深的印象。回頭想去，大概是胡老師覺得這人講話老實。

來年一月胡老師寫完〈機論〉，下山來我們家玩了一天。月底飛日本前寫長信來，「……漢末文星聚於潁上，今文星聚在景美，使我對台灣新有了樂觀……在台灣你們家見了這等人，我檢討我自己的態度眞不夠謙虛，尤其對於天文姐妹……」這令當時二十歲下的我跟天心驚訝，但這些似乎是算在父親母親賬上，是他們大人的事，所以惶恐或承不承得起都談不上，被誇獎當然是開心的了，童騃竟如此。

唯我每次搭指南客運走關渡平原去淡水，望見山上華岡的簷殿式建築，委委迤迤繞到視野跟前一轉彎甩背後去了，只覺胡老師提的東西太高，怎麼跟我們寫小說連上線呢？信上胡老師讚嘆天心的〈方舟上的日子〉，「題目就有天地洪荒的感覺，襯托出了小說中的結尾處有一種清新的疑。舜帝南巡蒼梧而不返，娥皇二妃登洞庭君山望之，但見九疑山上的白雲，我喜歡九疑山的這疑字……」可陽明山上白雲蓬蓬，我只有糊塗啊。

四月下旬胡老師復來台，打算五月開始著書，就連連先回信給友人，這幾封信有學生幫他拷貝留存，我得以看到。比如他兩個早晨讀完了陳若曦的書，回信說，「……《尹縣長》中無一篇不好，比索忍尼辛的更好。索忍尼辛的有一種陰慘，那是俄國人的，而你文中寫陰慘殘酷的事亦不致使人讀了心都摺攏，解不開了。你寫那些人無論怎樣被侮辱與侮辱，在極度非正常、非人情的環境下，也沒有完全把人心深處的正常與人情消滅，這給我很大的安慰與復國的信心。作者與書中人物生活在一道，不是觀察者，也不是肯定一邊否定另一邊，而是與兩者爲一整體，作者亦生在其中。所以連〈尹縣長〉裡的紅衛兵小張都看了不使人恨。尹縣長臨刑呼『毛主席萬歲、共產黨萬歲』，眞是使人震動，使人深思，若看做譏諷，或呼冤，就是讀者的淺薄了。他是有個時代的大疑，想要抓住它。我年來做思想研究，即是爲要解答這個。你的文章已到了浮辭皆盡，落筆即眞，中國言語與文句之美，使我新又感激。你一定是很疲倦了，在大陸的那一段日子於你決不是虛度。切望保重……」

他給香港新亞書院在寫博士論文的晚輩信中說，「……孔子教人學詩學禮，而後世儒者以爲詩文但是載道之具，不知詩文的造形自身即是道，儒者之詩文第一不知一個『興』字。自宋儒又漸不知經。經是政治等的造形，他們但講性理，不重經，與他們的不知詩文造形之故同……詩文有一代的新風，如唐有唐詩，宋有宋詞，今亦有五四以來的新文學，而如唐錢二先生等惟知亦用語體文著述，但是與時代的文學新風完全隔絕。時代的文學新風是在胡適之、周氏兄弟、張愛玲……而如錢氏，我曾對他說起要恢復讀經，他表示不同意，其所以不同意的理由迂腐得使我當時聽了生氣……所以我自與一班年輕人玩玩……」

他信上這樣直言快語，等於責備人家的師承、所學，那人家還要不要寫論文呢。他每以人才期待對方，既熱情，又嚴格，不鬆口的地方到底不鬆口。原來張愛玲說他，「你是人家有好處容易你感激，但難得你滿足」，是這個意思。

此間我大二下學期，不知何故想休學，從淡江下來，到士林換車上陽明山見胡老師。士林當時正幾條大岔路在整修，灰塵蔽天，棒棒糖似的臨時站牌叫人絕望，不會有車在它面前停下的。四月太陽乍熱針刺人，偏偏錯穿了冬天遺跡裡的長袖衣服，狼狽。胡老師聽了我說要休學，便是那樣，歛容危坐起來。那神情，像鏡子讓我忽然看見自己的可笑，休不休學我哪有那麼認眞、太誇張了。胡老師認爲我還是讀下去得好，他說：「英雄美人並不想著自己要做英雄美人的，他甚至是要去迎合世俗——只是迎合不上。」

英雄美人，一向濫腔負面的字義，講在胡老師口中如此當然，又不當然，聽覺上眞刺激。他說人生本來可選擇的不多，不由你嫌寒憎暑，怎樣浪費和折磨的處境，但凡明白了就爲有益。他提出明知故犯，不做選擇，是謙遜，也是豁達。他說你不要此身要何身？不生今世生何世？你倒是要跟大家一樣，一起的。

饒是他要跟人家一起，人家並不要跟他呢。四月底，院長室遞一張便條來，說是最近接獲校內外各方反應，對閣下留住本校多有強烈反應，爲策本校校譽與閣下安全，建議閣下立自本校園遷出，事非得已，敬希諒察。

台灣濕熱多瞌睡，胡老師原預計住半年，寫成碧巖錄新語，現在卻收到遷出令。當天小胡先生（胡老師的姪子）來電話告知父親，打算找房子。正巧我們隔壁原住的心岱和君君搬離，就決定租下來。兩人找胡老師商議，胡老師去了姚孟嘉家裡，在下圍棋。姚孟嘉夫婦跟嬰兒若潔，是當年少數仍與胡老師往來的人家。今年姚孟嘉好意外去世，悼記文章刊出，我才知道他的朋友滿天下。

次日胡老師回紙條給文學院院長，有學生因爲悲憤不平把紙條都抄了一份下來，如今讀來頗是滑稽：「僕明三十日即遷出校園，唯書籍行李須待新居安排得後搬運，或尚滯時日，想問題在人，不在室，或不深責也。來示言『廿六日閣下在大成館門口，本人與閣下招呼不理』，僕與院長未有面識之雅，即在公眾會場上亦未見過，又僕途中常不注意到對方招呼，大成館門口人眾，尤爲難辨，院長視若花鳥不相識，或釋然乎？」

胡老師遂下山先在我們家住了兩日，待隔壁打掃乾淨，購置些家具搬入後，寫書，講課，眞是初意不及此。讀《易讀》講到坤卦，一句「西南得朋，東北喪朋，安貞，吉」，胡老師開心笑。父親說好巧，陽明山在北，我們景美居南，喪朋之後得朋，是臭味相投聚到一起了。

〈大知度論〉云，佛世難值，如優曇波羅樹華，時時一有，其人不見。所謂佛世，黃金的盟誓年代嗎？

又云，人身難得，直信難有，大心難發，經法難聞，如來難逢。難難，都是難。但咱們《詩經》，這裡也是既見君子，那裡也是邂逅相見，張愛玲好高興說，「怎麼這樣容易就見著了！」

是啊，怎麼這樣容易就見著了。

黃金盟誓之書

很久以後我們談起胡老師住在這裡的日子，每每惋嘆一聲，「眞窘啊，那時候。要是現在……」

要是現在，隨便都能出去吃頓鼎泰豐、葡苑、老饕的海鮮、晶華下午茶。進出叫計程車，跑遠玩也有車子。那時候，帶胡老師小山老師到銅鑼外公家，平快車不對號，現買現上。先上了一班沒發現是海線，待山線的進站，一家子急下車奔越天橋到對面月臺。胡老師撩起長袍跟跑，恍如他在漢陽逃空襲警報時。滿車廂的人，被我們硬是搶到一個位子給胡老師坐下，父母親直抱歉說像逃難，胡老師也笑說像逃難。第二天我們到山區老佃農家玩，黃昏暑熱稍退，去走山，最末一段山稜陡坡，走完回家胡老師嘆道剛才疲累極了，魂魄得守攏住，一步一步踩牢，不然要翻跌下池塘裡。我們每忘記胡老師已七十歲，因爲他總是意興揚揚，隨遇而安。母親由衷讚許胡老師好餵，做什麼他都愛吃。沒有葷菜時一人煎一個荷包蛋，父親最記得胡老師是一口氣把蛋吃完再吃飯，像小孩子吃法，好的先吃掉再說。父親相反，永遠把好的留後頭，越吃越有希望。經常，天心隔牆喊「胡爺，吃飯嘍！」胡老師好響亮的答應了，馬上跑過來，吃飯眞是件神旺的事。有人送我們火雞，取名粉眼，放狗上山粉眼也雜在其中跑，跑野了沒回來，我們對空嘯牠「粉眼——」胡老師聽是喊胡爺，回嘯一聲「唷——」中氣十足，眞應了他舊寫的詩、

呼雞如呼人，
鳳凰亦來儀。

而胡老師事事看在眼裡。一次他說：「天衣放學進門，手上拿著零食吃，五塊錢一個，你爸爸斥她買這個做什麼，那麼貴！但他上街給我買家具，一買六千塊。這是你們的爸爸。」

小山老師是《日本書紀》和《源氏物語》專門家，亦博知日本古今美術，在文化學院任教，週末假日下山來玩。日本人的美感，譬如看石頭，大致都會分辨得出死石、活石，用在庭園裡的石頭要選活的。因此小山看我們家，恐怕只有兩句詞可以形容，家徒四壁，身無長物。那些擠放在玻璃櫥裡的東西，玩偶瓶罐紀念品雜什，小山說其中只有兩件是眞的，一件鸚鵡螺，一件木刻品。穿著第一高校制服的男孩把負心女踹跌在地的木刻品，取材自明治年間尾崎紅葉的小說〈金色夜叉〉。很奇怪小山不說它們好，說眞，可見其餘都是贗物。胡老師對凡此儉陋皆無意見，總說巒好，巒好。日常聊天，屢屢比較到日本的與中國的不同，一次胡老師說：「像你父親這層級的小說家在日本，家裡一般很有品格的，掛畫什麼，端茶出來的一個杯子、盤子，吃點什麼，都非常有品格。可是你們家庭這樣，也好呀。日本人常時太美，有些東西是在美與不美之上。」

我就警戒自己有耽美的危險。胡老師曾寫詩贈池田篤紀，前二句「蓬萊自古稱仙鄉，西望漢家日月長」，說的是初亡日本，池田替他張羅安定。後二句「惟恐誓盟驚海嶽，且分憂喜為衣糧」，豪傑性命託於一劍，他卻性命託於衣糧，與眾生同。也幸虧吃多穿暖，他沒有變成孤憤老人。而且他喜看女人，像阿城說的，「我亦是偶有頹喪，就到熱鬧處去張望女子。」

胡老師又問我們看過〈游俠列傳〉沒有，去找來看，裡面有個朱家，有個郭解。朱家也是你們山東人，許多遭厄難的都跑來朱家藏活，魯人崇儒教，朱家以任俠聞名。胡老師唯一算講過張愛玲的是她的個人主義，自我防衛心，而立刻補充，「張愛玲雖然冷淡，卻是有俠情的，又其知性的光，無人能及。」他在黑板上寫，「任俠是文魄」，說朱先生小說的重量在此。

他早上過來看報，通常已寫了千把字《碧巖錄》新語，也打過拳，沖完冷水澡。國內外新聞掃掃一眼，倒是連載的武俠小說方塊每天都看。假日，我們青少年往往睡到太陽高照，起床後大家去興隆路吃豆漿，回程走山邊，胡老師也一淘踩澗溪裡玩，虱母草開著粉紅小花，說那粉紅是我的顏色。跟天心下五子棋，讚天心聰明。天心喊胡爺，我有一些躊躇，還是把自己歸到喊胡老師那邊，因為喊胡爺就喊定了，再無別的可能了。詩三百篇，思無邪，但我是思有邪。

我幫胡老師擦樓上地板，被誇能幹，得一句劉禹錫詩，「銀釧金釵來負水」，胡老師說：「勞動也是這麼貴氣。」講到漢武帝通西域，背後是有女人桑蠶機織的生產力做支持，其氣象都寫在〈陌上桑〉裡，當中出來的女人是秦羅敷。可這位秦氏好女跟什麼勞動楷模，人民英雌之類的東西扯不上關係。叫我們去買本《古詩源》，收錄在中。大家挑裡面喜歡的篇章讀，採蓮採菱，又是一番氣象。唸到〈西洲曲〉，一句「垂手明如玉」，胡老師說：「這是寫的天文小姐哩。」眞叫人高興。

整個夏天，胡老師院子的曇花像放煙火，一波開完又一波。都是夜晚開，拉支電燈泡出來照明，七、八朵約齊了開，上完課人來人去穿梭著看，過年似的。圖書館小姐拿了紙筆來寫生，曇花燈裡姚孟嘉跟太太是少年夫妻，若潔嬰兒的眼珠黑晶晶。花開到下半場怎麼收的，永遠不記得，第二天唯見板凳椅子一片狼藉，謝了的曇花一顆顆低垂著大頭好像宿醉未醒。多年後，每有暑夜忽聞見飄移的清香，若斷若續若撩弦，我必定尋聲而至，果然是誰家外面那盆攀牆的曇花盛開了。人說曇花一現，其實是悠長得有如永生。

還有那棵大玉蘭樹，冷香沉沉，一股一股的像漲潮。我跟天心採玉蘭花，胡老師打拳完過來跟我們講話，談到文章提出問題，有的是做了解答，例如易卜生的《傀儡家庭》，劇終娜拉覺悟到自己的獨立人格而出走。儒家就是有問必答，如孔子對魯哀公的問這問那，都一一回答清楚。是非分明，這當然必要，否則什麼肯定的東西都會沒有。但也有是不做解答的，老莊常是問而無答，問而不知所答。比方賈寶玉，與他相知的是林黛玉，然而晴雯呢？晴雯是丫頭，說不上這份兒，可假使要爲林黛玉的緣故去了晴雯，賈寶玉怎麼能。便是薛寶釵，他也不能去想要在跟林黛玉兩人之間取一捨一。除非是天意。大觀園裡的女孩們，連那位不知名隔著花蔭在泥地上癡癡畫薔字的女孩，對賈寶玉來說都是絕對的。林黛玉每想到終身之事，賈寶玉則不能想。那麼這個問題要如何解決呢？這不是可以解決得了的。它唯有就是這樣的，也只可以是這樣的。賈寶玉以不解決爲解決，沒有答案。

胡老師說完問我們有何感想——他總在長篇大論之後彷彿不好意思的，搭一句：「你說說我這話講得好不好呀？」天心就把眼睛笑望著我，拿我做擋箭牌，但我也只會裂嘴笑，答不出半句感想。後來去日本，在野村家看能樂，因胡老師之故，特別把能的面具服飾一件件取出來跟我們講解，大約我們也是如此傻笑無言，過後胡老師說：「大家都稱讚你們，說你們沒有進步少女的習氣，指東問西，或像新聞記者那樣必得要發表一點見解和知識。蠻好。」

我跟天心，實在每困於我們的木訥寡言到了啞巴的程度，只好充當和音天使負責笑聲罷了。阿城提起某女士之滔滔不休，說是「不講話也沒人會當她啞巴」。又曾言座談會上侃侃而論，「他們儘說，我儘聽，可眞理的對面呢，還是眞理。」阿城這人，眞酷。

這年暑假，眾人約了參加《聯合報》首屆小說徵文比賽，胡老師說等小說寫完開始教我們讀書。放榜，天心上台大歷史系，寫小說也像她考大學，不逼到最後不拚，胡老師去興隆路買了原子筆回來給她，哄她快寫。胡老師也像天心的愛走路、愛玩。大家去新店乘渡筏過河，竹林掘筍，往前去是蓮霧林，胡老師選定一株蓮霧摘將起來吃，像隻山羊。末了大家發現還是胡老師的這棵最甜，遂採了大袋走。在石頭岸上合照，沖出來看很好，父親寄了張給張愛玲。當時我就想《今生今世》裡寫，張愛玲要他選擇，小周，或她，胡不肯，因說世景荒荒，他與小周有沒有再見之日都不可知，你不問也罷了。張說：「不，我相信你有這樣的本領。」相片中人，涼帽，夏衫夏褲一身白，果然是，劫毀餘眞，轉趟來又是半生，他有這樣的本領。

我把一本相簿給胡老師看，貼滿了國中以來購集的黑白明星照，大部份是費雯麗，《亂世佳人》、《魂斷藍橋》、《安娜卡列尼娜》的劇照，還有奧黛麗赫本。胡老師像一般男生看這些是女孩玩意兒的不屑神氣，很快翻完，笑還給我。我也像一般女生的必要從對方口中聽見讚美這些收藏的話語，胡老師指幾張說：「以前的人比較有個浪漫。」拾起我的詞選課本翻翻，見註著密麻解釋，說：「我們從前唸書不這樣的。」又說：「最好的老師是無師，無師自通。」

原來他教我們讀書，不過就是提個頭，去看〈高祖本紀〉、〈項羽本紀〉，散步途中問看完了嗎，喜歡誰。我熟讀胡老師的著述，無論如何先講喜歡劉邦，他點頭說：「項羽容易懂得，可是要懂得劉邦，除非你的人跟他一樣大。」同樣的意思，他讀完時人寫的《蘇東坡傳》之後說：「人還是不能寫比他高的人物，看不到，也寫不到。」於是講起劉邦漢民族，與項羽楚民族的不同。楚很華麗，深邃，是月亮的。看馬王堆出土衣裳的繪繡著星辰、月亮、蘭草植物、波紋，有一種洪荒草昧之感，神話很多。李白自己是漢民族詩經的，太陽的，但他非常迷戀那些神話故事，他是亦楚亦漢。漢賦已經融合了楚漢，去把〈司馬相如列傳〉找出來看。

項羽和劉邦的話題，是在去年香港書展時再談起。郝明義請吃飯，因《毛澤東私人醫生回憶錄》裡寫，毛澤東從來不經手錢，且是不耐煩錢，便聊到政治人物對取捨的判斷。譬如陳水扁拆違建，若是率先把自家的違建拆了，政治聲望和資本將不知漲幾番呢，何以陳水扁不做？阿城說，這跟出身有關。陳水扁律師出身，律師但凡講條件跟底線，他這底線是絕不能讓的。毛澤東像劉邦，打天下出身，沒有底線，就是一個肉身，保住肉身，行了。項羽不成，他是貴族，到哪裡總之有個貴族的身份和場面，架在那裡了，所以無顏見江東父老會是這麼重要。

當年我讀司馬相如的〈上林賦〉，暑氣騰騰，昏睏得簡直無法。那些描寫水流的情狀，水中生物的種類，稀怪到必須一字字錄寫，否則根本映不進眼睛裡。胡老師過來望望，見紙上歪歪倒倒的佈滿了瞌睡字，哈哈笑起來，掏出陳皮梅給我吃。他屋裡常放著大包陳皮梅，取代了香菸的效用。關於戒菸，他會說：「你若只想吸菸的害處，是戒不掉的，你倒要想李白蘇軾不吸菸也寫得好文章，吳清源不吸菸也下得好棋，有一個好的憧憬，就戒得菸了。」如此拙異的戒菸法，讓人以爲是個諷刺笑話。

漢賦辭藻繁縟，被批評爲堆積文字，胡老師說這是學者不懂文學。秦皇漢武爲求仙丹長生，幾次被人利用誆騙，班固因此認爲司馬遷寫〈封禪書〉是諷刺漢武帝，胡老師也說這是後世儒者不懂文學的詩意。他有時差不多快要像劉邦那樣嫌惡儒生了。有台大學生來拜見論學，我坐旁聆聽看不出哪裡不好，走後胡老師說：「這個青年沒有詩意，學問做得來是枉費。」司馬相如、李白、蘇軾，都愛封禪，他們的是黃老。司馬遷自己也是，遭評爲「多愛不忍」，對奸壞佞小也有喜愛，所以《史記》寫得比《漢書》是文學。《史記》寫項羽，會著墨項羽的一匹馬、一美人。而劉邦得了天下，至武帝拓疆開邊盛極，新朝的萬般事物都是撻亮，一時代人對眼前景、眼前人的感激好奇發出了頌嘆，這是漢賦。《百年孤寂》開頭寫，那個時候世界太新，一切還沒有名字，必須用手去指。漢賦便是興高采烈的指述新物新事，不厭其煩的詳繪凡百細節，成段成篇列舉出聲、色、犬、馬，不爲什麼，只因爲喜歡。然後讀〈封禪書〉，〈樂書〉。

神話若可喻解爲民族的記憶，所謂人類共通的集體無意識。西天王母瑤池，蟠桃三千年開花，三千年結實，這是漢民族來源的古早記憶普遍深植於民間。《山河歲月》申述了二、三〇年代考古學上的新發掘，包括土耳其斯坦的阿瑙、伊朗高原的蘇撒、毗鄰亞述的古墟，和印度全境。阿瑙蘇撒時代的日石文化，是音樂的民族。前此舊石器人是繪畫的民族，洞穴壁畫及石斧，唯摹仿自然物，顏色濃烈刺激，是人的沉重的存在。新石器時代的音樂，則生於喜氣。兩個時代並非連續而來，倒是一次蛻脫，一次飛躍。其間奧祕在於，舊石器人眼裡的大自然是威嚇懼怖的，新石器人則對大自然感激。前者仍處於無明狀態，後者開了悟識一躍而爲文明。當年孔子著力於華夷之辨，孟子明人與禽獸幾希？義與利之別。宋儒分辨天理與人慾，釋迦講法與無明，基督講屬靈的與屬世的，胡老師則斤斤於文明與無明之別，也是到了不妥協的地步。便看這阿瑙蘇撒的文明人，一隊往西南到了尼羅河流域，一隊往西至兩河流域，一隊往南至恆河流域，又一隊往東到了黃河流域。如此建起了埃及巴比侖印度及中國的文明，其早期彼此許多地方相似，實出於同源。胡老師說得好像他自己去過那裡，現在邀我們同往。

於是漢民族一路東來，碰到了大海，泰山是陸地的東極，於其上築土爲壇祭天，其下除地小山，報地之功。祭天叫封，祭地叫禪。《舊約》裡亞伯拉罕西去迦南地，在示劍設起第一座祭壇，向耶和華感恩。對天地感激，是文學的源起，「幸甚至哉，歌以言志」，胡老師認爲曹操此言，是古今詩歌的極則。漢民族來到泰山，已是發展的終極，可是那開疆拓土的興沖沖還收不住，都教衝到海上，開出了蓬萊，方丈，瀛洲的仙山奇葩。

胡老師說：「司馬遷寫封禪，一是寫對於漢民族來源的古老記憶。二是對於漢民族未來一股莫名的大志。三是寫文學的一個『興』字，生命的大飛揚。」

求仙的想頭，生命飛揚到要將自己整個人舉起來，乘風而去。讀〈樂書〉，就再讀〈禮書〉，樂是發動，禮是完成。文明的背景是樂，樂求同。文明的表現在於差異，禮爲異。「春風至人前，禮儀生百媚」，這似乎是胡老師心中的大同之治。在他東京福生的家裡，牆上一大幅橫條寫著，「禮樂風景」，是他嚮往追求的理想國嗎？胡老師跟孫兒一清每在那牆根前摔角，天心亦加入，摔得地板碰咚響。胡老師耿耿不忘的禮樂盛世，畢竟只是一場癡人說夢，從來沒有存在過的烏托邦嗎？還是申曲裡的那幾句套語，「五更三點望曉星，文武百官上朝廷。東華龍門文官走，西華龍門武官行。文官執筆安天下，武將上馬定乾坤……」多麼天眞純潔的宇宙觀，曾令張愛玲思之淚落的清平世界。

胡老師說：「中國民族的精神是黃老，而以此精神走儒家的路。曲終奏雅，變調逸韻因於黃老，雅則是儒的。《易經》講開物成務，黃老是開物，儒是成務。又講文明在於天人之際，黃老是通於大自然，而儒則明於人事。」

並說：「平常我愛《易經》，愛它無儒與黃老之分。孔子之時，儒與黃老始分，但直到漢初，也還儒俠未分，所以孔子之徒有子路子貢，孟子也後車數十乘。」

打天下的多是黃老之輩，無從效法，亦難以爲人師表。張愛玲給父親的信上抱歉沒有接見某人，解釋道，「西甯的學生遍天下，都見起來還行？」而胡老師說他是沒有學生，不收徒弟的，要麼就是強者自己上來。宗教家接引弱者，普渡眾生，黃老卻是扶強不扶弱。此言又驚得我沒處檢點起，勉力做強者可不知夠不夠資格呢。

蘇軾詩、「我生不自量、寸寸挽強弓」，胡老師從浙江一介農村小孩到今天，他的一生都是不自量力。他教我們要有讀全部書的魄力，四書五經與《老子》、《莊子》必須以自力全讀。西洋文學如莎士比亞和托爾斯泰都要讀，科學家的傳記也要涉覽，他說：「如國父即是讀書極多的，唯不要像現在教授們的讀書法。」又寫信叮嚀，「我昔曾全讀曾國藩奏議，又全讀楊增新治新疆文牘，今希望你們能全讀國父全集，此是爲知識，同時更爲一種情操也。」

但當時的我們，對胡老師一面全盤接收，一面又聽者藐藐似的，只顧貪玩跟談戀愛，非常之不用功。星期六的易經課，每講到時局和國際形勢，在我仍是政治白癡的那個年紀，有幾場談話因爲簡直像聽祕辛而留下深刻的印象。一次是日本內閣和自民黨中央總辭，就講起自民黨的派系，分析將是福田赳夫組閣。一次是卡特當選總統，就解說到民主黨共和黨的延革與政經主張，判斷美蘇關係會如何。記憶裡其犀利明白，大約可比現在我們閱讀南方朔的評介及每期於《新新聞》上的撰論。又一次是毛澤東死，就說俄共鞭屍史達林，但中國共產黨不能，倒是還要奉毛的牌位以令諸侯，管得半會兒用處。再一次是丁肇中獲諾貝爾物理獎，胡老師看完報紙說：「即使大加速器還會撞擊出新粒子，也還會陸續發現新粒子，但是物質到底仍有不可被分割殆盡的時候，粒子最終之不可分割是物質的最初，也是絕對單位的存在，這個覺悟要有的。」

粒子分割已盡的說法，由於讀過《華學科學與哲學》，不算陌生。凡胡老師無論講什麼，聽不聽得懂之前，只覺好感，便是不懂的，亦喜悅受之放在那裡。不但沒想過要質疑其說（像有些聞名來論學的高人），而且是根本連問題也提不出來。往往，談話的內容因爲不懂而全部忘光了，可那談話的氣氛跟召喚，銘記在心。的確是讀胡老師書不求甚解，但眞會自行去渲染。他講國際形勢，我心想啊，孔明的隆中對就像是這樣的吧，感到歆動。若散步途中他駐足用打狗棍在泥地上畫圖說明，我就比附到魏徵身上，「杖策謁天子」，眼前的莫不是，可惜沒有個李世民來聽應。他初來台時上書蔣經國陳言改革方案，令我緬懷史上多少仁人志士，雖然今天看起來似乎是秀逗。一九八〇年我們二次從日本返台，十分熱血的夾帶回來他寫給鄧小平的萬言書，寄望鄧的馬上打天下，亦能馬下治天下。我傾慕於他給朋友的一橫幅字寫道、

照綺席，有如花如水紅妝，傾國傾城豪傑，高陽酒徒，還與那沛縣亭長，一般好色。始皇帝三十六年，秦社稷之末，數年少項籍，劉季約莫半百，老了酈食其七十，天下事猶未晚也。

想他是七十幾歲的酈食其，栖栖於國共之間，而張愛玲早在多少年前已經說了：「這口燥脣乾好像是你對他們說了又說，他們總還不懂，教我眞是心疼你。」

焉知我們也是不懂，不懂卻能欣欣然追隨，此謂盲從乎？

日後是與阿城閑談中，稍微紓解了我這個困惑。阿城說：「胡先生的植物性恁強。」講下放

雲南時，原始森林的一股鬱勃之氣，層層樹木和蕨類挨蹭著競長，見點陽光縫隙就往上竄，有殺氣。的確，《今生今世》爲證，五十好幾的人，走走路心有所思，仍會自言自語脫口一個「殺」字。日本坐電車，每把車票在手裡捏皺了，心熱，不安靜之故。胡老師人格裡明顯的向陽性，向光性，阿城的意思是，跟我們那時候的年少氣盛正巧合上，氣味對了，一切好說。假如有謂胡氏教條，曰、「無名目的大志」，八成就是這個了。

紐約的劉大任跟我轉述，郭松棻有段時間生病，病中只讀《今生今世》而感到開豁。郭松棻是讀書讀到成精，我知他多半並不同意胡說（胡蘭成學說）部份，但也許是胡老師的那一派植物性喜氣打動了他的嗎？

胡老師可說是煽動了我們的青春，其光景，套一句黑澤明的電影片名做註——我於青春無悔。也像歷來無數被煽動起來的青春，熱切想找到一個名目去奉獻。我們開始籌辦刊物，自認思想啓蒙最重要，這個思想，一言以蔽之，當然是胡老師的禮樂之學。刊物名稱考慮過「江河」（長江黃河），以目前社會氣氛來看，是個不折不扣的大中國沙文主義。

秋天胡老師完成《禪是一枝花》後暫返日本，短箋報平安，道「江河經費十萬元（台幣）可以籌得。」因每有人向胡老師求字未寫，這趟回去得寫了。一向是佘愛珍師母管生計，調轉不來時向胡老師開口，便寫字給人。不久刊物改叫「三三」，胡老師來信說，「三三命名極好，字音清亮繁華，意義似有似無，以言三才、三復、三民主義亦可，以言一生二、二生三、三生萬物亦可。王羲之蘭亭修禊事，與日本之女兒節，皆在三月三日，思之尤爲可喜也。」

胡老師這一來台去台，促使我們辦起《三三集刊》。很久以後我讀到《台灣民族運動史》，執筆者葉榮鐘，開頭寫一九一〇年流亡日本的梁啓超來台，在東薈芳旗亭做一小時演講，因偵騎特務四佈，梁講得辭意委婉，眾人細聽於心。梁且作四首七律貼座上，「萬死一詢諸父老，豈緣漢節始沾衣」，撫慰了當時多少知識份子、詩人、遺老們的悲情。又一句「破碎山河誰料得，艱難兄弟自相親」，不脛而走，響遍全島。梁後來幾天住霧峰林家，諫告林獻堂叔姪一班，切莫以文人終身，要努力研究政治經濟社會思想等學問，曾即席開列譯自歐美的日本書籍三十餘本，陸續又開了一百四十本。至若台灣面對日本統治不知該如何而可？梁告訴林獻堂，三十年內，中國絕無能力給予救援，所以最好效法愛爾蘭人的抗英，厚結日本中央顯要以牽制總督府對台人苛政。

這位漢土使節留台兩星期，走後，諸多向所未聞的新名詞譬如主義、思想、目的、計劃之類，在年輕士子裡大大流行起來。梁的感召，直接激發了以林獻堂爲首的台灣議會設置運動，十五餘年間以民間之力對日本政府行外交攻勢，爲宣傳而辦《台灣青年雜誌》。當然還有台灣文化協會，短兵相接做陣地戰。協會結果由左派掌導後，林獻堂等人退出，組成台灣民眾黨。又還是路線問題，主張民族主義文化啓蒙運動的人便又脫離民眾黨，另組台灣地方自治聯盟。直到一九三六年所謂「祖國事件」，林獻堂被台灣軍參謀長荻洲毆辱避居東京，聯盟宣佈解散。

這段將近四分之一世紀的因緣際會，寫進了葉榮鐘所著《台灣人物群像》，使用一流漢文，精采處直承《史記》列傳。胡老師曾說：「當代史還是要當代人來寫，司馬遷直寫到他同代的人，孔子作春秋極盡幽微。」葉榮鐘撰當代事，就特有一份鮮辣的現實感，可惜葉氏名不傳焉。

侯孝賢拍完《悲情城市》考慮過拍「自由大夢」，以葉榮鐘既介入又旁邊的身份跟眼光來拍，多少帶點想替葉氏揚名，抱不平的意思。

台灣本土化已成主流意識的近十幾年來，由此對過往台灣歷史做出選擇性的記憶、遺忘、解釋，或推論，也許是自然現象。台灣建國運動的史觀裡，對二二八以前的台灣是毋寧只揀取了他們所要的材料。

讀葉氏的書，切不切題拿來比況胡蘭成與三三，是大言不慚，自我抬舉了。也實在因爲物傷其類，借詹宏志的話是，不小心發出了黃金事物難久留的嘆息。當時我們絕不相信，並沒有太久，我們或多或少都反逆了胡老師，更叛別了三三。

神話解謎之書

一九七七年四月《三三集刊》創刊，胡老師來信，「算著日子昨天（十日）三三第一期出版，頭一晚上就爲之喜而不寐，一早天未亮起來，喝白蘭地一杯慶祝，大概十五日可以寄來看到了……」

我不免想到戰爭末期四四年到四五年間，胡張辦了四期《苦竹》月刊，炎櫻畫的封面。瀏覽其目錄，〈求開國民會議〉、〈中國革命外史〉、〈文明的傳統〉、〈告日本人及中國人〉、〈延安政府又怎樣〉等，與張愛玲的〈談音樂〉、〈自己的文章〉、小說〈桂花蒸阿小悲秋〉，與路易士（紀弦）的詩，翻譯炎櫻的散文並存。月刊內容博雜，畢竟不同於張愛玲給稿的其他雜誌。

集刊共出了二十八輯停止，除最後一輯胡老師未及看到，都是每輯寫信來一篇篇評讚。爲能印行《禪是一枝花》，七九年我們成立三三書坊，胡老師化名李磐出書，漸漸便用這個名字撰文發表在集刊，評過張愛玲的新作〈相見歡〉。接讀《紅樓夢魘》寫信說，「是胡適以後最好的紅樓夢考據，因其眞是讀了紅樓夢，但十年一魘，學者則無有像她的自覺者，此憮然中正有張之爲人」。

讀〈色．戒〉寫說，「張實在是文章之精，此篇寫人生短暫的不確定的眞實，而使人思念無窮。寫易先生（丁默邨）有其風度品格，此自是平劇演壞人的傳統，不失忠厚，亦逼肖丁本人。結構迴復照應，皆虛皆實，敘事乾淨之極，在今時當推獨步，然亦稍稍過嚴矣。又抗戰期間中國人皆有一種茫然的愛國眞情，如時而忽然雲開，現出了黃輝輝的江山如夢，色戒寫學生似乎還可以點出幾筆。」

讀〈浮花浪蕊〉說，「題目甚好，浮花浪蕊本已是常語，用在此處卻見是這一代有多少藐不足道的悲歡離合都隨水成塵，如默示錄的氣氛，連泡沫亦無漣漪，是灰塵也不飛揚，使人思之悚然於這時代劫毀之大。亦可以說是小小的天地不仁。」

胡老師到日本之初，與日本風雅之士及漢學家們交遊，飲酒賦詩寫字，談論世道人心，眾皆引他爲同道。他說：「及後我覺他們不求進步，就脫離他們，也不再與大學的文獻學者們往來，自力求眞知，於是大家都對我不高興了，幾至友誼全熄，我也不覺孤寂。」他有詩云、

學書學劍意不平，未知成敗只今身，
盡輸風雅與時輩，獨愛求妻煮海人。

煮海人是元曲裡說一書生行海邊，與龍女結爲夫婦，龍王怒之，禁女於宮中，書生便取鐵鑊海水煮之，他要煮乾海水爲求妻。有仙人經過聽了很同情，授之仙法，鑊中水溫高一度，大海水溫即高一度，漸漸海水要沸騰了，魚蝦們倉皇叫跳，龍王推女出海面，書生遂挈妻而歸。

胡老師很像那煮海人的癡執。而他不料結識了發現岡原理的世界數學家岡潔，及諾貝爾物理獎得主湯川秀樹。他把他們的全集都讀了，像嬰兒學語，看著聽著大人在講話。他說：「他們兩位使我知道什麼是數學，什麼是物理學，何處是數學的限度，何處是物理學的限度。」他這才買了許多今世紀的數學物理學書來看，黎曼前後的數學思想的流變，愛因斯坦對鮑亞他們的爭論，普蘭克的量子論，素粒子研究的天才群 Erwin Schrodinger 他們，天文學上 Fred Hoyle 他們的定常宇宙論對進化宇宙論之爭。許多都是以前他連名字也不大知道的，如今卻似遇到了仙境，所見花卉多不識其名，可都覺得好。他說：「學問要靠仙緣。還有一個時字，縱然用功，學問卻像花朵的要踏正了時辰才忽然的開放。」

岡潔與湯川最後是從數學與物理學的盡頭處面對了究極的自然，愛因斯坦晚年也說相對論量子論不是一切，胡老師好慶幸自己是中國人，有《易經》可與之相議論。岡潔已經跳出了數學，湯川於物理學則欲要跳猶未跳出。胡老師說：「不止是數學與物理學有限制，學問這樣東西便是有限制的，有時反而是阻礙，但只要知道了這個，還是可以高高興興的做學問。」

去年讀到《李維史陀對話錄》，言及沙特的地方令我詫異。李維史陀說沙特思想的根基是在一種意識形態中，此意識形態僅屬於他那個時代和知識背景。沙特把哲學變成一個封閉的世界。除了政治競技場，他對外部世界發生的一切，特別是對科學上的事情，毫無興趣。與沙特相反的是梅洛龐帝，他有沙特所沒有的求知慾。

對話者問那麼今天哲學是否仍然有一席之地？李維史陀答有，但條件是它必須以當代科學知識跟成就，做爲反思的對象。好比梅洛龐帝希望能復活「大一統哲學」，這是古代思想家做的事，那些人同時也是那些時代的科學領導人。他們的哲學思想建立在他們的科學成就基礎上。胡老師的說法是，科學上的大發現，接著要哲學來說明其所以然之故。

「大學之道，在明明德」，科學上的大發現若是明德（美麗的功德），哲學就是要來明（說明發揚）那明德。正如世紀初發現了量子論、相對論，則牛頓古典力學的定律皆不足以應對，而機械論決定論之哲學思維亦無能解釋。爲什麼粒子既然是點，又同時是波？又線性決定論，如何說明諸多非連續性的，能階跳躍式的變動。李維史陀嘆息，今天科學與哲學已徹底分開，雖然他還是呼籲，哲學家不能讓自己完全脫離科學。

憑這個呼籲，李維史陀就不該是神祕主義。李維史陀運用結構主義方法從事了數十年研究，這種方法每被他的盎格魯薩克遜同事視爲唯心主義，或精神第一論，或被揶揄爲「李維史陀普遍原則」。這讓我看了笑出聲來，聯想到胡蘭成的「大自然五基本法則」，只怕比李維史陀的更要被揶揄。朋友和天心聊天說，不知《荒人手記》中寫到李維史陀部份是來眞的，還是只把它當個符號？朋友是幾次攻堅李維史陀的那兩大厚本《神話學》都失敗。我對天心說：「眞不足爲外人所道，怎麼我覺得李維史陀和胡老師，兩人講的東西簡直是一個。」

結構主義把物質與精神，自然與人，思維與世界統一起來，李維史陀自認這個，其實親近於一種絕無僅有的唯物主義，此唯物與科學知識的眞實發展一致。所以被貼上黑格爾信徒的唯心標籤，李維史陀大表冤屈，自陳道，「沒有什麼比結構主義離黑格爾更遠了。甚至也可以說，沒有什麼比結構主義離笛卡兒更遠了。」

它既非唯心，又非笛卡兒的唯理。李維史陀提出的是「野性的思維」，神話的思維。神話反對把問題肢解成碎塊來分析，而始終在尋求能夠涵蓋現象總體的解釋。它的解釋方式，有點像是我們在跟人講道理。我們回答人家的問題說「那是在……的時候」，或者「這就好像……」，或者「如果是那樣的話……」，聽起來似乎嫌搪塞，但是，神話思維把這個過程運用得如此靈活又系統化，已經完全取代了邏輯跟論證。

簡單一句話，它是一種「關於具體事物的科學」，從具象的客體之物出發，加入了觀察者的主體，終結於具象造形的說明。李維史陀謂「絕無僅有的唯物主義」，因爲它從具象之物來，亦還原到具象之物止。正如所有的藝術創作活動一樣，面對客體之物時，以感，以直觀。永遠是「結論在前，證明於後」的一種運作方式。是在這一點上，李維史陀被當成了唯心論，甚或神祕主義。

格物，致知，結論是先於證明的。連愛因斯坦都說了：「科學亦如藝術，最後也得訴諸直覺性的想像。」

胡老師的說法，他從岡潔曉得了什麼是以冥想格物，可冥想只能做抽象造形，如數學的方程式。他對岡潔提出還有正觀格物，正觀猶云直觀，不用冥想。而唯正觀能做具象的造形。數學方程式是優美的，但數學也可能有顏色，有具象造形嗎？也許這樣就踰越了數學的範圍？胡老師對岡潔提出《易經》，《易經》也許是著了顏色的數學呢。胡老師信上說，「我幾處對岡潔表示與他在思想學問上的意見不同，起了衝突，但隨後他都採納我的竟見。臨去世時他把最後的求道之心和學問思想的歷程寫了一封長信（四百字一頁，共十七頁）給我，向我求證，如惠子之對於莊子，岡潔是我在日本思想學問上最大的友人了。」

何以一個能做具象的造形，一個只能做抽象的造形，胡老師要這樣斤斤計較到不惜友誼破裂？

喬瑟夫坎伯，這位也是一生和神話打交道的神話學大師曾舉例道，你買了軟體，於是得到一些符號，便可以帶領你達成目標，但若是你下達的指令並不屬於這套軟體的，電腦就無法運作。同樣，在神話領域裡，坎伯說：「如果一個神話裡的謎是用父親來比喻，而你原有的神話是以母親爲隱喻的，你便要有一組和你所熟悉的母親神話不同的信號，才能解謎。」

想想看，假使祈禱文的開頭是「我們在天上的母……」，而非「我們的父……」，多麼不同的兩把鑰匙，打開兩扇多麼不同的門。若是具象的造形是通往母親神話的那組信號，而抽象的造形是父親神話的另一組信號，試問，這位軟體購買者不計較個清楚才怪了。

胡老師認爲，史上是女人創造了文明，此文明與自然一體，是具象的造形。此後男人將其理論化，學問體系化。女人做的是格物，男人的是致知，文明得以遞變和拓展。女人比方是不自覺的第一手寫出了好字，文章天成，此非男人所及。但男人把她的美處的所以然之故一一說中了，點明了，她眞是高興。她對男人一面喜悅，起了謙讓之心，一面又另眼相看的要跟男人競爭起來，有了敵我的分別似的。民間說「男有剛強，女有烈性」，果然比說女有溫柔對。

女人不自覺的始創了文明，大地女神看著歡喜，沒有不足，今後唯把它美化而已。不過光是美化可有點難以為繼，久而久之美亦朽滯，無疾而終了，此是不自覺的危機。男人的理論學問使文明自覺，新發於硎。所以自覺的創造出傑作，將比不自覺的創造更為可貴。這便是男人的理論學問對女人始創文明所參與的最大貢獻了，差不多打成個平手。

但理論學問，是從巴比侖起，就漸有要離開具象的意思了。借坎伯的舉例來說，耶和華創造世界時，從土地造出男人，再把生命吹入塑好的形體中，他本身並不在他塑造的形體中。然而女神是同時在內，也同時在外的。女神傳統裡，整個世界都是女神的身體。巴比侖講靈，講有靈就是與物分離的開始。而女神看物，是物物之全，沒有抽象的，也沒有單是物質的。凡物皆有色，且自然空色一體。現在男人來了解女人的始創文明，思省到物有空有色，有象有形，這意識到空與色，無與有，實是具象和抽象的歧途了。當然釋迦和老子都再三重申空與色，無與有不可分之旨。

坎伯還有句大膽褻瀆的話，「耶和華的問題，乃是忘了自己是個隱喻，他認為自己是個事實。」這話在神話學裡說說倒還不致被追殺吧。因為神的概念永遠是受到文化制約的，地理環境塑造了當地人的神性意象，再把此意象投射出來，名之為上帝。沙漠之神不可能是大草原之神，也不可能是雨林的眾神。沙漠裡，只有一個天，一個世界，沙漠誕生了一神教。但在叢林裡，沒有地平線，叢林居民從未看過十幾碼遠的東西。赤道熱帶則從墜腐的葉木看到加速生命就是加速死亡，一場植物、動物、與人類的狂亂犧牲，死是新生命的必須。

游牧民族的神話傾向於社會人群，他們四處游動，個人是在跟其他人的互動中學到自己的生命中心。農業民族傾向於大自然的神話，女人是第一個栽種的人。坎伯認爲《聖經》的傳統便是一種社群傾向的神話，大自然受到貶抑跟譴責，人類活在自我放逐中。把某種高於自然的存在視爲上帝，聖靈統治著一個墮落的自然，這個概念結果將世界變成一片荒磔之地。上帝與自然分離，將大自然定罪，成了《聖經》的責難方式。日本是另一個極端，天照大神女神的神道教說，「大自然的過程不可能是罪惡的。」他們並沒有人類從伊甸園墮落的概念，他們的生命源頭便不曾被切斷。《舊約》裡，上帝造了一個沒有女神的世界。直到《箴言》，智慧女神蘇菲亞跑出來說了，「上帝創造世界時，我也在場呢，我是他最大的喜悅。」

坎伯和李維史陀都對易洛魁印地安人的雙胞胎故事極感興趣，各做了不同的解析。雙胞胎代表兩個系統，栽種的，和狩獵的。因此講到該隱與亞伯，那件創世以來的首樁逆倫案。牧人跟栽種人對立，栽種人每遭厭唾，此是狩獵或游牧民族侵入栽種文化後，當然會要損謗被他們所征服者的神話。《聖經》故事裡，小兒子總是優秀的，好比亞伯，而且善良。小兒子是新來者——希伯來人。大兒子，便或是以前住在那裡的迦南人。牧人亞伯，與該隱代表著的栽種人，兩個系統衝突融合的故事。

坎伯且指出，希伯來人把女神完全拭去，將迦南人的女神當成可惡之事。這在印歐神話系統裡就找不到，宙斯跟女神結婚，一起玩樂。又還有是處女生子的概念，意味著，精神生命的人從肉身之中誕生了。法身的出生，神的出生，神就是你。處女生子，在希臘神話裡俯拾皆是。可在希伯來傳統，沒有處女生子這個概念。「四福音書」唯一出現處女生子記載的是路加福音，路加是希臘人。女神後來在羅馬天主教傳統中以聖母瑪麗亞再度現身，因而十二、三世紀許多漂亮的法國教堂建了起來，每座都叫聖母。舊教一向著色富麗，儀式又特別繁縟，那是女神的。

畢達戈拉斯說萬物皆數，看來是男神系統的語言。換是女神來說，她會說「數在於萬物」。男神認爲，數不在於萬物變動的姿態中，而是萬物的現象依於抽象的，體系化的數學方程式。理論學問自始便與女神文明異質似的，印度的印度教就反對學問化。釋迦和當年諸外道是把印度的女神文明來理論學問化，可到底被印度教抹消了。佛教的榮耀跟力量不在印度本土，在印度以外。中國也有老莊一派反對學問化，是孔子與古代希臘人正式提出了學問化的一個學字。

孔子講詩（樂）與禮，老子講無與有。《易經》不特爲說一個無字，及相對的一個有字。《易繫辭》也不說無，說太極，太極像是染了色的。孔子倒還比老子更直承《易經》的具象。巴比侖的學問化也尚是具象，但已強烈感覺到其與女神文明的異質性。理論學問在初開始時就引起騷動，此事傳到希伯來人的創世紀裡，變成了神憎知識。

文明與自然一體，物的存在都有意思，物是自有其莊嚴的主意的，所以女神說數在於萬物。你現在卻只管講萬物皆數，那麼物自個兒存在的莊嚴主意是不算回事的了？這是要漠視文明女神千萬個化身於萬物之中的實情了？是要任憑自然與神，與人發生裂痕麼？邏輯自己會走路，而迷途日遠，背反了神。抽象亦自己會增殖，轉頭來反噬神，神如何不怒？巴比侖人的原罪論，是指的把文明來理論學問化的罪。傳至《舊約．創世紀》，亞當夏娃吃了知識的禁果而遭神譴。而畢達戈拉斯把數抽象化，可遭到脫離女神文明的懲罰了呢——除不盡的圓周率，無理數的問題。

於是女神爲男神演一音，絕對精密的一音，數學到不了的，物理學到不了的，她輕輕一擊到了。一音裡，有你的有理數可以到得的地方，也有你到不得的無理數的地方。

奧義書中，女神親自現身教導這些使不出神通了的吠陀神祇，火神風神一幫及偉大的因陀羅，她告訴他們：「這是所有事物的終極，因爲它你們才有神力，它亦隨時可以熄止你們的神力。」事物的終極，數而且是從它生出來。

數是生出來的呢，文明女神如是云。她將對數學的男神說，你們那兩條關於點和線的定義挺精密，「點有位置，無面積」，「線有長，無幅」，是通於你們所講的「無」之理了。可你們或者應該再加上零的定義，圓與方的定義。云、零是無，數之所自生。云、圓是凡圓皆有方意，方是凡方皆有圓意。而且點線的無面積無幅的定義，其實是，點非說同時也是雲狀的不可，線非說凡直線同時也是曲線不可。你們也看到，無理數的問題不只在圓周，方角裡也一樣有著這個問題的。你們爲攻打無理數，弄出微分積分虛數集合，凡百種種求得諸近似值，也只是近似，到不了的還是到不了。

印度諺語說，「除了神沒有人能崇拜神。」人要自己是神，才看得見神。宗教的字源，意思是連接回去。要無理數與有理數爲一，才大自然的物形所以是絕對精密的。才貼入物意與人心，到了徹底，親冥無間然。

〈易繫辭〉謂、「物生而有象，滋而後有數」，數是生出來的，因此數有性情，有感覺。畢達戈拉斯甚至也說，數似乎有男性的，女性的，傳自巴比侖人太古時的迷惘記憶啊。奇數陽，偶數陰。陽反，陰順，奇數剛而偶數柔。張愛玲是說，二小姐六小姐老實，三小姐七小姐俏皮。她還說顏色是語言。如岡潔說數學是語言，又說數學是法姿。

胡老師去世前二、三年，著書寫理論學問要具象化，認爲是自己的次重要的發現。於是寫〈女人論〉，再寫〈中國的女人〉未完。他的首重要的發現是大自然五基本法則，六〇年代末在筑波山學塾講演中偶然說出，過了一年兩年越想越明白起來，先用日文寫了《自然學》，後又寫成中文《華學科學與哲學》。

他寫〈中國的女人〉，頭一個是女媧。女媧始做笙簧，始創文明，隨後伏羲畫卦爻，至孔子作〈易繫辭〉，解說文明之與大自然的原故。女人理論上不及男人，男人美感上不及女人。可是理論學問的威力大，女人不免受委屈，亦即美感受了委屈。美感受委屈，理論學問是會漸漸失去活力的。他說：「史上宋儒化是一次敗壞，女人還比男人好些。如宋儒空氣下的榮寧二府，賈政賈珍等都是迂跟下流，大觀園中諸女子就許多是活潑的。還是女人對污染的抵抗力強。」

美感動人，理論壓人。胡老師說，向來英雄愛色，他是從女人得知美感。秦朝法治得無趣，風景唯尚在女人。漢高祖微時做亭長，愛到王媼處飲酒，王媼是三十歲左右的婦人，劉邦可說是去她那裡養養浩然之氣。又有是請韓信吃便當的城下漂母，是年輕的母親。秦漢之際，時代的息跟知心，倒在女人。楚民族虞姬的美，與漢民族女子的美，實是分了兩邊軍旗的顏色。

胡老師信上道，「民國初年的上海人家婦女還多是不識字的，她們不理當時排洋崇洋的思想，只是極自然的在生活上也保持傳統，也採取洋化，每使我覺得講思想正要向她們學習。如此可知晉、南北朝時許多民歌對時代的意義。我也即是向愛玲及你們學習，在日本是向日本婦女學習美感，否則我不能有今天的進步……」

他每寄長信來，一說，再說，是自壯行色，是百般鼓舞。他寫道，「今要復興美感，比理論學問還難。理論學問我是做了，但你們亦必要同時來做。以前代代男子學美感，非其所長，因不及女子的是第一手，男子亦居然做到了使理論的學問美化。今女子來學理論學問，亦非其所長，因不及男子的是第一手，但非有不可。你們要像樊梨花來擔起這時代。樊梨花的美是漢民族的，而與雙陽公主（與宋將狄青陣前招親）、代戰公主等皆說是番邦公主，原來是取其反逆精神的一點。今如你們即對我也是反逆的……」他書有一長幅字云、

女子關係天下計，
丈夫今爲日神師。

日神是指女神，男人向文明女神受教。其後男人發明了理論體系的學問，女人亦要向之受教。胡老師完全是哄騙的語氣道：「所以我還可以爲你們之師，這樣一想很安了心。雖然以後天下是要你們女子去爲主。」

彌撒之書

拉丁語中彌撒的意思是，將人拋出家庭生活。聖壇應該轉過來，神父背對著人，儀式的功能是要將你拋出去，而非包容你。坎伯講得刻薄，現在聖壇看起來很像在教人烹飪美食，溫馨又家庭化。

成人儀式的深層作用，也是將人拋出去，歷經某種震撼或神祕的經驗，蛻掉童稚，進入成人。胡老師的來台離台，以及稍後兩趟我們去日本，住東京胡老師家裡一個月，也許可比一場成人禮。驀地躍在大雄峰上，不知怎麼上來的，看不見來時路。眞個上山容易下山難，以後的十幾年，大概我就是在找路下山罷。

天心是壞學生，我是好學生。胡老師說「從旁門入者是家珍」，反而旁門左道不按他胡氏教義來的，是珍寶。又說「見與師齊，減師半德」，見解跟老師一樣的話，倒成了老師的罪人。何況好學生，其實是無趣跟平庸的代稱。是壞學生，才寫得出《擊壤歌》，《三三集刊》創刊，分四輯載完同時出書。胡老師讚《擊壤歌》說：「天心像一陣大風，吹得她姐姐也搖搖動。」果然太多人是讀了此書來參加三三，天心卻頗不在三三的文風裡。我很羨慕她行文之間不受胡老師影響，我則毫無辦法的胡腔胡調。有人對三三的胡蘭成風反感，天心往往是例外。天心也是較早在題目取材、心態意識各方面跟三三歧義的，她對《擊壤歌》、《昨日當我年輕時》期間的暢銷作品，用了一種看來是決裂式的告別。三三多位有豪志的朋友，先已是告別了。

總總，我最慢。胡老師曾說：「看他人的文章，大致是朱先生稍寬，而能容，能容則大。我是稍嚴，嚴之失，水太清則無魚。你們中似以天心看文章的眼力第一，天文每被他人文章中的好處壓倒了。這對天文自己的做人做學問是一大德性，但不能於對方有教益。」讀到孔子說顏回，「於吾言無所不悅，不違如愚。」及時給了我一些安慰，我若能不違如愚像顏回，也不錯了。

父親爲胡老師在台灣的遭遇不滿，寫了本小說《獵狐記》抒懷，以狐喻胡。因胡老師之故，父親與文壇亦幾至交誼全熄，老朋友們更斷了來往。當年民族大義的感情仍是很有力量的，好友以此勸戒父親不成，就說是幫父親替張愛玲出氣，罵胡之負張不可原諒，太欺負張了！去年溫哥華舉辦抗戰史研討會，提交的三十多篇論文，有三分之一是關於淪陷區，汪政權，和通敵問題，見出是個研究的新趨勢。戰後五十年，史學界已漸打破國共禁忌，爬梳這段歷史的灰色地帶。看報導，研討會開場光是忠奸之辯，便激烈得涉於情緒化。不怪七〇年代，恩仇猶新，是沒有餘裕和空間論述所謂漢奸問題的。

胡老師提到日本美術院創辦人，明治時代的岡倉天心，以西洋的新風來復興東洋美術。岡倉曾赴印度爲繪畫寫生，卻路見不平，鼓勵印度人獨立，被英國人逐出。岡倉不只做一個畫家，也不限於繪畫，而是有著對一切的美術的感覺和思想，他的美術學校是日本現代美術的育成地。但岡倉名重國外，在日本卻被現狀派排斥，一度被驅離他所手創的美術學校，率橫山大觀等弟子退到鄉下。彼時橫山大觀不勝悲憤，畫了他一生的名作，屈原江畔獨行圖。橫山後來名壓一代，其繪畫的精神實成立於當初師徒被誹謗，幾於日本國土無立足地時。胡老師說：「人的志氣與修業，都是單衣薄裳被寒風所吹而得成材的。現在朱先生的《獵狐記》使我聯想起了這個。」

一九七六年秋天胡老師返日，原計劃隔年復來，一延再延，乃至臨時又取消了隨十月華僑團回國的行程。他給我父母親的信上說三三發展得很好，若他回來，雖只住十天半個月，仍會影響到三三，他甚且提起保羅到羅馬的命運。耶穌與保羅都不是羅馬政府要取締他，是以色列人的長老跟祭司們必要政府釘死他。蘇格拉底也不是雅典政府要辦他，是雅典的文化人必要政府處死他。胡老師這會兒倒像他昔日該跑就跑，亡匿於溫州，一旦小心起來，小心得幾近神經質。他鑑於卞和獻璞之懼，此地既可禁他的書，又怎不可能進一步對付他。這封信他寫得血氣洶湧，「我即使與保羅同遭遇，也已有人會接下去，可以無恨了，如王維詩講俠客兼智士侯嬴，『向風刎頸送公子，七十老翁何所求』。但是我今還要等三三成立了，現在不能就撒手。天文天心是已成立的，但我也貪心要再多看一兩年她們的新作品。我還要再住世些時……我想起耶穌，要給年輕人繫鞋帶。」

胡老師初返日本時，寫過幾封超長的信給父親談基督教，後來發展寫成了〈宗教論〉，收在《中國的禮樂風景》一書裡。他曾說：「朱先生爲我祈禱，我很感動。自從認識朱先生以來，我每每思索基督教的問題，希望有一新的開拓。」

在台灣，胡老師也好幾次同去做禮拜。十幾個人，一坐整排，聖詩唱完了打盹起來，一排人盹得像電線桿上一串麻雀。禮拜結束去桃源街吃乾麵，或中華路的徐州啥鍋，或學胡老師的江浙口音說去吃卯兒斗（貓耳朵，用大拇指按壓做成的一顆顆麵片）。大家互相取笑誰誰邱吉爾得最厲害，邱吉爾是指教堂病（churchill），瞌睡。父親每訝異胡老師瞌睡，臺上的講道他也沒漏聽。介紹胡老師跟寇牧師認識，兩人握手，胡老師說：「你講的都是眞話。」我聽了才鬆口大氣，我總是抱歉胡老師坐在臺下兩小時，覺得牧師們的話又不聰明，又無創見，焦急地出汗，索性自暴自棄也去瞌睡了。聽胡老師說寇牧師好，果然是好的了，亦與有榮焉。我就是這樣牆頭草，東倒西歪。而日後胡老師說：「寇牧師講舊約和新約，講基督的使徒，我句句聽，句句信，但一涉到神道與人道，我就不能聽他的了。中國文明的造形裡，是神道遍在，沒有神道與人道分得那樣開的。」

他寄〈宗教論〉給父親，囑一份呈寇牧師，乞其指正，爲他禱告。但我看他這是刀出鞘，劍氣逼人。以前他在日文著作《建國新書》、《自然學》中寫日本的神道和古事記，使不信神道者讀了喜愛起神道來，卻教神社的神官們讀之發生困惑。他寫《心經隨喜》及《禪是一枝花》，使不信佛教者讀了對佛教感到興趣，而令佛寺的僧尼們困惑。今番〈宗教論〉寫基督教，也是使不信教者讀了對神與基督敬重，但讓基督徒困惑。「天文小姐讀了如何呢？」他道，「我有時也想著擔心你的文章將來也許會受基督教閉鎖性的影響，但國父也是基督徒，你能學國父就好了。」《詩經》裡的上帝如耶和華一般，有大威嚴，及到老莊，將之說成造化是頑皮的小兒，當然是威嚴跟頑皮可以相兼的。「上帝班班，國既卒斬，不可戲談」，這樣威嚴，胡老師很重視基督教叫人信耶和華，可使一個民族從玩世不恭的情意散失中，又回到對歷史上天意人事不可戲談的認眞態度。

天心不寫信。胡老師在多摩川散步打拳，長堤上櫻花飄飛覆地如毯，他拾了許多寄給天心，要她分成五疊，贈誰贈誰，自然是哄她寫信。胡老師講上帝，對天心就說天父，用天父的話勸告天心，「……我又想起了教你對貓狗要動乎情，止乎禮，因爲創世紀第一章第二十五節說，神要使地上的獸各從其類，人畜有別，這也是神的法律。現在春天，你不可把貓狗的寄生蟲弄到身上，因爲你是這樣的好女兒，你的身體健康比世界上的什麼都値多了……」署名爺爺。

胡老師是讀了天心的新作〈綠竹引〉，稱嘆其渾沌之美，寫小女孩的天性多，人情之情尙未完成。文中描述太陽光強得眼睛張不開，小孩跟沙沙抱倒在地，狗呼呼睡著，小孩也睡著，只覺是《莊子》裡的泰初神境。可胡老師接著端出老子的話，知其白，守其黑，「天道親而不仁，同時有兩種相反之德，這在文學裡最能懂得。我還是要請天心不可讓狗舐臉上手上，狗的嘴最多病菌。」

他又說若在文學成立的，在宗教不能成立，則定是宗教不好。宗教的神可知，爲善必取悅祂，爲惡必招怒祂，這樣就見得神小了。其實《舊約》裡的神，有時也幫小壞蛋欺侮老實人。陶淵明詩、「積善云有報，夷叔在西山，善惡苟不應，何事空立言？且進杯中物……」前句是說天道報應不爽，而又天道渺茫，這才是神大。「陰陽不測之謂神」。後句卻道且進杯中物，是說不管它怎樣，我做人自有我的主意——此即天地人三才的人了。胡老師說：「天心小時批評天父，又使父母傷心，神和父母其實是容許的，此所以天驕。但在宗教並不容許，如此就也沒有文章了。」

他乾脆直言，有才情的作家早年單憑才情便有個軒豁，中年以後要求思想，宗教不能給人思想，遂作品漸凝於信心和道德，不得開展，缺少新風了，托爾斯泰晚年即是。高度的宗教且會返於滯魘。所以基督教跟文章學問，總要在邊際，出邊出沿的，才好。信心假如是信了就一勞永逸，不要也罷。日本女畫家小倉遊龜，曾問她的老師安田韌彥，她學畫到底有沒有才能，是否遐想而已？安田正在作畫，聞言擱筆，回頭怒喝她：「你入我門來一共畫過幾幅畫，來問這個？成功不成功是畫到死後別人說的話！」此喝完全可以照搬來講寫作，打我跟天心一棒的。

信心不在天堂，與其是金剛不壞之身的信，寧願信心像玉，也要養，也會碎。孔子不止一次對當時的人們失望，想去乘桴浮於海，結果還是只可拿時人做對手。尼赫魯被自己同胞向英國官警密告入獄，悲哀獨立運動恐怕是遐想。胡老師說：「汪先生也有一次灰心之極，問親信們國事尚可爲乎，不可爲乎，想要放棄過。所以我說做宗教徒信心容易，做革命者信心艱難。你要創造現世的大事，就得如此。」

信心像是卦爻，確定而不確定。他上易經課講占卦，六十四卦裡占得一卦，於一卦六爻裡只得一爻。這一爻如代數的答案X先寫在前面，把未知當做已知來處理，端看天地人三才而做答案的定局。神是在於天，也在於地，在於人，神在於三才的生機變化之中。面對著未知云云，多人會說，可要有三才的自覺，對眼前事才又能飛揚，又能貼切。胡老師直言，基督教總總不知人可以跟天地並齊爲三才。動物只在可知跟可能的範圍內生活，人能以尙是未知的事當做已知了似的，而使不可能也成爲可能，這就是信心。

日後胡老師讀到父親文中提出三才，非常高興，安了心。他道：「你們爸爸眞的善能聽人之言。我說撒旦是神的反逆自己，他聽了不懊惱，而在文章裡加以新的解釋。我講老子的天地不仁，和易經的天地不與聖人同憂，他也加以深思，做了新的解釋。」我們每順著書上的道理，譬如仁者無敵於天下，視爲再當然不過之事。胡老師卻挑耶穌的話講，「我來乃是要使你們動刀兵」，敵滿天下，挺嚇人的。因而他寫長信給父親，最後說，「我是凡事必求其眞，爲此說話每致被本來很好的朋友所憎。以我的經驗，在求道的路程上，到了那十分的去處，友誼是靠不住的，只有知己才靠得住。我今對朱先生說話沒有禁忌，是因爲你我同在神前。」

他這眞是古詩〈獨漉篇〉的句子所寫，「雄劍掛壁，時時龍吟」。殺氣這樣重，又愛滿天下。他來信說日本得過諾貝爾物理獎的朝永振一郎去世，朝永跟湯川秀樹同窗，又同在研究室，兩人都承認彼時競爭心很強。他因此想到三三同仁們，今亦有競爭的對手是幸福。他家院子裡有一棵草本秋來結紫珠，靠牆邊生的分外向上竄高。他看著就又要想起，寫道，「原來我也是競爭的。在日本的競爭對手是岡潔與湯川秀樹，我務要更高出這兩人之上。我而且以漢文明與西洋文明、印度文明、日本文明競爭，長年來是這競爭之心使我在學問向上……競爭原來是好的，我還以爲我很少與人競爭的呢。」

「平生知己乃在敵人與婦人」，這是他書法集子裡自撰的一長幅字。

他偕好友們去上野博物館看古代書法展，有聖德太子的寫經，弘法大師的座右銘等，他一一講評。對岡野，即用陶器來說明書法。對野村、柴山、仙楓她們就以能舞來說。大家據自己所知道的印證，都很開心。他道，「只是對於治國平天下的現實和理想，對他們無可與語，也有孤獨之感。」他書有句子單表此懷，算很豁達了，字云、

世無豪傑與共飲，
室有婦稚亦天眞。

實在我們才是婦稚天眞，又無學，他卻不止一次向我們感慨，日本人可以做刎頸之友，而難望成爲理論上的知音。當年宮崎滔天、頭山滿、犬養毅等幫助孫先生起義，籌軍資，密運武器，做這些事他們頂忠誠慷慨，但是對於孫先生的學說思想三民主義完全不感興趣，連不提及。他說：「今我的日友們對我的學說理論一樣的沒興趣，待我的友情歸友情。比較還是森磐根在宣傳我的思想，但只是關於我對日本神道的論文部份而已。岡野這樣好，亦不大讀我的書。」

森磐根是歧阜護國神社的宮司（神宮的司事）。岐阜，典出周古公亶父遷於歧山之下而興。織田信長於此地起兵，一統了日本的戰國時代。我們曾去岐阜，住森家。初暑長良川的夜氣燈光水影裡看鸕鷀捉魚，遊艇百餘艘相摩戛，岸上市聲，舉頭是漫天放煙火。臨睡前胡老師講織田信

長生平給我們聽，而回憶起在台灣時遊過的淡海。他道：「英雄像浪濤去來，挾帶的浮沫是時髦兒與一班文化人，庶民不是英雄。庶民像大海，海灘濕靜的沙。美人也不是英雄。是你們跟新參加的仙楓，赤腳在沙灘上戲水的幾個女孩子。我說造化頑小兒是女孩子呢。」

岡野家在日之出町，距胡老師家半小時車程，我們稍常去玩。松林小路上先竄出一隻蓬鬆大狗，後面跑著雙胞胎姐妹來迎接我們。岡野燒陶數夜不眠，開窯時人鑠矍矍得透明，跟前那一窯陶品就像他的魂魄。屋裡有胡老師贈他的字，佛火仙焰劫初成。屋外有我們看了哇哇叫的罌粟花，科斯摩斯粉紫色。芍藥像丫鬟，牡丹是小姐，鬱金香看起來頭腦簡單。胡老師女兒咪咪，笑我們第一次到日本時見什麼新鮮東西都是「哇！哇！哇！」的叫。岡野贈我們陶瓶，不施釉，柴火燒出來的天然色。天心那支，又紅又白圓鼓鼓的像粒大富士蘋果。我們有生以來，首次覺得自己終於身有長物，絕非贗品的，如小山老師評議我們家玻璃櫥裡只兩件擺設是眞的，曾使我很受刺激。

自《三三集刊》出刊，胡老師謂每思與諸君分苦，許多話在信裡嘮叨爲教導青年們。堅起心志著書，又恐怕著得來像寫講義就不好了。有時讀到我們的新作文采奕奕，便慚愧自己努力於理論培土的工作，卻好比慕沙夫人爲大家張羅做活把手都做粗糙。早先他的文章不發表在三三，避免若有人見是胡某文字，又要攻擊。然胡蘭成風是避免不掉了，謗聲亦勢必。可在那時期我一點不想避，反而充滿了鬥志，到處去煽風點火。看看那光景多麼可怕——我們在師大附中講量子論相對論，倡言教科書上的物質不滅論現應修正爲物質生滅論。在清華大學鼓吹恢復讀經書之必要。在無數中學大學和各種團體座談中講，要喚起三千個士，中國就有救了。

某次詹宏志說起，很久很久以前，《宇宙光》雜誌舉辦座談會，主題譬若迎向八〇年代的中國人之類，找了五個年輕人來談。我是其中之一，曾言及不確定理論（測不準原理嗎？）講得有誤，他提出糾正，當下我聽了臉紅紅的。此刻寫著依舊臉紅，十餘年過去，只怕紅得更厲害。

迎向八〇年代的前夕，發生美麗島事件，眾多人因之而覺醒，而啓蒙。但同處於一個時候的我們，至少我吧，何以絲毫沒有受到啓蒙？也二十三歲了，也看報紙也知逮捕人，乃至過後的大審，都知道，但怎麼就是沒有被電到？我與它漠漠擦身而過，彷彿活在兩個版本不同的歷史中。事不關己，關己者切，我正投注於另一場青春騷動的燃燒裡，已經給了全部我所能給的。

卡爾維諾有篇演講稿叫《爲下一個太平盛世而寫的六篇備忘錄》，仁人志士，每個人都在寫他自己認爲的備忘錄。胡老師書法集子裡有幅字寫了汪精衛的詩句、

梅花有素心，雪月同一色，
照徹長夜中，遂令天下白。

詠梅，當然是言志抒情。《山海經》的故事，炎帝女兒遊於東海溺死，化爲精衛鳥，啣西山木石欲填平海水，爲了後人。此時若有一位少年，聽見那高遠的鳥音，滲入膽魄，決定了他的一生，連他的名字也用了精衛，那太古炎帝少女的清哀，成了他一生事業的標題。胡老師信上道，

「前天寫寫字卻忽然寫出了兩句詩，自以爲好、

清哀炎帝女
少年慕鳥音

——庚申懷人

「少年是汪先生。而我亦是聽那鳥音，爲那少女的清哀，願與同填此海水……」

假使我仍有不平，倒眞該學學卡爾維諾的從容，待到浮花浪蕊都盡時。

阿難之書

葛林的《喜劇演員》裡寫，作家的前二十年涵蓋了他全部經驗，其餘的歲月則是在觀察。Joyce 也說過類似的話，唯年數加了五年，二十五歲前。葛林自己又說，「作家在童年和青少年時觀察世界，一輩子只有一次。而他整個寫作生涯，就是努力用大家同有的龐大公共世界，來解說他的私人世界。」是的，或許我將用後來的一生不斷在咀嚼，吞吐二十五歲前的啓蒙和成人禮。

見天心教女兒規矩，盟盟有時木頭木腦的，教一學一，毫不會舉一反三，就聽天心氣嘆道：「你眞是阿難哦！」阿難是釋迦弟子中最魯鈍的一個，釋迦說法之餘，老是在教阿難公民與道德，類似先洗臉再洗身，洗過腳的盆子不要拿來洗臉這些。當年胡老師教我們，也可比教阿難呢。天心每說胡爺好可憐，吃過飯吧，指著桌上的夏柑蘋果講起利率與貨幣的關係，用不能再白了的大白話，講給經濟學的文盲聽。銀行利率低的時候，大家都來借錢做生意，工廠活絡，就業率高，市面熱，引起通貨膨脹，本來三百元（日幣）一個的夏柑現在五百元才買得到。反之，利率高的時候，大家都把錢存到銀行……我的記憶裡完全沒有這一段，對天心卻有銘記印象，日後她看財經新聞，居然便靠這麼一丁點訊息而理解，於是有興趣再去讀凱因斯的書。

胡老師教這群阿難，也到了口乾舌燥的田地。單是他見我和天心戴隱形眼鏡常眼睛起紅絲，就提過數次要改戴鏡框眼鏡，說美是要大大的，我們這種爲美太小了。離成田機場時天心一句誓言回去就配眼鏡，他幾封來信都說高興感激。讀到《朝日新聞》報導，使用隱形眼鏡致失明和亂視的調查統計，他忙不迭剪寄來。又看到電視醫學節目講述視網膜剝離，近視者易患此症，戴隱形眼鏡者更加倍，立即畫眼球圖詳細說明了幾頁紙告知我們。

還有我們家的貓狗之多，素已惡名昭彰。他先搬出孟子，講那段有名的先王之道，親親而仁民，仁民而愛物，禮有親疏尊卑，楊子爲我，是無君也，墨子兼愛，是無父也。再請出《聖經》，講神要世人曉得有個分別清好的秩序。人倘是對天下抱有大志，貓狗這些都是小事，說改就改。抱貓狗是小女孩做的，天心停止抱貓狗才從小女孩升做大人。人要去私，對貓狗也是私。人要鞭撻自己，以冷水潑體使自己清醒不溺於情。抱抱貓狗，一定會使孔子搖頭，基督也不歡喜的。他寫信道，「待貓狗如人，必會虧待了人，也怠慢了主。如果基督來到門口，而你對祂說，請您不要進來，客廳裡都是貓狗。基督就會差遣我對你說，把貓狗趕到狗棚貓窠去吧，因爲神要使萬物各得其所。」

他極愛耶穌的一句口頭禪，「我老老實實的告訴你們」，便像這樣發懇勁寫一信給天心，信曰，「天心小姐，我有話要教你。你不可任性。你知道民初有個蘇曼殊是天才的骨子，他就是任性，成天只喫巧克力糖，不喫飯，結果三十幾歲就死了。孟子說動心忍性，增益其所不能，此二語正爲你說。

「任性是不知止，亦不知節制。大學說要止於至善，動是有止才有造形的。動是音樂的，止是禮節的。大自然的動，連續中有不連續，不連續處如竹之有節，要以飛躍通過這節才又成長。故天有四時，花有季節。而你卻像小孩的永遠是正月初一這一天，這就沒有易經的易了。太古恐龍時代，爬蟲類曾生息了約二億年，而無歷史，因其無變化，無創造，想起那悠悠的二億年間眞叫人無話可說。

「莊子說渾沌好，但文明是要在造形中見渾沌，見太始，而造形必是節制的。雖有動，而無止，則不成物。你想想，倘無節制，任性的筆畫是連作一點或一邊角都不可能的。我前信教你喫西瓜不可連子都喫，不可貓狗與人不分，若一直是渾沌世界，雖然好，但那樣會無禮呢。

「禮是創造的形，如花開各異。不可只是春光而不開花。成人不自在，自在不成人。你要開花便不自在了，因為開花必要應於節氣，又連花瓣的格式都是有制度的，否則不能有一朵花的形狀了。你的小說〈愛情〉的境界極眞極高，故可通於非愛情，你今應當遇節而悟了。我是非常非常喜歡你的。祝用功。爺爺。」

閱胡老師信，始知釋迦說法之重複囉嗦，實在情有可原。而我們初從日本回國，由於所受文化衝擊甚大，好興頭的想來革新家裡幾件事。一件是吃飯的時候學日本那樣另備碗盤裝殘餚骨骸，免得吐在桌上難看，欠衛生。一人多配一碟的結果，飯桌擠不堪，清洗量亦倍增，遂不了了之。至於向貓狗開靶，我們的嚴厲態度竟把母親惹毛了，坐在樓梯口嗚嗚嗚的哭。畢竟沒能將貓狗趕去窠棚，直到多年後詹宏志介紹了本好看的書而開始知道勞倫茲（一九七二年諾貝爾生物與醫學獎得主〉，我得到一種哲學基礎支持似的，才稍覺不必負咎。

再一次是臨帖，買了幾冊二玄社的帖子。天心臨的〈西峽頌〉，是紀念漢朝打開漢中通蜀道的文字刻在路邊摩崖上。天心一向討厭寫任何字，太自慚她那筆長手長腳的蜘蛛字了。我還學古箏，仙枝學胡琴。選箏學，因爲彈箏好看。可冥冥中也覺得學不久，不肯花那個錢買箏，借朋友姐姐不彈的箏，每星期六下午轉兩趟車去仙枝家附近的大同區公所，雜在國樂組裡練曲子。收班後，扛著黑色長大的箏盒眞像一具棺材，硬是擠得進沙丁魚公車裡，橫越台北市回景美。果然沒學下去，彈到〈雁落平沙〉，箏也奉還。又畫過荷花，水水墨墨，學了荷葉的芽，沒開的葉，開到一分、兩分、五分的葉，葉連著一根長莖也學了，花只學了花苞，一切便告休止。這幾項湊起來，三點構成一平面，難怪會給人印象我們是義和團。

經常胡老師前信說的，後信追來補充、修正、否定、再確認，連連如下十二道金牌。完全印證他在張愛玲面前，想說些什麼都像生手拉胡琴，每每說了又改，改了又悔，雖然張是喜歡這樣像聽山西梆子的把腦髓都要砸出來。胡老師才訓話過我們，立刻追信來跟天心補正道，「孔子說後生可畏，這個畏字是想到了自己，對自己重新認識。史記有漢武帝寵妃尹夫人見邢夫人自傷不如一段，不知你有否讀過？那眞是把妒忌昇華了。天文看他人的好文章便有這個畏字的美。我對你也如此……

「我讀《擊壤歌》，每反省人之患在好爲人師。你與天文看了許多無聊的電影和小說，我只道是浪費光陰，不知雜食粗食比精食更可有育成自己。我對於有一位日本小姐，想之二十餘年，她亦與我一般心意，大前年我從台灣返日後她來看我，回去時我送她，在電車上我對她說，『也許我不能與你在一起反爲於我好，若與你在一起，種種有你幫助，我可以不用這樣苦，那也可以有成功，但不如今日的好。』她當下說『也許是的。』我還不知這話多麼傷了她的心，因爲她於我無益。但我說的是眞話。因爲我的一生是天意，愛人亦不可以私意干涉。因此想起我對你對天文曾幾次有所教示，都有干涉之嫌，其實你們還比我莊嚴得多。我往時每對愛玲提了些意見，即刻又說『但是請你不要被我的說話影響。』我連不敢想要因我的緣故改動她的生活日常小節。而以後大陸淪於中共，她還是大大改動了生活環境，至於出亡，但那是天意。我很羡慕貓咪，喬，橘兒一干人與小瀚宜陽等，各行己意，而可與小蝦平等相與，而無間然。我對你與天文，像對一件好東西生怕會碰壞它，每每當心得不得當，這是人代替天意干涉。戀愛如果像這樣，一定是最不好的一種戀愛。但是像你當心天文過馬路，又是當心得很好。

「與個人主義形似而實不同的，是小孩的主張自己。幾個小孩在一起玩，都是自己的存在那樣的強烈而自然，那樣認眞的在玩，有衝突也與大人之間的衝突全然不同。歷史上的英雄便也是像小孩的主張自己，所以能有這樣好。我想我對你們若也能如此，就可以少過失了。

「雖然如此，但亦還是要有先生教。其一……」便其二其三寫到其六。

年輕人「興」的成分特別多，晉王子猷「乘興而來，興盡而返」，胡老師就反覆跟我們說要學習會勉強，「勉強學問」，認爲這兩樣是同一德行的兩面。有意不如無心，但自覺又是另一事，要我們自覺的向多方面展開。孔子教他的兒子伯魚學詩學禮，胡老師就只強調我們學禮，不學禮，無以立。《擊壤歌》時期的小蝦是「春風亭香夢沉酣」，而小倉遊龜之師教她作畫，每五年要如投胎再轉生，重新做人起，不可守定原來的好處。胡老師讀了我們寄去的鍾曉陽的文章〈當時明月在〉，信上這樣寫，「……紅樓夢裡來了江南甄寶玉，鳳姐推推賈寶玉笑道，『這可給比下去了。』但你們並沒有給比下去。我這偏護之心很可笑，連朱先生這回信裡說天文天心退步，我也意存偏護。你們是尚在蛻變不出來。但是你們很誠實知道要好。你們的聰明是天生的，不致變劣。你們是讀書沒有好積蓄，以後只須在這層上補正。

「你們都要學學班昭，文選裡有她的〈西征賦〉，寫她從洛陽到長安路上的旅程，感慨於夏殷周三代以來，西漢至東漢興亡之跡。她一個女子卻能與其仲兄班固一般寫得大文章，體兼國風與大雅。班昭亦是有她長兄班超的氣概的。所以我要你們寫國風必要兼雅頌，否則單是少女時的天趣與懷春年齡的情思，後來要難以爲繼的。李義山的情詩非比韓偓王次回等的豔詩，即在其兼有雅頌之意，然猶不及李白杜甫柳宗元韓愈……」

他又再提後生可畏的畏，君子畏大人，畏天命，畏聖人之言，其實是連對於普通人也有畏。他引張愛玲的話，「見了他，她變得很低很低，低到塵埃裡，但她心裡是歡喜的，從塵埃裡開出花來」，稱天心的《擊壤歌》裡也有這個的。謙畏禮義人，本說的是趙飛燕，謙畏二字，張愛玲回味良久，女心的無限喜悅像絲棉蘸著胭脂都滲開化開了，柔艷至此，原來張愛玲本人就是。胡老師寫道，「這種謙喜乃詩經頌的素質，你們是有國風與頌的素質的，惟是缺少小雅大雅的學問修養。」他曾抄錄李白的詩說明畏，兼激將志氣之用，詩曰、

所以尹婕妤，羞見邢夫人，
低頭不出氣，塞默少精神。

他寫道，「今讀此詩想起你，你見人有好處美處，即刻低頭不出氣，塞默少精神。以前我以為尹婕妤不及邢夫人，今有你為例，倒是尹婕妤更美亦未可知。你眞是教我如何讀詩之師了。」《莊子．養生》篇，有人養其天然而不知外事，有人養其物慾不知天然，兩者都不好。胡老師叮嚀我們的是讀書所為何事？知人，知事。他說：「要知外事，最要是以歷史上的見識來看現實，我才教你們選讀二十四史，及研究民國史。至於現代的政治經濟知識，你們平日可看報上的國際消息，看看想想。要有一種情調去看，並且把它與民國史來一道想想。」因而他請遊日本，為可使我們的人生面世景面有個開拓，道是「像清末革命志士在日本嘆賞感興於日本的歲時節氣行事禮儀與器物之美」。不過他眞的偏心女生，舉魯迅在北大教書時為例，女學生來訪，餉以河南名產柿霜糖，男學生來訪則只供出一碟落花生。他說東京家裡招待女生們來，男生來就只有落花生——當然朱先生朱太太又自不同。

日後天心看完《東周列國志》推薦給我，讀了管仲我寫信去發表感想，未始沒有一博歡心之意。胡老師來信提醒了一段話後說，「你讀史要注意此等處。」母親寄給小山老師的國畫月曆，胡老師說那畫並不好。他到日本後多接觸高人，始知什麼是畫，是陶器，什麼則不是陶器不是畫。可比文章，有許多作品看來也蠻好，像賈環不知玫瑰霜，冒充的聞聞也是噴香，但並不是文章。他這眞是難取悅，伴君如伴虎，劍氣難近。

而老師已七十四歲了。他寫說去仙楓家，經過仙楓弟弟的花店，把女郎花全部買了走。女郎花是早秋七草之一，有位明治末大正初的年輕詩人石川啄木，得了五元稿費，經過花店看見女郎花全要，五元頓時用盡，這花好貴的，仙楓弟弟只收兩千日圓。仙楓將花取了一半剪插，高高搖搖的。剩下的女郎花他帶回家，效法仙楓剪插在岡野做的瓶子裡，咪咪看了讚好，佘愛珍師母也說這花好秀氣，好清爽相。早晨他醒來就起身先看花，心裡對花說，花呀我好疲憊了。都是爲了三三的緣故。我是老馬識途，你們是小馬會跑，我跟你們跑傷了……

他寫道，「我大概是太執心於寫作之故，所以要反逆起自己來，今後且任其放蕩歲月，幾時或又會忽然想動筆的。西遊記有老虎精自稱『吾乃南山大王，數百年放蕩於此』，我愛它的這句話，可惜它本領並不高強。」

他校完日文著作付印，嘆說：「還是寫日文的句子清簡有韻律，我眞是離鄉久了。」他去世一年前，時有想要像托爾斯泰的晚年離家出走，不是要到神那裡去，是要回到昔年從胡村初到杭州時的身上一無所有。盛夏八月他有一封信很像辭世之書，書曰，「……我很疲憊了。我想脫去了，留一角未完成的給後人如何？我近來就躊躇於這一念。在我的一生中此是情緒上的一個危險關頭。」

「阿含經裡記一日晚，釋迦趺坐，唯阿難侍側。只聽釋迦在說：佛爲衆生故，尚將駐世十萬劫或僅又千劫乎？阿難無語。佛又云：然則尚將駐世五百劫乎？阿難無語。佛又云：然則尚駐世百劫乃至僅十劫乎？阿難因不知佛所云何意，故仍無語。他不知佛的自言自語，乃是在向天與向人期待一個答覆。阿難若知一請，則佛以願力尚可又駐世若干年。而阿難不請。於是釋迦乃喚阿難：我今即滅於涅槃。阿難始大驚號泣，但已遲了。爾時佛遂示疾，翌日行至桫欏雙樹間就此逝世了。

「我近來想起此則，只覺孔子與耶穌亦皆是自知的決定了逝世之期。耶穌的祈禱：父啊，是否可將此杯離開我？他是在躊躇自己還要不要再駐世些時。他是在反省自己的使命已否完成了，有否再駐世的需要了。他的與釋迦的這心理，我很能懂得。孔子絕筆於獲麟，一面也是知道自己要做的都已做了。他晨起於庭歌曰：泰山其頹乎？梁木其摧乎？遂入室內寢疾不起了。

「但我今檢點自己，總是覺得尚有《民國史》與《中國的女人》未寫得……」

一年後胡老師去世，《中國的女人》僅寫得開頭。當時我給自己發了一個悲願：總有一天，不管是用什麼樣的方式，什麼樣的內容，總有一天我要把這未完的稿子續完，你看著好了。這使我想到頗像張愛玲見弟弟被父親打了一巴掌而後母在笑，她進浴室對鏡子說：「我要報仇，有一天我要報仇。」

比較淒艷的發誓是如寫在《禪是一枝花》裡的公案，當年我曾借來用做新書的序：

水仙已乘鯉魚去，
一夜芙蕖紅淚多。

佛去了也，唯有你在。而你在亦即是佛的意思在了，以後大事要靠你呢。你若是芙蕖，你就在紅淚清露裡盛開吧！

忘情之書

寫完《荒人手記》我跟天心說，是對胡爺的悲願已了，自由了。

幾回去東京，我們都到福生掃墓。天心很惆悵說，每去一次日本，那記憶中深濃的氣味就一次一次被稀釋了。我與咪咪約在福生駅前見，青梅線一駛離立川往福生去，空氣中襲來的味道，多年後依然，使我淚熱盈眶。佘愛珍師母去世後合葬一處，墓柱上刻有老師的書法幽蘭二字。墓前側碑文簡記著胡老師的生平，「義塾三三社」幾字列在其中。我們依禮行事，打一桶水來，用杓子澆濕墓石與碑文。三三老早已不存在了，倒是在這裡，大荒中有石歷歷。

我想起胡老師給父親的信裡寫，「昨夜夢見初日一輪，陽光裡一帶樓臺人家與迤邐江水，醒來以爲稀奇，因爲我能記憶的夢中從來都是陰天與泥濘跋涉。我因想著做夢之前半夜曾醒來枕上看了王壽明牧師的講臺一篇，但我不以爲與之有關係。還是因爲想著三三，如嬰孩臨睡前嘴裡有奶糕的味道，所以夢中那樣柔和的笑了。三三使我歡喜。」

他爲常陽新聞出版社撰一小書《日本之路》，每日寫兩千字，到第三篇日本對中共的外交問題，一天只寫得一千字，又寫，得六百字，預測美國將與中共建交的條件，對國府斷交但軍事經濟關係照舊，由於深思寫得慢了。他信上道，「今天正想繼續寫其理由，不料東京晚報上就有卡特總統對新聞記者的透露，一如昨天我寫的，不禁感慨萬分，今天且不想寫了……我此數年來暫不管國際形勢，因為建國的根本學問第一。今番又來論形勢，自喜料事還如張良崔浩，此亦我們三三的一門學問也。書此聊以發知己千里外一慨。」

三三終至沒有做到胡老師所期待的那樣的千萬分之一。世事亦不因人的意志和作為而扭轉，倒是人在時間裡老去。當年我們根基太淺，會青春舞鬥煽集來好多感奮的朋友，卻不會如何可有下文，總不能天天是夏令營。一杯看劍氣，日日聚在一起看，除非熱戀中人，是要乏膩生厭的。面臨小小短暫吹起的三三式文句，一見又是風啊，陽光，日月，山川的，惱道又來氣象報告了，而我們是始作俑者，更不可原諒，索性翻盤。於是下課鐘還沒有敲呢，都紛紛跑光了。或有稍晚讀到三三而心嚮往之者，走進教室，卻空蕩蕩沒有一個人，好生悵望。

仍是李維史陀的話，他說各個社群，因為能夠把它們的準則和價值一代代往下傳，遂維持了自己的存在。一旦社會感到不能將其準則價值傳給下一代人，或者搞不清有什麼可以傳，並且開始依賴於後代人，此即是病態的社會。王德威說從狂人到荒人，志氣小了，但也更好看了。那種好看，多半像看米雕胡桃核雕的栩栩如生罷。我遠比同年紀時候我的父母輩少了慷慨和活力，他們似乎從來不知虛無為何物。我也預見在胡老師還會脫口說出殺字的那個年紀，我已鋒芒歛盡，成了個孤僻隱者，唯一是寄望那時候臉上尚不致露出犬儒的嘲諷皺紋。

對於那些或參加過，或給撩動過，而如今散落天涯海角的三三朋友們，請容許我再提供胡老師的三封信做爲此文的結束。不是招魂，是博君一粲。因爲在三三變成如果是一個笑話或夢話之前，它曾經被這樣試圖實踐過的。

第一封信

前幾天想到要查查準星，去立川鐵生堂書店買了一本天文學的書《宇宙の果て》，及一本湯川與北川對談《物理の世界、數理の世界》，是今年我所讀到關於自然科學的最好的兩本書。

湯川講現在物理學的趨勢是已過了發現的時期，而進入講制馭的時期。數學亦由認識自然本質的時期，進入了以統計處理情報的時期。但是這裡橫著個確率的問題，畢竟未得滿意。如今到達的結論是：確率在於運動的過程中。然兩人都以爲這些只是觀念上的學問，不得物之眞云云。湯川是物理學者，而北川則是今時日本最高的統計學者，兩人所言，觸及了我在〈世界劫毀與中國人〉中所揭出的西洋的學問的缺失在其是抽象的，不能是具象的之點。但是兩人都不知有易經裡說的物形之先的物之象，故他們只停在對此問題的疑惑與困難。他們講自然界的制馭，講自然界的運動的試行連續，也是要觸及大自然的意志了，而他們到底隔著一層，兩人的討論至下半所以又變得口齒不清了。

我希望三三的青年們也能讀此書，可以增進對於物理學界與數學界現狀的知識。（因是對談，很容易讀的。）而因以知我們三三所提的具象的學問，與一音一色的極準極正云云，恰好是對應物理學上及數學上的現問題的解答，可以增進自信。

尙有《宇宙の果て》（宇宙的極遠處），是從英文本的日譯，原本是 *The Red Limit, The Search for the Edge of the Universe*（by Timothy Ferris, introduction by Carl Sagan/William Morron And Company inc./New York 1977），日譯本是二〇三頁的一本薄薄的書。敘述十八世紀以來天文學上的發現經過，帶敘人物，至於今日天文學上的問題，文筆淺易平明，而深中要害，體制兼備，每節不過一、二頁，而新趣橫生。

例如，康德讀了新聞上一位業餘天文學者 Thomas Wright 一篇抒情曲似的天河模型的論文，以爲 Wright 是在說天河乃星群之圓盤狀，而得啓示，花四年的研究，匿名發表了「自然的歷史與天界的理論」，指出星雲是有在天河內部的，與遠在天河以外的，又橢圓形星雲是有著二種的。如此，康德乃成爲第一個正確思考了渦卷狀星雲的本質的人，而其實他誤會了 Wright 氏的那論文。那論文並不曾說過天河乃星群之圓盤狀，康德是誤會了反爲得了天幸。

又例如，愛因斯坦的一般相對性理論，是先他一輩馬赫的天體物質運動的相互關係原理，與鮑亞的、及黎曼的非歐幾何學的「彎曲的空間」做了先導者，而愛因斯坦的相對論則是把來體系的理論化了。這愛因斯坦的人卻又非常有趣，數學於他是苦事，當時的幾何學者 David Hilbert 很驚異於相對論中的使用數學的獨到處，而愛因斯坦原不是數學者云。愛因斯坦是他所研究的理論的終點先直覺的感知得了，然後找方法來證明。他跑到他的好朋友 Marcel Grosman（非歐幾何學的專攻者）那裡哭喪著臉說：「請救救，我腦筋快要狂亂了！」是這朋友幫他做了數學。

宇宙膨脹論是愛因斯坦把來成了定論的，但是他又想想不妥，宇宙若只管膨脹開去，最終如何，那簡直不堪想像。而且遠離去的速度到得比光速更快，也是不合物理。於是他又發表了一篇論文〈宇宙的頭〉，說是膨脹到了某種程度會自然反動而收縮云，但是一年後他又自己破棄此說。晚年他研究「非對稱性テンソル宇宙場」，想要從非對稱性來解決，連同這問題，但是到底亦未成得。

如上的例，都是你們讀了也都易懂而有味的。此書講天文上觀測的方法，分析光波而知星的物質成分與距離，以及借旁星爲座標以觀測研究對象的星的運動位置等，皆明白而親切。講數學處與物理運動不列一個方程式，而並無不備，講天文學上現今的疑難問題，便是你們讀了亦會有興趣去思考。如此，你們所學得的大自然五基本法則就是活的了。

我往時看的幾本天文學的書都沒有像這本好，此書作者自己並無發見，但是敘述得眞簡明而詳備，讀之新鮮有趣。上回我寄上的《天才論》等都可不必譯了，以後自然科學的書就只譯這兩本書夠了。《宇宙の果て》日譯本我會寄上，有英文原本，你們可自己去買來，以便譯時可對照。《物理の世界、數理の世界》我也會寄上的。三三要有今世紀最新的科學知識，也是爲了可以使自己更年輕。

還有是三三諸青年要徹底研究今日復興禮樂的新制度，是爲何與如何地來設知祭院，與建立以農業手工業爲主而以機器工業爲輔的產業體制。先求自己明白了，再寫文章向國人說明，我看三三少有講及此點的理論文章，是求知的用功不足。

我每覺基督徒與國民黨人都是不用功的。基督徒只知說信望愛，而不提主命於地上建國。大家於舊約的申命記，民數記，約書亞書等不去研讀深思，卻說是今已過了律法的時代，是到了恩典的時代了，殊不知舊約時代也是有恩典的，新約以來也是要有律法的。

宋儒便亦是犯的與這同一的毛病。宋儒講心性與天理人欲，而不去研究治國的禮制，如錢氏即以爲誦四書已足，可不必讀經。中國此八百年來士陷於無能，實由於此，我每爲之嘆憤。國民黨人是只在宣傳三民主義，而少有講及國父手訂的建國大綱。因爲一般國民黨人受的文化人的西洋一邊倒教育，覺得若講建國大綱的制度，便會有許多地方與西洋的民主制度不合之處，殊不知國父手訂的建國制度是更高過西洋的民主的。但是一般國民黨人不夠用功思考，沒有這樣的能力去寫文章發揮。今三三諸人亦是一提祭政一致，就無法應付西洋史上的政治與教廷分離才是進步云云的攻擊。又提要以農業與手工業爲產業的主體，更怕他人罵過來一句落伍思想，會無法招架，而且若要把來實行時又可如何實行得，自己諸般未解，所以沒有能力爲文來宣揚。

關於此禮樂的新制度，日內我會再寫信先對你們來更加以說明的。先此，不具。

第二封信

前日接得你廿二日信，昨日只得與小山到新宿又買了一本維爾斯的書。我原有一本的，於搬家時連同別的書一六七冊贈了福生市立圖書館了。

這回新買的是書名《ウイルス》，小標題：解生命，遺傳，癌之謎的鑰匙。著者是京都大學名譽教授，醫學博士。一九七九年十二月八版。

有趣味的是四四頁，「ウイルスは生物か？無生物か？」及一七九頁，「人間のガン（癌）征服への糸口——ウイルスでおこる動物のガン」。

本書結末二一四頁、二一五頁說維爾斯一作成了癌細胞，維爾斯的原來形態就消失，以故曾使人疑為癌細胞與維爾斯無關，但用電子顯微鏡仍可看見癌細胞裡有著維爾斯那樣的粒子則無可疑。（維爾斯特有的結晶體粒子，結晶體唯無生物有，生物則否，維爾斯是在無生物與生物之間才有結晶體粒子的）。

今我把此書另航郵寄上，你們也可據以答覆那政大學生了。

你們不要對於藉科學之名來的詰難存有害怕，今學校的理科教授和學生，不過是像文科的教授和學生一樣，並不懂得這門學問的創造性的。我以前亦曾心存敬畏，以後才知道物理學乃至數學亦內部議論諸說不一，如天文學上的中性子星云云，幾於全是猜測。我以前對之不懂，以此發憤用了四、五年的工夫來研究，才漸漸的，而亦似一旦的忽然都明白了，大處還比岡潔與湯川更明白得徹底。我在景美時書架上多有湯川等的自然科學的書，不知今尚在否？你們倘能翻看看，亦可增進知識。湯川的自傳《旅人》，可以請慕沙夫人節譯。

再則關於立論，是如因明學所說的有宗，因，喻。宗是結論，因是理由，喻是比方。有結論對而理由不對的，有結論與理由俱對而譬喻不對的。例：

結論、人要孝父母。

理由、因爲不孝會被人批評。

喻、如羊跪而喫奶是孝。

這就是理由不足，喻又不正確。羊跪著只爲曲膝才喫得著乳，何嘗是爲孝。但你不能因此就連其結論人要孝順父母亦否定。

我提的主要意思（宗、結論）是，產國主義社會的狂奔於擴大生產，浪費使用其民族過去千年以來修成的美德與審美能力與精神力，而無培養，用竭了就是破壞盡了，譬如維爾斯的把良細胞變成了癌細胞。這裡假使把維爾斯說錯了，亦於主題可以是無影響的。何況並沒有把維爾斯來說錯。

還有是，從來一個偉大的思想或學說的創生，多是未完工的，看來似有疏漏。如法拉第發明了體系化的電磁氣理論，而用的數式不對，被專門學者們視爲不值一談，後來得麥克斯威爾只把那數式改正了，就成爲至今在被應用不盡的電磁氣理論。日本東大數學教授矢野健太郎亦說，古代希臘人發明的數學體系，因是偉大的，創造性的，所以不免有疏隙，然而我們至今用之不盡云。可是，唯有中國的易經與孔子的思想學問，大如天網恢恢，卻疏而不漏，沒有一句錯誤。這是先天上，我們這邊的學問比西方的學問完全的緣故。今我們亦要如此努力。

耶穌說：「你少信的人哪！」謂彼得：「雞鳴以前你要有三次不認我。」而我是有兩次不認孔子，唯與耶穌師徒的有所不同。第一次是五四運動時。第二次是我曾愛孔子不如愛黃老，要到其後讀了孔子作的易繫，包括黃老也在內了，我這才與之沒有間然。

你們是曾有過一次聽信了高某的話，有好些日子竟是要不認我了，應該打兩記手心。這回的維爾斯，免打。

第三封信

前幾天小山邀我去看了一中國人的書法展覽會，小山沒有記那書家的姓名，只說朝日新聞上介紹得如何如何，我初不想去看，因爲料知無好作品。小山不以我的態度爲然，她道：「先生也看了作品之後再批評。」我解釋說，書法與能樂及劍道等同，必有師承，圍碁也有師承。中國清末以來的大書家有康有爲，李徐，馬一浮，李叔同，吳昌碩，鄭孝胥等幾位，及我的先師周承德先生。我是筆法傳受得的最晚一人，而今之所謂書法家者，則我雖不問亦可斷言其程度的。

但我也還是偕小山去看了，展覽會場在涉谷一家百貨公司，原來是香港來的人。這人是一生學書法而不知書法爲何物，落筆先已不對，作字更無韻致，小山看了也說大倒胃口。歸途我乃教訓小山，你是自己沒有學得一件認眞的東西，故亦不知學問之嚴。世間有許多聽起來很合理似的話，如云「你等看了作品再批評」，好像很民主，在眞人面前卻不通用。

但我所謂師承，並非承的人，而是承的法。如清末是書法史上的文藝復興，最早的一人鄧完白（石如）即是沒有師的，但他是直接師承秦李斯與唐李陽冰的書法。又如我的思想文章亦沒有拜誰爲師，但我是直接傳承得五經與莊子、司馬遷等的思想文章。文學可以不拜師，可以與魯迅派，周作人派，或張愛玲派都無關係，但是不可於古來中國文學沒有傳承。若沒有此傳承的，則雖被稱爲作家，亦其萎涸可立而待。所以我要你們直接多讀古人的詩文，而從舊小說讀起則是爲方便，如看了東周列國志，再讀左傳戰國策就容易發生興趣了。並且要能直接從大自然而懂得了經書文章。

又，前抄的歐陽修詩〈仙意〉，今爲你們解釋。此詩可切近用於你們來日本又歸台之事，但亦單是拿漢武帝求仙之事來解釋就非常好。起句、

孤桐百尺拂霏煙，

鳳去鸞歸夜悄然，

是說你們來福生，可比鸞鳳來集在後院的竹枝上，而現在是飛回台灣去了。下句、

滄海風高愁燕遠，

是說你們的飛機在東海上飛得高高的遠去了。

　扶桑春老記蠶眠，

而你們還是想念著日本時的看櫻花，只把記蠶眠改爲記櫻緣就對景了。

　槎流千里才成曲，

是你們的飛機在高空飛，望下去只見海上的船兒像是定著的不動，要千里才是轉一角度。

　桂魄經旬始下弦，

你們歸時正是舊曆三月下旬，看著下弦的月亮，這經旬以來只覺是無限的歲月裡經過了數不清的大事。

　獨有金人寄遺恨，

　曉露雲淚冷涓涓。

而我是你們去後搬回書室的床上睡，早晨醒來想著昨天還是你們睡在這裡，而窗外是曉竹露水，撒啦啦灑下滿地日影來。要說雲淚，倒是你們姑娘在飛機上灑的呢。

但是此詩原意只講漢武帝，更覺其大。漢武帝東遣方士入海求蓬萊，現實是通了日本。又西遣張騫溯黃河上游開通西域，現實是求大宛的名馬，而同時嚮往於西王母的傳說，蓬萊與瑤池都成了人世之眞。

漢武帝的求仙，其實只是把他的無名目的大志來加上了題名，而題了名亦還是意不盡，那承露盤的金人所以像天心的哭了。後人想起漢朝當年的天下，西邊是河曲千里，東邊是海水都潑濺到了立在沙灘上的人的赤腳上來。而看著今宵的下弦月，兩千年來的這些事，似只悠悠經旬。

一九九六年八月三日寫完

輯五

父後三年

做小金魚的人

——讀《華太平家傳》

盟盟做完功課又伏到茶几上不起身了，是用明彩粉亮的牛奶筆在深色紙材上畫昆蟲或蜥蜴，工筆的程度到了像做珠寶鑲嵌。她畫過一隻蜥蜴，斑爛得如卡第亞佩飾，叫人好想拿來別在胸前。每每這時候，盟盟的阿姨跟盟盟母親互望一眼，心底嘆氣：「上校又在做小金魚了。」

上校當然是《百年孤寂》裡的奧瑞里亞諾·布恩迪亞上校，打了二十年仗，最後重拾少年時代做小金魚的技藝，整天埋在屋裡把金幣打成鱗片。他專心串鱗片，裝紅寶石小眼睛，鍾打魚鰓，安上魚鱗，以此忘掉戰場上的失意。因爲工作太精密弄壞了眼睛，坐姿亦壓彎了背脊，短短一段日子他老得比打仗那些年還要快。盟盟母親很可憐盟盟坐姿愈加不良，近視愈發加深，總想辦法拉她出去爬山走路做戶外運動。

盟盟的公公過世了，生前正寫著的《華太平家傳》已達五十五萬字（這個字數最早是由盟盟透露出來的），報社希望能先刊載一部分，打電話來給盟盟的阿姨，並請寫一篇導讀。盟盟阿姨好想婉拒這件事，理由很簡單，她根本沒有看過這部巨著（如字面所示，字數巨大的著作），她非常害怕在父親那浩瀚的文稿書堆裡根本找不到這五十五萬字的踪影。她也許三十歲以後就不大看父親的新作了，小說是看到《春風不相識》那個時期。

她從小讀父親的手稿長大，寫《八二三注》時她念高中，放學回家愛跑上樓翻父親桌上的稿子，看父親一夜過來又寫了些什麼，千百餘字的，她總嫌太少不過癮。後來她也開始寫小說，成了父親的同業，眼光日益變得挑剔。後來，她感覺到這位同業的創作力正在傾斜——若非朝向衰頹的那一方傾向，也至少是，停頓了。這樣的感覺讓她忽然回到女兒的身份，回到小時候忠實讀者的崇拜眼光，「不許美人見白頭」的，她閃躲了一下眼光，把臉迴避過去。這一閃躲，一迴避，十數年過去了。

此間她大概知道父親進行已久的長篇寫了又毀，毀了又寫，白蟻吃掉三十萬字的時候，全家人也把它媲美成「百年孤寂」式的荒謬好笑。甚至到了父親癌病住院，家人們慢慢建設起父親終須離去的心理準備時，也從來沒問過這部巨著的下落。巨著是一個抽象概念在烏何有之鄉擺著似的，代表毅力、勇氣，以及屬於已逝世代裡才有的那種愚執。與其說它是作品，不如說是父親總體人格的表徵。這表徵，她認爲將漸成傳奇，而文本的巨著也許眞被白蟻吃掉了不復存在。

現在報社說要刊登巨著，天啊巨著在哪裡呢？

盟盟帶阿姨到公公房間，靠陽臺紗門裡側的帶輪輕型檔案櫃，最底下兩層抽出來，一層五冊共十冊手稿整整齊齊的就在那裡。五百字稿紙，一百頁訂成冊。一度盟盟極關心公公寫了多少字，公公答應她寫到某個字數時讓她標頁碼，盟盟翻給阿姨看，900頁、999頁、1000頁，都是她的大大拙拙的鉛筆字。翻動中扇出來陳年的貓尿騷味，巨著，一點不難找的就在那裡。

盟盟再帶阿姨下樓，在沙發一角桌几底下搬出個盒子，常見的那種吉慶紅的茶葉禮盒，打開來，還有散裝未成冊的手稿，1066頁，半張沒寫滿。還有若干紙本筆記，就逐件檢點起來。盟盟說：「有一個叫寶惠的活到最老。」便翻開一本硬殼筆記簿指給阿姨看，高興說：「是他沒錯，八十五歲。」

簿子開始是祖先及活人的年表，橫向列著名字，直行列著包括公元、干支、清紀、民前、和民國的紀年。往上，推到一八六二年，壬戌，同治一年，民前五十，廣德五十七歲，蕭氏三十二歲……往下，截至一九九七年，丁丑，民國八十六年，海盟十一歲符容六歲。年表製得像手風琴那樣可以展開收摺，座標縱橫一目了然的生死簿。

年表之後，錄著章號、章題、頁碼、章字數、總字數的表格，一頁盡覽在內。盟盟說：「這是公公研發了幾次才成功的。」耐心解釋著之前研發失敗的表格，卻怎麼也無法使阿姨懂得。

表格之後有半頁鄉縣地名，半頁金蘭譜。有數行長老執事，洋人名字，小吃種類，馬群保丁，一頁戲臺楹聯。寥寥幾筆民初物價：肉包子、一枚小銅元（十文），賣鮮草一斤、二文，瓦匠工、一日一百文，二十文大銅板、民十四年始用。再有封底黏附一張信紙，是老家還在種地的親族手繪寄來的農事作物節氣旬期一覽表。此外，就也沒有其他資料了。

盟盟的公公最後幾年搬到樓下寫稿，起初是爲了方便於接聽電話，應付掛號郵件或送米的修燈的，並且幫盟盟錄影平劇，接盟盟放學回來，祖孫倆看戲吃點心。漸漸，客廳的沙發一角成了他們的老窩，公公盤腿窩坐沙發裡寫稿，稿紙夾在壓克力板上就著椅子扶手當書桌來寫。人往人來，貓逐狗奔，皆不妨礙他在那裡安靜寫字。有一陣子，他受託編輯《山東人在台灣》，發函收信，剪修大頭照片貼牢，瑣碎不堪的個人生平資料他也刻字那樣的一點一點謄錄著。家人看見十分生氣，認爲是工讀生即可勝任的工作爲什麼要他來做，嚷著交給認識的誰去電腦處理吧，尙待付諸行動，厚厚一本磚書已經印好出版了。客廳一角的老窩，變成了奧瑞里亞諾・布恩迪亞上校的銀飾工藝坊。

於是盟盟阿姨翻開《華太平家傳》手稿看著，看不幾頁她抬起頭，萬分惆悵的對盟盟母親說：「好看吔。」

這裡有她早年讀父親小說時的充實感，飽滿，有趣。

她惘然面對，若父親是像人們陳述的八〇年代以降被台灣文學社會遺忘，那麼近二十年來，他在做什麼？想什麼？

《華太平家傳》開筆於民國六十九年，十年裡七度易稿，八度啓筆，待突破三十萬字大關時，全遭白蟻食盡。他重起爐灶第九度啓筆，就是眼前這部手稿了。他像奧瑞里亞諾・布恩迪亞上校後來不再賣出小金魚，卻仍然每天做兩條，完成二十五條就融掉重做起。

手稿裡充滿了實物實事和細節，它們經常離題，蔓生。寫上一頁又一頁的如何種鴉片割鴉片，如何喜鵲築巢，如何神壇練拳，著迷其中不再記得歸途。父親似乎跟卡爾維諾一樣清楚，離題是一種策略，爲繁衍作品中的時間，拖延結局。是一種永不停止的躲避，和逃逸。躲避什麼呢？當然是死亡。

手稿的開章叫〈許願〉，從一個五歲小孩和他的銀鈴風帽寫起，末尾後設的插進一段關於擇九九重陽日第九度啓筆事，「數不過九，於此祝告上蒼，與我通融此個，大限之外假我十年，此家傳料可底成……」卡爾維諾說，如果直線是命定的，兩點之間最短的距離是直線，那麼偏離，就能將此距離延長。如果這些偏離變得更迂迴糾結，更複雜，以至於隱藏了本身的軌跡，也許時間就會迷路，而我們就繼續隱藏在我們不斷變換的偏離之中。

是的，是那段她感覺到父親創作力傾頹的時期，父親已默默的在選擇偏離，偏離當代一切正在進行的潮流，這項舉措，讓他的寫作生命延長了十年。

父親屬丙寅虎，盟盟整整晚公公一甲子，家裡兩隻丙寅虎。命理曾有一說，丙寅虎，活不過六十五，但父親已七十二。有一天馬奎茲熱淚如傾的下樓來，他的太太看見說：「上校死了嗎？」這一天，工藝坊的錫桶裡共有十七條小金魚。

一九九八年三月廿八日《聯合報》副刊

揮別的手勢

——記父親走後一年

父親對於後事，算是交代過一次。在榮總雙人病房裡，夜深人靜，聽見父親喚我過去，請我拿紙筆。他保持側臥的睡姿說，這兩天感覺很衰弱，一直要講此話卻不能集中精神，有時簡直喘不過氣，趁現在清醒想記下遺言。我蹲在床邊屏息凝聽，父親重覆說了兩聲遺言、遺言，我才明白他已開始口述，如同平常寫稿的定下標題，他看我寫好兩個大字遺言，始一字一字的口述如下：

一、喪禮以基督教儀式舉行，葬於五指山國軍示範公墓。登報周知。不發訃文，不收奠儀。二、所有動產不動產均爲我與我妻所有直到兩人均逝。後者有分配財產權。三、長篇寫作已完成部分五十五萬字交由子女整理出版。

這是一九九七年十二月二十六日晚上十二點半。父親住院檢查兩星期以來，始終笑語晏晏，聖誕節前才突然血壓偏低，低到必須輸血。在這之前，我曾聽他對姜弟兄引述〈約翰福音〉的章節，「我父做事到如今，我也做事」，他信守此言，活著的每一天都要做事，若一天不能寫稿看書，不能做事了，就也可以不必再活。即使還寫著的長篇未完，他亦對母親說，也許上帝認爲他所做的已有人做得更好，超過他所做的，那麼也可以了。母親的轉述，父親對上帝是說，「如果這次眞是該回天家了，希望不要太麻煩到小孩。」

三個月後父親去世，我們姊妹談起來，更加確認其實父親是聖誕節那次說走可以就走的，不走，是爲了讓我們盡盡孝道，讓我們以爲在人事上可以感到沒有遺憾。因爲病中，大多時候父親依然如阿城描寫的，「朱先生人幽默，隨口就是笑話，想起朱先生的笑話，就笑，就覺得朱先生還活著。」父親是爲的盛情難卻之下，多陪了我們三個月。事實上寫遺言次日，全家聚在床邊吃飯，傳閱遺言，母親反對爲省錢而葬到國軍示範公墓，那裡又小又擠又難找墓碑，她寧願骨灰擺在家裡書桌上，待她身後骨灰併一處。姊妹們乾脆說破，無論誰死先都燒成灰裝罈，等齊了再違章建築的大家埋一塊，看來是只得委託目前尚在唸小學的盟盟代勞。精神好轉的父親點頭道：「盟盟辛苦了，一根扁擔兩肩挑（罈）。」

所以死亡是什麼呢？死亡不會令死者再死，死者已越過死亡走過去。死亡只對生者才起作用，因而生發出無與倫比的意義。

是因爲死亡，死者的存在才再度被發現，被賦與，如此鮮明，鮮明過他生前與我們同在時的幾千幾萬倍。這樣的存在，必然，伴隨著深深、深深的悲傷和愆悔。

記得奇士勞斯基提到他的父親，他是後來才知道父親是個睿智的人，影響了他一生。奇士勞斯基說這是殘酷的，父母最盛年美好的時候，小孩看不見，看見了也不知道；等小孩長大看見時，他只看到父母的衰頹，而對之充滿了不耐煩。他的女兒十七歲在外地，有事他會寫信給她，但他明白女兒一定不當是事，要到很久以後她或許偶爾翻閱再讀到，一切豁朗在前，半點不錯正如人生的悲哀永遠是事情過去之後才懂得，只是當時已惘然。

我們因此十分斤斤計較於別人的活長活短。一般而言，眾生大致是死一次，創作者呢，可能兩次。

較佳的例子也許是舞者，有一天，舞者不能直接用自己的身體表達了，體能之死，他經歷了第一次死亡。本來他是舞者，他也是編舞者，但他的身體勢必先死，餘下他的意念和技藝經由別人之身來言傳，他只能做編舞者了。瑪莎葛蘭姆強悍的跳到七十六歲，跳完「鷹之行列」，年老的特洛伊皇后海克芭看著她所愛之人一個一個死去，之後她不再跳舞，而繼續編舞，非常痛苦，她說：「非常，非常不容易。」

令我訝異的是讀到《費瑪最後定理》，一串數學家現身說法，數學，原來是年輕人的事。數學中，因年歲增長而來的歷練深刻顯然不及年輕人的勇氣和直覺重要。哈代說：「我從未聽說過數學方面由年過五十的人開創重大進展的例子。」阿德勒說：「數學家的數學生命很短暫，二十五歲或三十歲以後少有更好的工作成果出現。如果到那個年齡還幾乎沒有什麼成就，就不再會有什麼成就了。」挪威的阿貝爾十九歲做出驚人貢獻，數學家評價說：「他留下的思想可供數學家們工作五百年。」中年數學家退居二線，教學或行政工作。「年輕人應該證明定理，而老年人應該寫書。」此因為數學是一種最純粹的思維形式之故嗎？比任何藝術或科學都距離實際的世界更遠嗎？

年輕人是不觀察的，他渾然置身其中，觀察與被觀察一體。年輕人也不反省的，反省要有另一個眼光，但年輕人才正當他的眼光跟他的身體一起呢。

與此極端對照的，是今年元月李維史陀在一場故舊門生同僚爲他舉辦的研討會上發表的簡短談話。李維史陀九十歲了，他沒想會活到這把年紀，年老之盡頭，自己的存在成了一個罕見的驚奇。他說：「今日對我而言，存在著一個實際的我，不過是一個人的四分之一或一半，以及一個潛存虛擬的我，仍鮮活保存著對整體的觀察。虛擬的我樹立寫書計劃，構思安排好書中的章節，對實際的我說：『該你接手去做。』而實際的我，再也寫不動了，對虛擬的我說：『這是你的事，唯你可以一窺整體全貌。』我現在的生活就展開於此一非常奇異的對話中。」他說：「我非常感激你們，由於你們的出席和你們的友誼，暫讓這兩個慣常對話得以歇停，並有了新的接合。我很了解這個實際的我將繼續消溶，終至消解。但我感激你們對我伸出友誼之手，使我瞬間感覺到，它不只是消解而已。」

有生之年，我眞高興能聽見一位偉大創作者把他老之將盡的存在狀態，如此清晰的傳達於世人。我們大約並不能活到他那個年紀，所以是如此可珍惜的他讓我們明白，且等同親歷了那個我們大約走不到的長壽盡處。最自覺的應該算卡爾維諾，他很早即著力於觀察者、被觀察者、媒介（南方朔的用辭是「想說」、「被說」、「說」），三者之間精準密合的問題。他生前出版最後一本著作《帕洛瑪先生》，索性將之標立爲三，以數字1、2、3代表，繫於每篇小題之上。好比〈1.1.1.閱讀海浪〉，意味著此篇全部是視覺的描繪（數字1）到了像做科學紀錄的地步。〈1.2.1.烏龜之戀〉意味著除了視覺資料外，也涉及語言敘述文化的元素（數字2）。〈2.1.3.椋鳥入侵〉，則表示有敘事，有描繪，有冥思（數字3）。我知道就有個叫唐諾的書迷，讀到後來他的樂趣之一是，遮住所繫數字，如香水大師葛奴乙般嗅辨香水的成分和揮發順序，據以標出數字，看是否與卡爾維諾所設定的吻合。他們是在搞數學研究了。六十二歲去世太早的卡爾維諾，更早就先已走進他自己的星空。

那麼米蘭昆德拉呢？十二星座中屬於初生嬰兒的牡羊座，總是跑得太快忘了把腦袋帶走，今年七十歲矣。他的新作《身分》，該怎麼說呢——同樣是牡羊座的小說家駱以軍，似乎特別有感的爲我們摘出米蘭昆德拉自己的話語，用以體貼年老了的米蘭昆德拉：「從前，他只想佔有新結識的女人，今後他的慾望會受到往昔的煩擾……，他想回過身來，找回過去那些女人，再摟抱她們，一直走到底，凡是未加利用的都加以利用……。」

我看到張愛玲，她像年輕數學家在二十五歲前就完成了她的傳世傑作，淪陷區天空火樹銀花，她是其中引爆最亮的一束，在那光芒底下踽踽獨行，走到終點。「十年一覺迷考據，贏得紅樓夢魘名」。何止《紅樓夢》考據，她還英譯國語譯《海上花》，又十年工夫摜下去，對此她不無寂寞的嘆息：「張愛玲五詳紅樓夢，看官們三棄海上花。」是的，她的圖像，她回過身來，找回過去那些女人，再摟抱她們，一直走到底，凡是未加利用的都加以利用。

費里尼晚年拍《舞國》，黑澤明拍《夢》、拍《八月狂想曲》，那圖像是，一個虛擬的我，清明洞徹，觀察整體，好憐憫的看著一個實際的我越來越弱小，越來越衰竭，再見了這個可鍾愛可依戀的實際的我。

所以死亡是什麼呢？是那個虛擬的我宣告獨立存在了。而活人，以作品，以記憶，以綿綿不絕的懷念和詠歎，與其共處，至死方歇。

一年來，我仍不能適應這樣的與父親共處。我們還太新鮮，太生疏，以致我仍遲遲不願去相認。我害怕會失態大哭。

人們記得父親的《鐵漿》、《狼》、《破曉時分》時期，那是一次創作高峰。六〇年代中間他開始轉變，至七〇年代初寫出來《冶金者》、《現在幾點鐘》，他悄悄攀抵另一次高峰。但若不是去年底重讀，我根本忘記到了不知道的程度，不知父親曾經那樣敏銳和犀利。似乎八〇年代以後，父親與其做爲小說創作者，他選擇了去做一名供養人。

敦煌壁畫裡一列列擎花持寶的供養人，妙目天然。父親供養「三三」，供養胡蘭成的講學，供養自個兒念茲在茲的福音中國化，供養他認爲創作能量已經超過他了的兩個小說同業兼女兒。像《八又二分之一》裡馬斯楚安尼對一屋子囂鬧妻妾大叫「老的到樓上去……」父親把全部空間讓出來給我們，自己到樓上去。有時母親跟我們吵架淚汪汪的上樓告狀，父親安慰她：「不聾不啞，怎做翁姑。」他讓出發言權，最後十年埋頭著作《華太平家傳》。這一切，果然如人生的悲哀要到事過境遷之後才懂得，我也絲毫沒有例外。

所有雜塵漸漸沉底了，水深澄淨裡我看見，父女一場，我們好像男人與男人間的交情。

米蘭昆德拉借香黛兒之口道出：「我的意思是說，友誼，是男人才會面臨的問題。男人的浪漫精神表現在這裡，我們女人不是。」

接著香黛兒與尙馬克展開一段關於友誼的辯論。友誼是怎麼產生的？當然是爲了對抗敵人而彼此結盟，若沒有這樣的結盟，男人面對敵人時將孤立無援。友誼的發源，可以推溯到遠古時代，男人出外打獵，相互援結。現代男人是不打獵了，可打獵的集體記憶以其他變貌出現，看球賽，呼乾啦，尋歡作樂一齊隱瞞老婆。於是從結盟衍生出來契約關係，秩序，文化結構，男人接受社會馴化的程度，比女人更久，更深，更內化爲男人的一部份。女人馴化程度淺，此所以公認是女人的直覺強，元氣足。千禧年來臨，女性論述大行其道，準備要顚覆男人數千年的典章制度，其勢可謂洶洶。

然我若有嚮往，男人間的友誼會是我嚮往的。它不是兄弟情誼（brotherhood），它比兄弟情誼昇華一些。它是綜合著男人最好的質感部份，放進時間之爐裡燃燒到白熱化時的焰青光輝，假如能找到一句現成的話形容，它是、君子之交淡如水。當然它也是、朋友十年不見，聞流言不信。這兩個，都要有強大的信念和價値觀做底，否則不足以支撐。那樣的底，我一點也不想要去顚覆它。

《華太平家傳》也許是一本違逆潮流的男性書寫，父親以這樣的書寫之姿向我們揮別。病中三個月，他不求，不問，也無所要交託，一如他平生待我們以男人的友誼，言簡意賅，如水湛然。

一九九九年三月廿一日《中國時報·人間副刊》

花憶前身

——寫於「張愛玲與現代中文文學國際研討會」

一九九五年九月張愛玲去世，我與妹妹朱天心躲開了任何發言和邀稿，不近人情到父親都表示異議，我只好說：「缺席也是一種悼念吧。」

然而那以後很多很多，持續不斷的各種張愛玲紀念文。書信披露、回憶、軼聞，就一再也寫到胡蘭成。當然，就寫到了胡蘭成跟三三。

三三，具體是有三三集刊，在我大學三年級時候創辦的，一九七七年四月。兩年後我們成立三三書坊。當時胡先生書《山河歲月》在台灣出版遭禁，刪節出版的《今生今世》也給勸告，既然沒有出版社出胡先生書，我們就自己來，用胡先生在三三集刊撰文的筆名李磬，印行出版。這樣一共出版了四本，至胡先生去世的一九八一年。

可以說，三三是胡蘭成一手促成的。打從結識胡先生，其間有一年的時間胡先生住我們家隔壁，著書講學，然後返僑居地日本，至去世，總共七年。當時十八歲到二十五歲的我，在今天來表述，想想只能說是，前身。

葛林（Graham Greene）曾說，作家的前二十年涵蓋了他全部經驗，其餘的歲月則是在觀察。他說：「作家在童年和青少年時觀察世界，一輩子只有一次。而他整個寫作生涯，就是努力用大家共有的龐大公共世界，來解說他的私人世界。」依據他這個說法，那麼，我後來的寫作生涯，整個的其實都在咀嚼，呑吐，反覆塗寫和利用這個，前身。

四年前王德威編當代小說家系列，本來只是作者簡單寫一個自述的，我倒一發不可收拾寫了五萬字，題名〈花憶前身〉，回頭看看自己的來歷。完後，每每覺得，這個沒說，那個沒說，而且，再也說不盡似的。這會兒開研討會，講是憶，不如是解剖，以今天的後見之明，審察昨日的渾沌之我。

就挑兩件來解剖，一件是張愛玲的個人主義，一件是胡蘭成的歸不了檔。

我是十二、三歲開始看張愛玲，自自然然成爲我父親與我六姑姑這個張迷家族的一員。打小我喜歡在父親桌前摸索，當時到後來始終也沒什麼書房，不過榻榻米大床，跟兩張並放的書桌，父母親一人據一張，父親寫小說，母親翻譯日文。單是張愛玲和父親的通信，我翻來覆去看得差不多會背了。信中張愛玲提及她的先生賴雅亦寫小說，但她「不看他寫的東西，因爲 Joyce 等我也不看。」當時我不知道誰是喬伊斯，可從語氣也感覺得出來，這位喬伊斯肯定是個大人物，而張愛玲好大膽子說不看。

我聽父親不止一次轉述張愛玲在柏克萊，獨來獨往，卻會爲一個修電線工人駐足下來，仰頭呆看半晌，而人不知她是看到了什麼。她在花蓮王禎和家短短一住時，也常叫路上不起眼的東西吸引了去，看上半天。她總是見人所不見，且又那樣忘記所以的處於自我之中。

若我最早有意識的模仿張愛玲，以上便是。

我國中一年級的國文老師，升二、三年級後一直是班導師，我崇拜他到戀愛的程度，暗地背誦了許多課本上沒有的詩詞，就等什麼時刻老師講到問到了，唯我一人搭得上腔。我也把父親追求母親時候的兩個人都是好熱血文藝青年的信，一封一封經過變造成爲我的週記內容，譬如對於包法利夫人的看法，很辛辣，頗使老師擔憂了，回覆來同等篇幅的眉批，太令我得意就變本加厲更狂了。

這些狂言狂語甚至演成狂行，大概屬與我同校的妹妹朱天心頂知道，而都獲得老師的庇護沒被學校處罰記過，縱容得不像話。敢於這樣，沒別的，我在學張愛玲，學我以爲的特立獨行，不受規範。

還有是，漫長青春期的尷尬，彆扭，拿自己不知怎麼好的，似乎都有了張愛玲形象做靠山（很早就讀到古物出土的〈天才夢〉），故此一味怪去，有正當性，理直氣壯得很。

那更別說胡蘭成寫的〈民國女子〉，我讀到是收在父親手上一本破舊不堪、日本排版印行的《今生今世》上冊裡，隨便一摘，都是。看吧，「我且又被名詞術語制住，有錢有勢我不怕，但對公定的學術界權威我膽怯。一次竟敢說出《紅樓夢》、《西遊記》勝過托爾斯泰的《戰爭與和平》，或歌德的《浮士德》，愛玲卻平然答道，當然是《紅樓夢》、《西遊記》好。」

再看，「我自己以爲能平視王侯，但仍有太多的感激，愛玲則一次亦沒有這樣，即使對方是日神，她亦能在小地方把他看得清清楚楚。常人之情，連我在內，往往姑息君子，不姑息小人，對東西亦如此。可是從來的悲劇都由好人作成，而許多好東西亦見其紛紛的毀滅，因爲那樣的好原來有限，是帶疾的，其實不可原諒的還是不應當原諒。愛玲對好人好東西非常苛刻，而對小人與普通東西，亦不過是這點嚴格，她這眞是平等。」

我高中畢業那個暑假，父親偶然獲悉胡蘭成在台灣，連絡上，偕母親跟我三人去拜訪。那天的話題都繞著張愛玲說，胡先生取出日本排版的《今生今世》上下兩冊贈父親，書中有藍字紅字校訂，可能是自存的善本。我因爲愛屋及烏，見不到張愛玲，見見胡蘭成也好。眞見到了，一片茫然，想產生點嗟悵之感也沒有，至今竟無記憶似的。對胡先生書《今生今世》，不但之前除了〈民國女子〉一章，餘皆不讀，奇怪的是，之後仍不讀。一年後，暑假期間我也不過順手抄來一看，也怪了，這一看就覺石破天驚，雲垂海立，非常非常之悲哀。

於是我寫信給胡先生，不指望胡先生還在台灣，好比是瓶中書那樣投入大海罷了。想必，這是我從此完全被襲捲了去的「胡腔胡說」的第一篇。我認爲胡先生比張愛玲厲害多了，很懊悔一年前爲什麼只看見張愛玲，沒看見胡蘭成，只好恨自己是，有眼無珠。

不料我立刻得到了回音，胡先生想把此信當做正要付印的台灣版《今生今世》的序。這哪行，父親急書一封阻止此事，胡先生回信說：「天文忽然寫信來我都喫了一驚……若做代序，當然是先要問過你的，請放心。」

這段我與胡先生結識的經過，我是幼稚跟魯莽，根本不值一提的。但一九七六年，符兆祥先生編了本書叫《一九八〇》，小題曰、「現代最傑出青年作家小說選」，上下冊，各選十人，並每個人找一位評論家評介，頗像股票分析師推薦可以長抱的績優股。我和天心給選在下冊，就請當時住我們家隔壁的胡先生寫評介。胡先生很高興的寫了，卻不能用，換言之，給退稿了。這兩篇的題目一篇叫「來寫朱天文」，一篇叫「朱天心呢？」寫我的部份，胡先生便提到此段結識，請容我摘錄如下：

前年朱天文初次跟她父親朱先生來看我。朱先生是柔和正直禮義之人，他是來搜訪張愛玲的資料。朱天文則只聽我說話，她自己不說。我與朱先生尚未相熟，對方又有禮，我就說話會浮起來，對人不夠誠懇，對己亦不夠眞實。朱先生送我一瓶竹葉青，我回一枚日本包袱。我因說同樣的包袱帶來二枚，一枚送給一位顯官什麼人了，這一枚送給天文小姐。客人辭去後我只覺這一天不對勁兒。果然數日後朱天文寫信給林君，說她見到了我很失望。她在信裡寫道：那顯官又於我什麼相干！她說我臉上亦沒有張愛玲說的特徵。我讀信當即很愧歉，覺得自己眞是不好，而對寫信的人起了很大的敬畏。

她信裡又說，這天她穿的衣裝我全不注意，帶來的便當有一樣壽司是她做的，我吃了也自己不知吃了沒有。這我也覺得是我的不對。但饒是挨了打擊，我卻喜愛那信寫得清潔無禁忌，只顧對林君稱讚。

胡先生把我一年後的信記憶成數日後，也把我信的內容在傳達時昇華了，成爲他的創作和審美。他且把這次見面比做譬如梁武帝與達摩的見面問：「對朕者何人？」曰：「不識。」不但武帝不識，達摩自己亦不識。胡先生就是這樣，總能把芝麻爛事弄成個好像公案絕唱。

阿城寫過，一九八四年底，他在《收穫》雜誌見到〈傾城之戀〉，讀完納悶了好幾天，心想這張愛玲不知是躲在哪個里弄工廠的高手，偶然投的一篇如此驚人。看來關於張愛玲，大陸是比台灣晚了至少三十年。在台灣可以說，我們是讀張愛玲長大的。弱水三千取一瓢飲，每人都從張愛玲那裡取得了他的一瓢。這樣的文化構成，跟大陸，的確不同。一言以蔽之，個人的自爲空間。

大半世紀前，胡張初見時，兩人講了五個鐘點話，無非是胡在滔滔發表對張作品的見解。再遇見張，胡說：「你也不過是個人主義者罷了。」

別看這個人主義，眼前一位諾貝爾文學獎得主高行健，他的最新著作《一個人的聖經》，寫死寫活他練了一輩子功，得來不易的這件寶貝是什麼？無它，個人主義而已。當然他是沒有主義的，他只是個人。他的逃亡書，他一個人的聖經，他是他自己的上帝和使徒。

此處我錄一段胡的〈論張愛玲〉，載於一九四四年六月上海《天地》月刊：

講到出走，她的一張照片，刊在《雜誌》上的，是坐在池塘邊，眼睛裡有一種驚惶，看著前面，又怕後頭有什麼東西追來似的。她笑說：「我看看都可憐相，好像是挨了一棒。」她有個朋友說：「像是個奴隸，世代爲奴隸。」我說：「題名就叫逃走的女奴，倒是好。」

過後想想，果然是她的很好說明。逃走的女奴，是生命的開始，世界於她是新鮮的，她自個兒有一種叛逆的喜悅。

出走，抑或逃走，從哪裡出走的？逃亡的什麼？比較張愛玲當時包圍著她的生活樣式和狀態是怎樣的，高行健時候的是怎樣的，即大約可判斷他們作品所踩到的高度、遠度、深度是怎樣的。用阿城的講法是，「我的許多朋友常說，以中國大陸無產階級文化大革命的酷烈，大作家大作品當會出現在上山下鄉這一代。我想這是一種誤解，因爲無產階級文化大革命的文化本質是狹窄與無知，反對它的人很容易被它的本質限制，而在意識上變得與它一樣高矮肥瘦……又不妨說，近年評家說先鋒小說顚覆了大陸的權威話語，可是顚覆那麼枯瘦的話語的結果，搞不好也是枯瘦，就好比顚覆中學生範文會怎麼樣呢？」

在我看，逃亡過來的高行健，他這修得的個人之身，可比一顆定風珠，足以自存，自保，自得，自在，但是沒有啓發。我的意思是，他並沒有超過他逃亡的對象。當然，他能平視之，笑對之，這到底不容易了，可從另方面看，他也是「與爾俱小」。

四〇年代初胡先生〈論張愛玲〉已寫道，「正如魯迅說的，正義都在他們那一邊。他們的正義和我們有什麼相干？而這麼說說，也有人會怒目而視，因爲群眾是他們的，同志也是他們的，我又有什麼『們』？好，就說是和我不相干吧。於是我成了個人主義者。」

高行健的個人，和他的沒有主義，類此。

胡先生道，「這樣的個人主義是一種冷淡的怠工，但也有更叛逆的。它可以走向新生，或者破滅，卻是不會走向腐敗。」

我回想胡先生平日聊起，總說，張愛玲倔強，性子硬。但又說張愛玲謙遜，柔和。讀張愛玲長大的我們，結果，她可能成了我們頭上的烏雲，遮得地上只長弱草。什麼時候，她已成爲我想要叛逃的對象。

首次我感覺到壓力，是七〇年代下半鄉土文學論戰。當時我們在唸大學，那個年紀能寫什麼，無非青春無謂的煩惱，白日夢，愛情，以及自己以爲的人情世故，小奸小壞。這些，雖不至到「商女不知亡國恨」的地步，亦相去不遠矣。學校裡建築系那些男生，揹著相機上山下鄉拍回來的強悍黑白照，配上文字報導，帥啊，太時髦了。

這壓力的具體化身，最高標的一位就是陳映眞。一度，他甚至是我們的道德壓力。後來辦三三，我們都說要做「士」，要研究政治經濟社會思想等學問，切莫以文人終身，遑論小說家不過一藝而已。

今年五月，我先後收到兩件文獻影本，係一九九一年我們整理出版《胡蘭成全集》時遍尋不著的，如獲至寶。一件是胡先生的社論結集，《戰難和亦不易》，寫於一九三九年一月至十二月，共一百零五篇，前半在香港《南華日報》，後半在上海《中華日報》，一九四〇年一月《中華日報》出版。另一件是《苦竹》雜誌，一九四四年十月、十一月，一九四五年三月，總共三期，刊有張愛玲的〈談音樂〉、〈自己的文章〉、〈桂花蒸阿小悲秋〉，炎櫻的〈死歌〉、〈生命的顏色〉，以及無數篇胡先生的化名撰述，典型一本同仁雜誌。我才恍然大悟，原來《三三集刊》乃《苦竹》還魂也，胡先生七十歲了，他眞是「烈士暮年，壯心不已」。

胡先生的難以分類，到現在還是身份未明，找不到他該放的位置。文學評論勉強把他歸入周作人、廢名、沈從文的抒情一脈。我跟天心私下是說，胡先生晚年在做的大架構，大論述，明明是李維史陀（Claude Levi-strauss）結構人類學的中文版。而胡先生的亡命生涯，其自覺自省處又像班雅明（Walter Benjamin），知識份子部份則似薩依德（Edward W. Said）。這番姐妹間的悄悄話，公開一說，各位看，豈不正好坐實了胡先生的大而無當。

橫豎大而無當歸不了檔，把我們養野了，如〈心經〉裡寫的青藤，滿心只想越過籬笆去，誰想越過去了不是尋常院落，是在公寓八層樓陽臺上的懸空目眩。我們亦小說寫寫中，就忍不住越過小說的圍牆朝外眺。專事文學，倒像嵇康〈贈兄秀才公穆入軍〉詩云、「目送歸鴻，手揮五絃」，老望著文學以外遠遠的事。

這個，胡先生去世二十年了，也許是他留下給我們的最大資產，無或稍減，與日俱增。

張愛玲呢？叛逃張愛玲。

就像掛出來的牌子告示人，施工中，營業中，清潔中，我想目前我是，叛逃中。

二〇〇〇年十月二十四日至十六日

香港嶺南大學主辦之「張愛玲與現代中文文學國際研討會」

【附錄】

神姬之舞

——後四十回？（後）現代啓示錄？

黃錦樹

一、「化石見證」？

幾年前，昔日的「三三」同仁楊照（李明駿）曾化名詹愷苓發表了篇〈浪漫滅絕的轉折〉評朱天心受重視及爭議的小說集《我記得》，相當深刻的觸及了朱天心創作背後迷離曖昧的世界觀、她的早期信仰及創作哲學。在文中楊照把朱天心及她昔日的「三三」同道（包括他自己？）視爲一個值得關注的整體，因爲他們「差不多都經歷了激烈的價值理念改異」：「價值的信持、棄守，鑿痕累累地割穿過他們的作品，成爲台灣社會岩層巨變的化石見證。」（1991）作爲戒嚴時代國民黨反共復國神話及伊甸園教育培養起來的一代，朱天心和她同樣跨過戒嚴、捲入台灣急遽的社會及意識形態變遷、歷經神話的破產、對昔日的守護政權的失望以及舊價值備受考驗的那一代人——如朱天文、張大春、楊照及許許多多昔日的忠貞愛國者今日的堅決的反對者（詳朱天心，1994）——大時代的大變動使得作爲寫作者的他們不得不透過書寫來反省、清理自身的存在。像朱天心那樣的寫作者，雖然身姿多變卻仍然「是個有信仰的人」（楊照，1994），在她近期作品中仍可以探掘出她早年信仰的隱晦殘存（黃錦樹，1993）。然而值得注意的是，同樣出自「三三」、生長自同一個家庭的朱天文，又是如何面對世變，及是否在世變中仍然維持著她早年的信仰，以及，此一延伸或殘存或隱遁的信仰如何在她近期的作品中呈現或缺席？其意義何在？有趣的是，此一重要的問題在朱天心那兒受到關注，在關於朱天文的討論中卻普遍的受到忽略或淡化[1]。朱天文的近作《世紀末的華麗》及《荒人手記》（尤其是後者）是很好的考察對象，也許早已在無聲的回答著我們的問題。朱天文早年雖是以小說及散文的寫作起家，在整個八〇年代卻因爲幾乎全力投入電影劇本的寫作而在小說創作上沒有太大的成就，即使是一九八七年出版的《炎夏之都》中雖然場景已是都會，卻也看不出在藝術上及題材上有何明顯的突破，不如朱天心的轉型之跡昭然且成就顯著。一直到《世紀末的華麗》（1990）各方面的突破驀然整體湧現，而引起評論界的高度重視。作爲一部與《世紀末的華麗》「同質異構，或（由）不斷增殖的事件」而構成的小說[2]，《荒人手記》延伸擴大了朱天文在前者達至的轉型，也因爲獲得大獎及本書自身存著的某些議題特徵而獲得廣泛的注意，不少論文沿著它而增殖生產。一些普遍受到關注的論題如：同性戀、政治與身分認同、女性意識……等等。本文則嘗試從不同的角度來安頓或脈絡化《荒》書所呈顯的議題，以《荒》書本身爲焦點，把它看成是主體實踐過程的結果，試圖處理的是朱天文的美學實踐及它與她早期信仰的聯繫：在操作上必須回溯到那遙遠的「三三」，「溯史」

及她的早期作品及她們的人文導師胡蘭成。同樣的，在整體考量下，也必須處理《荒》書裡隱含的文類問題及各層次的美學問題。

二、「前八十回」早期信仰

就少作而言，朱天文和朱天心委實沒有太大的不同：在題材上都以浪漫的愛情故事爲個人寫作的起點，且都以個人狹隘的生活經驗爲參照（《喬太守新記》〔1977〕、《傳說》〔1981〕、《最想念的季節》〔1984〕），以共享的價值觀爲支撐——一種以情感的本然眞誠爲本質的價值觀。這共享的價值觀，正是源於胡蘭成。胡蘭成，這位昔日的汪精衛幕僚、張愛玲的前夫、朱西甯景仰的對象，一九七四年從日本來到台灣，短期任職於陽明山文化學院，講授「華學科學與哲學」，經由朱西甯的中介，彼時朱家姊妹開始與他接觸；半年後胡並不光彩的過去被揭發而丟職，而被朱西甯迎回家去，且待之如上賓，遂爲朱家姊妹的精神導師。胡蘭成自己構築的那套獨特的「理論」來源駁雜；約而言之，諸如湯川秀樹的粒子宇宙論、《詩經》「溫柔敦厚」的美學倫理學、《周禮》「王道秩序」的美學政治學、日本《源氏物語》的女性美學、《周易》的變易哲學……等等成分，而其構成方法則爲《周易》式的「感通」及禪宗式的「直觀」，整體而言（不論是構成要素還是方法）都是以美學爲出發點的、美學化的。在台灣特殊的戒嚴情境下，胡蘭成的「理論」爲了「應世」而大肆強化革命情調、愛國情操及民族自尊，屢屢以孫中山的三民主義與國民革命爲禮樂王道之例證，且不惜高揚中國文學爲世界第一（參胡蘭成，〔1980〕1991）。然而，即使是政治、革命，他仍以美學爲其折中，擺在他的文化美學（史）的理解架構裡，爲其添加成分。胡蘭成的「理論」之所以可以如此不拘來源的駁雜，其合理化的基礎正在於他所運用的是反邏輯的感性直觀方法，毋須客觀的標準驗證，唯「此心」是證。換言之，他那套東西本身其實就像文學那般的被構造；知識對他而言，也無非只是感性的材料。這一種對待知識的態度，在朱天文的早期著作中看不出來，在《荒人手記》中卻獲得驚人的展現（詳後）。

這樣的一種對待知識、政治，甚至存在的態度及方法，在表徵上是高度文人化的，但其實也是非常中產階級、非常「雅痞」也非常「士大夫」的，一種城市（或都會）小知識分子的文化品味哲學。這種「哲學」在朱天文的近作中也有著顯著的呈現。

然而在那大觀園一般衣食無憂封閉生活裡的青春期，在她們生活裡的頭等大事也無非是日常經驗裡的瑣碎人事、渺小的情感事件及相對而言抽象的反共復國。胡蘭成那套彈性大於理性的、以「大自然五大原則」[3]爲核心的理論在經過一番調整之後[4]，恰好可以給予她們的少作予以極大的價值肯定。這「極大」並非一般，而是類比於中國古典文學中的大師巨匠：他把朱天心的少作《擊壤歌》（1977）比於李白（胡蘭成，〔1980〕1991），朱天文的少作《淡江記》（1979）比於司馬相如太史公（胡蘭成，1980:11），理由是裡頭充滿天眞人趣及「對世人世事與物無差別的善意」，是爲「王風文學」。

「三三」是大觀園也是伊甸園（朱天文：「三三的朋友們好像活在一個沒有時間、沒有空間的風景裡。父母亦不是父母，姊妹亦不是姊妹，夫妻更不是夫妻。」〔1979〕1989:174），也是他們姊妹共同的書寫場景。對照朱天心前後期的作品（以《我記得……》爲分界）可以看出有著明顯的斷裂（題材、風格、世界觀），遠離大觀園以介入社會，筆伐反對運動，步趨時代議題，強化敘事者的男性性別，甚至深入社會幽暗的角落（黃錦樹，1993）。而在朱天文的作品裡卻看不出那麼激烈的變動，雖然書寫的場景有著明顯的轉換——從大觀園轉入都會。

從一九八二年起參與台灣新電影的劇本寫作之後，理論上朱天文的視域應已更爲開闊，然而奇怪的是（在《世紀末的華麗》之前）她雖然歷經個人的「本土化」、「都市化」，歷經〈伊甸不再〉，改變最多的卻只是寫作的表面場景而不及其他。究竟是否因某種價值仍持續延存，以致本體未易？業經鄉土文學運動的洗禮，從《小畢的故事》（1983）到《炎夏之都》（1987），朱天文所寫的仍屬廣義的家族記憶：外省族群在這島上的生活、處境，及記憶——以長姊的優勢寫出的父母親的私奔、父親與他的袍澤之間的情誼及他們各自落地生根之後的家庭故事、他們的子女之間的交往互動、（朱天心宣稱尚未有充分心理準備去寫的[5]）母親娘家的家族故事（〈外婆家的暑假〉），及她向讀者轉述作爲小說家的父親在她誕生之初尚未有記憶之際以她的口吻載錄下的她個人的「史前」記憶、存在之證言（〈朝陽庭花聞兒語〉等四篇）……許多可以是極爲沉重的題材，都被熟練的說故事者淡化爲輕質的抒情敘事而失卻了歷史的厚度，而呈現出一定程度的通俗傾向。

從《喬太守新記》迄《炎夏之都》橫跨十年的寫作歲月（1977-87）[6]之後，一直到《世紀末的華麗》方始「寫出了年紀」（詹宏志，1990:7），方始走出她精神狀態上的青春期，步向成熟之路。比照朱天心的轉變，朱天文顯然也在寫她的「後四十回」了。然而問題並不如此簡單。當年「三三」的價值守護神及精神導師胡蘭成提出「後四十回」的問題是直接針對朱天心：

> 《方舟上的日子》與《擊壤歌》可比是寫了前八十回《紅樓夢》，還有後面的要寫。依文章來說，《紅樓夢》有了前八十回，已是完全的，但是就作者來說，他還是不能不寫下去。
> （胡蘭成，〔1980〕1991:142）

同文中胡蘭成解釋道，作爲寫作者朱天心不得不面對（自己及他人的）成長（變節、世故、庸俗、腐敗或死亡），不得不處理成人世界裡的是非善惡，如此，是否還能保持對人事物「無差別的善惡」？「文學只是像修行，朱天心還有修行在後頭」（146），面對紛紜的人世，她是否還能保持她「王風的本體」？

奇怪的是，胡蘭成卻並沒有針對朱天文提出同樣的問題，難道對於同樣作爲寫作者的朱天文，並沒有存在著「後四十回」的問題？還是有其他的原因？一個可能的原因是胡蘭成特別注意到姊妹二人性情上的差異，朱天心的好惡分明很容易讓她的文學開向「是非善惡分明」（145）之途，才情高如《紅樓夢》的作者都難以善了的「後四十回」對於朱天心而言，由於性情使然必將較諸乃姊更爲艱難迫切的面對；在胡蘭成那套價值系統中或許也更難以安頓成長後的朱天心，是以未雨綢繆，言之再三。關於姊妹二人（表徵爲書寫格調差異）的「性情」，在朱天心蛻變之後批評她「險刻少恩」的袁瓊瓊多年以前在爲朱天文伊甸園裡的少作寫序時即已提出頗值得玩味的觀察。

> 因爲性情，我一直比較偏愛天心，天心的東西火熱，而且老有種孩子氣的新鮮。天文一開始寫小說，她自己就在距離之外，寫什麼都是漠漠的，帶點冷辣，比較接近西甯大哥的風格，很注重技巧和語法。（袁瓊瓊，9）

用一組庸俗的對比來說明，前者相對而言是「入世」的——把自我投射入書寫之中，而後者則較爲「出世」——把自我從書寫中撤離。換言之，同樣的那套價值系統引領下展開書寫的朱天文，寫作於她亦是修行，也必然會面對「後四十回」的問題，只是相對而言沒有那麼困難——這裡所謂的困難，指的不只是價值的存續，兼指主體對對象的「超越」。

一旦書寫場景進入「後四十回」，問題就變得棘手；用張愛玲的話來說，《紅樓夢》「原著八十回中沒有一件大事，……大事都在後四十回內。……前八十回只提供了細密眞切的生活質地。」（張愛玲，1983:470）而在這裡，「後四十回」卻是作爲書寫—修行的隱喩。

三、都市／符號／美學救贖

朱天文的「後四十回」始於《世紀末的華麗》。她在這部小說裡不只「寫出了年紀」，更寫出了滄桑、蒼涼，與荒涼。在集中的各個短篇中，幾乎每一個人物也都還有著各自的眷村背景（只有〈紅玫瑰呼叫你〉的男主角例外，他是韓國華僑），雖然場景已進入都會。對在台灣這座島嶼上生活的人而言，都會是極其獨特的生存場景。它有著極大的包容性，運作於世界性的資本主義機制及其邏輯之下，該邏輯及機制優先於省籍或統獨問題，決定及制約了都市人的存在本身。這種制約是漸進及隱約的，藉由它的空間編配及物質的供需、對感官對象的限制等等方式，而制約了存在者的感覺結構（structure of feeling）。《世紀末的華麗》較諸於《炎夏之都》更爲深入都會的內在質地與肌理之中，它並不停留在表象與現象的描繪，而是進入到活在其間的人的感覺方式與感覺內容的深處中去。作爲無所不在的視覺意象的商標、陳列的流行時尚、匆促往來的車子及人群、高聳蔽天的建築及大部分人無以逃離的窄小的「家」、空虛的精神與疲憊的肉身與色慾、世俗的宗教與怪力亂神、都市死角時時上演的犯罪、台北盆地的窒熱與燠悶……這種種與都會中無窮的商品及足以穿透時空的媒體和無盡的資訊才是它的主體，人作爲一種「類」的存在也無非只是它們展開運作的不可或缺的中介而已。那是物質與物慾過度飽和的場所，在那樣的處境中，在物質與物慾之間，人的意識和身體抽象和具體的存在都成了問題。就前者（意識）而言，關聯著時間感，存在感，過去，和未來。在時間被高度切割及編配的都會，過去和未來都是沉重的負擔。就後者（身體）而言，本質及（現）表象之間的聯繫成了麻煩的問題。

朱天文的「後四十回」直接關聯著她的都市感觸，也直接的以台北都市爲其視景。在這些作品中「都市不僅僅是故事的背景而已，在主角的意識中都市本身就是一個角色在活動著」（張誦聖，1994:88）。內在於主體意識中的都市彷彿具有它自己的意志——並且是邪惡的意志——雖則它存在於身體的外部。《世紀末的華麗》所描繪勾勒的正是都會意志下疲憊的眾生的存在狀況和精神狀態。等待救贖或企圖攫回失落的一段過去的荒蕪的存在者（〈柴師父〉、〈恍如昨日〉），或者失落了當下的此在眞實性以致沒有未來（〈帶我去吧，月光〉、〈紅玫瑰呼叫你〉），一再犯罪卻無能對罪惡產生意識且彷彿活在漫畫裡的都市新人類（〈尼羅河女兒〉），遊蕩於色慾之海自渡渡人的男同性戀者（〈肉身菩薩〉），在官覺之本體中尋求不朽的今之巫女（〈世紀末的華麗〉）……凡此種種，都是末世的族類。朱天文對這些族類存在狀況的描摹、對他們身之所寄的城市景觀的呈現、對某些問題的思考、語言文字上的實驗及總體上的美學實踐等等，確如施淑教授指出的，均與《荒人手記》「同質異構」（1994a）。荒蕪之城，荒涼之人，頹圮前剎那的美麗，確已先於《荒人手記》而存在。

在〈柴師父〉中，在柴師父冥想的背後我們也同時看到他的家庭內景：共同欣賞A片的兩代人，死的、活的，神鬼人共同佔據著窄小的空間，家庭內公開展示的色慾和他的自我救贖……而家，坐落在一處時時刻刻「到處都在動工程」的，沙漠一樣荒蕪多沙的城市。城市無時無刻不在自行擴張與增生、轉化與蛻變；沙是它的形式，標誌著具體的時間。而自我蛻變正是城市存在的本質，恍如異形，讓生活於其間的人不斷的被它的陌生形式所驚慄：「華燈正亮，夜的生活如火如荼進行著，另一個聽得到卻看不見的空中城市也在夜幕下成形，無線對講機城市。」（〈紅玫瑰呼叫你〉，170）「等待女孩像等待一塊綠洲」的柴老頭，身居於屋內赤裸的肉慾與戶外的荒熱與未知之間，等待那有著「軟涼的胸乳」的女孩到來。在朱天文筆下，女孩的身體之於柴師父並非肉慾或意淫的對象，而是美學昇華或超越的觸媒；當他碰觸女孩「軟涼的胸乳」時，「猛然想起三十七年春天剛剛開始他往北來到多雨的基隆市，乍見高地上伸出石牆盛開的一樹白花在媒煙冷雨裡繽紛自落。」（24）那是「從前日本人開的藝妓館旁的八重櫻」。柴師父從色情的可能跨越至無慾之情色，一純然的美感經驗，而那卻是藉由女孩年輕的肉身爲中介。非經邏輯與知性，僅由當下的官覺直觀。這種非常「純潔」的美學處理或許正是胡蘭成念茲在茲的「禮樂文章的底子」，朱天文世界觀的幽靈現身，她所允諾的救贖。年輕女孩的身體，盛開的日本櫻花，肉身衰朽的老者，共同的指向胡—朱的日本美學傳承，自然也可在它的實踐者——川端康成的作品中見出。此三者的一體化也是本書中其他篇章及《荒人手記》一再反覆辯證的主題。

書中最重要的兩個篇章〈肉身菩薩〉與〈世紀末的華麗〉基本上已展開《荒人手記》的主題與視景。〈肉身菩薩〉幾乎可以看做是《荒人手記》中的一個章節，就某個意義而言，也可以視爲是它的縮寫本雛形。敘事者是「一具被慾海情淵醃漬透了的木乃伊」，一個屢屢爲情慾所困擾的男同性戀者，一再不由自主的尋求肉慾的滿足卻又恐慌於激情過後的無邊空虛，是出來玩卻又無法完全放開的「渣子」。「完全放開」是都市新人類的特殊才能，全然逐色於固有的倫理道德規範之外，任憑肉身的意志行事，色慾本身即價值所在，此外別無價值：「無法完全放開」意味著有所堅持或者顧忌，是道德上的罪惡感或者殘存信仰的拉鋸，「超我」仍高高在上，冷冷的凝視著。這位先於《荒人手記》而存在的「荒人」所面對的存在問題也正是《荒人手記》中的荒人所面對的問題——「放不開」。對他而言，肉慾自身並非價值所在，甚至是某種（未明言的）價值之否定。因而肉慾的滿足卻讓他「身體裡面徹底的荒枯了」，讓他衰疲於內在的荒蕪。內外的分裂及其相互否定造成了巨大的存在張力，在連串的否定之後，他冀求辯證的融合以超越存在的困境，攫獲價值以達致救贖。藉由肉慾與修行的類比，以華麗的色相（印度人「熟爛透了的官能世界」所投射出的色相，《荒人手記》中顏色週期表的簡略版：「……有炎烈如火地焚煙的朱砂紅、芥末黃，有深邃如星空的孔雀藍、宮粉紅、蛇膽綠。」〔63〕）爲中介，美學、色慾、修行的意象再度綜合爲一；把「摩訶國小王子捨身飼虎」與「尸毗王割肉貿鴿」的捨身修道巴答伊（Bataille）化，那種肉身痛楚的極限被等同爲絕對化的、受虐的情慾經驗，逾越肉身之痛而瀕死的生命極限狀態被等同於性交高潮；宗教修行者的以身踐道於焉猶如（男）同性戀者的過度性交：

> 赤血淋淋的狂迷境界皆如出一轍，徹頭徹尾根本就是他祖先們的淫事，隔了千百世代如今強悍的遺傳給他。他們都是天地頭號淫人。〔65〕

昔之聖徒的後裔，今之男性戀者，而昔聖今俗；在朱天文的感性架構裡，都是「肉身菩薩」。然而朱天文並不往肉慾本身發展，並不把肉慾絕對化以便以肉身的本體極限去逾越人界所有既定的規範以展現書寫的革命性，反之，她對於小說後小半的處理強調的卻是情慾的節制，且暗示唯有如此方是可能的救贖之道。如此的「克己復禮」、「節之以禮」在在都說明了某種價值幽靈的再度復返，而把〈肉身菩薩〉寫成了一則宣揚禮樂文章的道德寓言而非探勘人身存在之底限的「逾越的文學」（Foucault, 1974:30-33），急於跨越肉身去尋求肉身之外的超越價值，以致「得魚忘筌」，甚至也導致一種美學上的可能議題——「得意忘言」——在尋求超越處，她把色慾的存在經由自我節制而轉化爲美學意境或場景，而那卻是以華麗的文字作爲它存在的條件。肉身非本體，文字亦非本體，當價值超越了肉身，同時也凌越了文字，而成爲「超越的符指」（transcendental signified）。這篇小說在視域（vision）上的局限同時也就是《荒人手記》視境上的局限，也反映了作爲寫作者的朱天文認識論上的局限（詳後）。同時也可以間接的解釋何以《荒人手記》議論會重於敘事——她已迫不及待的向讀者陳述意念。

再則，就觀念的系譜而言，「天地頭號淫人」或許源於《石頭記》評者脂硯齋對賈寶玉的獨特斷語「古今第一淫人」，指的是賈寶玉的「多愛不忍」⑦，泛愛近仁，把一切事物都美學對象化，強調的是「意淫」與「情不情」⑧而幾乎不涉肉慾。這是《紅樓夢》相當特殊的議題架構，透過情慾尋求超越而非經由肉慾而求取超越（如《金瓶梅》及其他明代色情小說），〈肉身菩薩〉題材上近於後者，卻是紅樓骨子。

從《荒人手記》回頭看，就作為先它而存在的同質異構體而言，〈肉身菩薩〉和〈世紀末的華麗〉二者實缺一不可，因為它們共同先行實踐了它的美學及意理基柢。相對於都市幽靈小佟，米亞是都市中「一位相信嗅覺，依賴嗅覺與顏色的記憶存活著的」（後）現代女巫，她的存在特徵在於她把存在和記憶（過去的存在在此刻意識中的重現）徹底的美學符號化，藉各種符碼與官覺——關於各種流行事物的嗅覺、各種顏色的服裝與乾花與繁麗的都會視景——而拼貼出一《九歌》似的多花多草多祭的華麗世界。此篇的書寫特徵依稀就是朱天文的書寫／美學宣言，寫米亞的存在特徵即寫她自己的精神狀態：米亞她「絕望的為保留下花的鮮豔顏色」和香味以免它們「轉變為另外一種事物」而「養滿屋子乾燥花草」——而相應的，朱天文企圖藉極端華麗的書寫以超越肉身及實存事物的易朽性，以達致不朽——當實存轉換成符號，有限的存在即向無限延伸。「魔液煉製室」中的米亞，巫女；台北都會一隅中的朱天文，文字煉金術師。她們均「過分的耽美」，迷戀印象派；她和老段的關係是世俗定義的外遇，卻非常之不肉慾，反而被書寫調節為純淨的美感經驗，一種唯美的詩境；在極致處呈現出啓示錄似的壯觀——「城市天際線日落造成的幻化」——

蝦紅，鮭紅，亞麻黃，蓍草黃，落幕前突然一把大火從地平線燒起，轟轟焚城。（173）

這也是朱天文「後四十回」中主要的末世視景，斑斕畸色，彷彿大劫將至。是以都會女巫近乎絕望的宣佈人界的線性時間休止，在書寫中將沒有未來的未來轉化爲無窮反覆的記憶與神話時間。

四、說故事者與（或）告解者

《荒人手記》的生產史涉及多重的物質性轉換，每一層轉換都有不可忽略的重要意義，涉及許多值得探討的問題。且聽朱天文夫子自道：

《荒人手記》的「前身」是一部探討女性情色問題的長篇小說，叫做〈日神的後裔〉……下筆半年，寫了五萬餘字後，突然寫不下去了，原因可能是徒有意念，血肉枝幹醞釀得不夠成熟。就在那時，我的一位（男）同性戀朋友陷入極度的低潮期，前後二、三年間，我成爲孤立無援的他唯一的傾訴對象，得以進入那個神祕的世界，了解同性戀族群的喜怨愛憎（……）。奇妙的是，〈日神〉未完成的部分移植到「荒人」身上，換成「同性戀」的角度，反而強化了我的書寫慾望，順著自己的感覺一路寫下來，終於完成關於同性戀也關於〈日神〉言猶未盡的部分。（張啓疆，1994）

〈日神的後裔〉於一九九二年已行發表了兩章（朱天文，1992），以女性爲敘事觀點，在策略上可以說是延續了〈世紀末的華麗〉；該小說因難產而僅遺殘篇，從朱天文的自述中可以知道，它的

「元神」（原有的意念）不只沒有失去，甚至在獲得了新的血肉業經轉化之後更形完備的呈現於《荒人手記》中。有趣的是，假使「元神」未失，那同樣是「一部探討女性情色問題的長篇小說」，敘事者及故事的焦點卻從女性轉移到（另類特殊的）男性身上，原先「寫不下去」的，反而順利的獲得了完成——這意味了什麼？同一篇訪談中，朱天文描述她關於〈日神的後裔〉的「意念」：那是「一部觸角遍及台北、台灣、古今中外、歷史、神話的女性故事」。假如把引文中的「女性」加括，則此段描述即十分切合《荒人手記》。換言之，朱天文的補述強化了上述性別轉換在書寫上的必然性與必要性，彷彿「非如此不可」，男性的肉身／陰性的靈魂這樣的組合才是朱天文開展上述意念的完美載具？爲何「女性的故事」非得需要那樣的男性肉身？是基於怎樣的策略考量？

從〈日神的後裔〉到《荒人手記》，除了前述的性別轉換之外，也涉及一些內部形式的更動，朱天文的補述爲《荒人手記》中的第一人稱（男性）敘述者（「我」）補進一位（女性）傾聽者。對讀者而言，那個喋喋不休喃喃自語的「我」於焉被他化，從而讀者的位置也被他化，原先讀者與敘述者必然的「我—你」關係被一個在小說中隱形的「作者」所干擾、隔離——我們也無非只是傾聽傾聽者的傾聽或演述。在這裡，在以小說之外的文本穿透小說之際，〈世紀末的華麗〉中的都會女巫卻已然悄悄現身，做爲巫者她有能力召喚幽靈，慣於接受附身，說出往返於人／神（或靈或鬼）之間的話語，以一個集體的卻又是單數的「我」發言。而在小說中實際現身的卻是男性肉身的「荒人」，換言之，「他」反而是被女巫（藉由她的文字煉金術）所附身者——如他的性向（「一朵陰性的花開在男性的身體內」）。如此的隱喻同構本質化了朱天文性別更替的美學策略，因爲在他男性肉身的內部，有著廣大的空間可以讓她合理的寄居，那是她的屬地（這有容格的理論作依據）。由此而開啓了多重的書寫／發言／解釋空間。從這個角度來看《荒人手記》中的主人公也無非是被〈世紀末的華麗〉中的米亞所寄身的〈肉身菩薩〉中的小佟。

相較於朱天文之前的其他作品，《荒人手記》也許由於「告解者」的現身及被附身而導致說故事的方式迥異於既往：敘事被大量的論議所稀釋。議論篇幅之大，幾乎也已凌駕敘事；根據朱的自白，她是以既定的〈〈日神〉〉「意念」貫穿其間，而原先〈日神的後裔〉之所以「寫不下去」也是因爲「徒具意念，沒有血肉」之故。書中的大量議論，是否泰半皆是原有「意志」的存留？而同性戀告白者的介入，則是提提敘事的「血肉」？是否從文類特徵本身即可看出《荒人手記》中殘存的〈日神的後裔〉？對《荒人手記》的論者而言，這確是一個基本的問題，只是他們用了不同的提問方式：《荒人手記》中的男同性戀者，是否具有代表性？這涉及兩個問題：㈠他在同性戀群體中的代表性；㈡他是否只是朱天文的傀儡（劉大任，1994；張啓疆，1994）？對於前者，論者都持否定態度（劉亮雅，1995:15；朱偉誠，1995），因爲朱天文的保守立場毫無保留的呈現，她的反情慾（詹宏志，1994），政治意見（劉亮雅，1995，朱偉誠，1995）等等，都讓她積極的現身。這一點朱天文自己有清楚的意識，她並不諱言（在同性戀的「寫實層面之外」）她以極強大的主體意識操控一切：

——某些觀點、思想、感受其實是非常作者化的，或者說，我是藉著「同性戀」的特殊性，表達我對情色慾的獨特看法：從頭到尾可能只有我的人生觀、情愛觀……。（張啓疆，1994）

她甚至進一步強調本書的寫作「是沒有對象的，是針對鑑賞力來寫的。」而「這個鑑賞力是自己長期以來累積的種種，如：人生觀、價値觀、歷史觀等眼光」（鍾雲記錄，1994）。換言之，眞正重要的是她作爲主體的實踐，包含了前述的「三觀」（她所強調的「意念」？）；而就鑑賞力而言，美學實居有某種程度的優先性，它給予其他的要素表現的形式。在一個強勢的「意念」主導下的寫作，爲了準確、清楚的傳達她的「意念」，語言的曖昧模糊性必須受到某種程度的制約，於是大量的後設語言登場。因此讓本書存在著明顯的論辯結構，彷如論文。

在《荒人手記》面世之初，文類問題一度成爲評審爭論的焦點之一（林文珮記錄整理，1994），後來體制以頒獎「解決」了此一個問題。作爲它的物質表徵之一，它的存在必須具有必然性。所以朱天文在成書後考慮的其他幾個命名的可能（朱天文，1994b）——「寂寞之鄉」、「航向色情烏托邦」（其實應加上「日神的後裔」）——均著眼於內容，最後卻以《荒人手記》命名了它的文類形式，給予可能引起爭議的形式最堅實的背書。然而也就在她原本彷彿離張愛玲最近，（以華麗寫出了荒涼）的這裡，她卻最爲遠離張愛玲，老祖母的告誡：「寫小說應當是個故事，讓故事自身去說明，比擬定了主題去編故事要好些。」（張愛玲，1994:116）恰如從「經」到

「論」的轉變，敘事的豐富性向議論的清晰性的轉移在選定文類形式之初就被決定了。早年深受胡蘭成美學濡染且深以他的文章爲中文之本色（朱天文，1981）的朱天文，在台灣的女性寫作者中直被歸類爲「張派」，她的書寫特徵承之於張愛玲者顯（詳張誦聖，1994;1995），承之於胡蘭成者隱。由朱天文主編的、胡氏歿後在台灣出版的「全集」（九冊，1991，遠流）中並無小說，胡的寫作以散文爲主，且多爲似偈非偈的「閒話文體」，頗注重文字經營與美感意象的塑造，文法結構異於常文。他文章裡的「議論性」是直觀似的，似論非論，總是「結論先於證明」，以感性了悟而非理性思辯爲訴求。就這點而言，朱天文的語言文字煉鑄承自胡蘭成的只怕也不下於張愛玲，至少《荒人手記》中的議敘分合與文體錯綜似乎見證了胡張二位幽靈在她女巫似的召喚中已然悄悄進駐於告解者陰陽莫辨的話語裡⑨。

五、食傷的情慾

《荒人手記》共分十五個章節，或議或敘的開展爲奇特的論辯結構，有的章節幾無敘事可言（如：1、3、5、13），有的幾乎純爲敘事（6、7、9、10、12）。然而即使是幾爲純粹的敘事中，也往往閃現似偈非偈的格言警句，彷彿所有的敘事也無非是爲書中的隱含論題做例證。「手記」的形式合理化了那麼樣智識性的「告解」，某類現代知識分子的懺悔錄。以敘事及語調軟化知性的辯證，並且在材料或意象的銜接處賦予感性形式。書中往返論辯的主題諸如：一、色情／

情色；二、救贖與超越；三、書寫、存在與修行；四、陰性美學的價值觀……等等。就整體而言，彷彿是在爲某種超越的價值求證，以同性戀男性的軀體爲中介。

誠如某些論者指出的，《荒人手記》雖然標榜書寫情慾，其實卻是徹底的反情慾的（詹宏志，1994），因爲朱天文不吝於一再的強調這一點，在書裡書外，以近乎同樣（便於引述）的語言，在書中尤其是第六章提出兩種對待肉慾的態度以做爲對比：㈠沒有對象約束的性交，爲求「塡飽慾望，卻變成色癆鬼掉在塡不飽的惡道輪迴中」（78）；㈡與靈魂性交，「以肉身做道場，所以我們驗證，身體是千篇一律的，可隱藏在身體裡的那個靈魂，精妙差別他才是獨一無二啊。」（79）第七章更強調「守貞之美」。正是因爲固著於這種「約之以禮」的潔癖的情愛觀才造成曾經濫交的告解者對自身的情慾經驗始終帶有深深的罪惡感，這種和〈肉身菩薩〉如出一轍的情慾觀基本上否定了肉慾的本體價值，而把價值設定在遙遠的別處。這種罪惡感爲他自身（同性戀性向）的無以定位所強化，二者共同構成了「告解」的原動力：爲救贖而思辯以尋求那處在他方的價值。正因爲這種反情慾的情慾「意念」主導了寫作，使得全書通篇未曾讓肉慾赤裸裸的以它「本來面目」呈現，總是被刻意的規避，化爲美感意境或留白省略。朱天文對於這一點提出美學上的理由，她強調從〈肉身菩薩〉到〈世紀末的華麗〉，她「都很想用一種明淨的筆致，或簡潔如聖經的文體，來寫最肉感、最色感的內容」以造成「文體與內容之間的激烈的反差」。認爲那比「用頹廢寫頹廢，用腐敗寫腐敗」還難，且隱然認爲前者更具價值（朱天文、蘇偉貞，1994）。然而那也只不過是某種價值觀下選擇的結果，並不見得就有高下之分。返歸絕對的素樸在老中國「以禮節情」的美學價值系統裡一直據有較高的位階，在這樣的價值系統裡「醜、惡、怪、奇」是不容許以它的本來面出現的，它必須被轉化、移植，而失去現象的本色。朱文的前述引文或也可看做是她對「蘭師」教誨的回應⑩：「用色來表現色不爲高明，要用色來表現空才是高明。」（胡蘭成，〔1979〕1991:19）色境須是空境，現象本體不具價值，所有文本內的事物都嚴格的受她的書寫法則調節與制約，因而美學「秩序」凌越一切。在蘇偉貞的對談中她引用自己小說裡頭的警句：「我需要秩序，因爲我是個違規者。」強調唯有秩序的深度足以丈量逾越的深度（朱天文、蘇偉貞，1994）。然而當秩序森嚴到一個程度而自我袒裸在書寫中表徵爲物質性時，能看見的也只是秩序，再也看不見違規。它是超我的一種形式，閹割爲其職能。如此，肉慾雖在場而竟缺席，或竟以缺席的方式在場，使得朱天文的情慾寫作只寫出抽象的「肉」。具體性的留白，物質性被懸空，文章便「開在禮樂的枝條上」，而向古典律則復歸。這樣的情慾觀在否定了「肉」的同時必然隱含靈肉可以分家的主張，在其中靈與肉的關係是對立的，各自有各自的慾望及向量，而互爲敵體，相互否定，而難以共存。全書的價值辯證正往返靈與肉之間，由於書中對肉慾持單向否定的態度，使得價值的尋求變成是單向的往靈之路。朱天文的價值取捨於此昭然若揭，在她「書寫還在繼續中」的補述裡她強調她所寫的是一個關於「飽漢子的情慾」、「食傷的情慾」的「寓言」或「病例」，她說：

> 一個文明若已發展到都不要生殖後代了，情慾昇華到情慾本身即目的，於是生殖的驅力悉

數抛擲在情慾消費上，逐一切感官強度，精微敏銳之細節，色授魂予，終至大廢不起。（朱天文、蘇偉貞，1994）

這一段文字在《荒人手記》第一百頁陳述「色情烏托邦」時以同樣華靡的文字書寫過，只是前者斷以「終至大廢不起，食傷的情慾」⑪，非常清楚是負面的價值判斷；後者斷以「浸淫難返，色情烏托邦」，似肯定非肯定，甚至運用一套繁瑣的陰性論述來合理化此種美學化的情慾昇華。此一論題的陳述或爭論是《荒》書中最深刻精采的一部分，十分弔詭的，前引的兩段文字其實都可以看做是朱天文對自身書寫特徵的準確描述／後段評述——她所描述的情慾否定了生殖目的而昇華爲本身即是目的，而她又否定了情慾中的肉慾成分，於是透過她的書寫，情慾反而被提煉得更純粹了。於是在《荒人手記》中肉慾被轉化爲情慾，再被化爲一幕幕唯美的色境（第二章寫垂死阿堯立於櫻花雨中爲其極致，肉身朽矣的阿堯不得不休止肉慾於色境中，恰可做爲題旨的隱喻）。如此，情慾在失去了肉身場域之後被書寫化了——被文字化，其物質性由肉身變易爲文字、語法、意象、修辭、格言、引詩、引文、理論斷片……——在朱所強化的「秩序」裡，情慾彷彿也只能以那樣的方式存在。

若是擱置肉慾不談，朱天文的秩序主張倒是近於張愛玲的「參差對照」、「以華靡寫素樸」（張愛玲，1944:115,116）。值得注意的是張愛玲非常強調當下歷史的具體性，認爲那是她所謂的「素樸」的存在條件，她說：

> 我喜歡素樸，可是我只能從描寫現代人機智與裝飾中去襯出人生的素樸的底子。（115）

美學原則須受存在的表徵制約，孰幾免於自我對象化而流於異化。在同樣的理由下她批評唯美派「美得沒有底子」，同樣的警覺讓她對先於小說而存在的知性（所謂的「主題」）存疑，順著她的邏輯，那樣的「知性」即使存在也要「以人的具體存在爲底子」，它只能「讓故事自身去說明」（116）。在這一點上，當朱天文企圖全面傳達她的美學理念而部分的選擇了後設語言時，就十分弔詭的偏離或衝擊了她那承自張愛玲以敘事爲本體的書寫原則，也讓她的美學原則藉理念的抽象性而自我異化爲道德律則，而悄悄的與老祖母若即若離的在相逢處分手。

朱天文感歎「食傷的情慾」，在觀念及修辭上「食傷」正是典出胡蘭成。在〈論建立中國的現代文學〉一文中，胡批評「現代日本及西洋文學」因爲「有食傷氣味」所以「到底不能像卦象爻位與書法的即是個無限意思的存在」（胡蘭成，〔1980〕1991:183）。這裡的「食傷」是指由飽撐、過度、沒有節制，以致不自然而逾越「禮樂文章」的美學／道德準則；強調的正是「素以爲絢兮」，平淡自然，極高明而道中庸，即日常即超越，簡素爲文而含蘊無窮意思云云。當朱天文說她企圖「用一種聖經似的簡約文體」來寫《荒人手記》時，似乎是「蘭師」寄身發言；有趣的是老祖母在論「以華靡寫素樸」時曾刻意加了一條「但書」：「但我以爲用舊約那樣單純的寫法是做不通的，托爾斯泰晚年就是被這個犧牲了。」（張愛玲，1944:115）而當朱天文把情慾美學化

／書寫情慾化時，豈不正是以食傷的華靡來寫想像的素樸？朱天文對自己實踐與意圖之間的斷裂有清楚的認知，自承在實踐上爲繁縟所牽，而「深陷於一片文字的汪洋之中」（朱天文、蘇偉貞，1994）。幽靈與幽靈的角力，意識與意識的撕扯，「蘭師」的幽靈感歎：

> 日本今已發生了小說食傷氣味，改行資料記錄式、似小說非小說的作品，但這也是很快會食傷的。（胡蘭成，〔1980〕1991:267）

先於台灣而進入發達資本主義的日本，文學上的精神突變也先於台灣，對日本文化歷史十分熟悉的胡蘭成，因而也在日台經濟發展的時差中早早的把他世界觀裡所看見的問題提早提出，以讓他的弟子在未來應接。在資本主義高度發達的時代，文明食傷之必然，文類／書寫食傷之必然？

六、書寫：救贖／修行，超越？

從「食傷的情慾」此一「意念」出發，回到文本內在的脈絡肌理，看朱天文「後四十回」的一些基本主題（生老病死救贖等）是如何展開的。傷食於情慾的告解者在敘述開場之際即坦然罪己，年近四十的他畢生痛苦於色慾滿足之前的躁動，色慾滿足之後的空虛。面對此生最「純淨」（未曾有性關係）的戀人阿堯之垂死及死亡，及目睹肉身因愛滋而萎枯的阿堯肉體銷亡之前一瞬的華麗。他者之死亡深切的質問告解者做爲一個那樣的族類存在於人界的意義究竟爲何，也更激發他原本因自身的同性戀傾向及放縱色慾而帶來的罪孽之感，而展開救贖與否的論辯，而驅動全書的水紋脈動。

在社會行動者、情慾無法饜飽的雜交者阿堯而言，「救贖是更大的諉過。」對他來說，救贖即妥協？即否定情慾本身的價值？或，救贖原就不可能？敘事者與阿堯的基本分歧即在此，他們是不同立場的「同志」，二者間存在激進／保守，個人性／集體性，行動者／非行動者等等根本對立。告解者自白：

> 與時間拔河熱烈投入交歡的阿堯，鼓吹同志愛，同志反攻，同志空間，同志權利，他是走上街頭的正片。我呢，我不過是鄉愿的負片，懦弱藏身於幽暗櫥櫃裡，以晝爲夜，苟活於綱常人世。（12）

在此朱天文選了一個保守、內向的「同志」做「面具」，也就內在的決定了《荒人手記》不可能是一部激進的「同志文本」。她不過是藉保守同志的懺悔錄，寫她自己的「警世之書」、「道德箴言」、啓示錄。因爲救贖必然涉及價值與信仰，罪與罰，存在之價值及本體等等，而便於塡塞夾帶她自己要傳達的「意理」。同時因爲「書寫」作爲救贖的必要形式而具有本體論的意義與價值。在這裡朱天文率先賦予書寫絕高的價值，形式的肯定甚至在內容之先。

書中的倖存者爲排遣中止肉慾的寂寞殘生而尋求救贖，以爲自我及已逝者超渡，希冀在肉身未朽、大限未至之前找到一種超越肉慾或替代色慾的道途，那就是「書寫」——以文字或語言——「告解」，藉著清理記憶，重新梳理經驗，以辯證出價值。文中以悼亡、保存記憶必然化書寫，爲他人：因爲是「未亡人」所以「必須爲死去的同類做些甚麼」（34、35），也爲自己（以免陷於無助的殤慟）——甚至只能是爲自己：「我爲我自己，我得寫／用寫，頂住遺忘。」（38）書寫不只是做爲情慾昇華或寂寞孤獨的替代，更被深化爲存在本身，以抗拒、推遲死亡，所以他說「我寫，故我在」。在這裡帶進第四節中的討論可以發現一些有趣的事：宣稱「我寫，故我在」的「荒人」實際上不過是個告解者，他瀕臨精神崩潰而在暗處痛苦呢喃，他所擁有的物質形式是語音而非文字。瞬間生滅流失；眞正的書寫者是他人，所以藉書寫以尋求的救贖是文字書寫者「給予」告解者的。這裡顯出的是朱天文強大的主體意識。

在小說之外，「繼續」的書寫中，朱天文再三的提到寫作對於步入中年的她而言幾乎已是生命中唯一的寄託。最早她在爲〈日神的後裔〉寫的後記〈自問〉中回答自己爲何寫作時，即已有點哀傷的把寫作和她往後的生命相提並論，把寫作本質化爲她活著的理由。她說：

> 到現在，除了寫作，我無一技之長，也無一藝在身。我無法想像不能寫作的生活，百無聊賴，枯萎而死可矣。（1992b）

此外在《荒人手記》的得獎感言〈奢靡的實踐〉中更清楚的說明她「寫長篇，僅僅是爲了自我證明存活在現今這個世界並非一場虛妄，否則，我不知是否還有存活下去的理由和勇氣」（1994b）。在新書發表座談會上斯意又重申爲「慢慢覺得人生做什麼都沒有意思，只有書寫能讓我發現自己」（鍾雲記錄，1994）。她常引李維史陀的話以做爲自己書寫——存在的詮註：「我的工作能夠找出我自己都不知道的想法。」（1992b）創作可以帶她去未知的地方，它因做爲探索生活存在的形式而具有了本體的意義，中年以後必然衰萎的肉身的物質性必須轉換爲更爲堅毅及更具可塑性的文字，以讓精神繼續開展延存。在這裡朱天文雖然引的是別人的話，可是在觀念上卻可以說是回到了胡蘭成給予她們姊妹〈關於寫作〉的早期教誨：寫作即修行。云：

> 創造惟是修行，你要能如何就可如何，甚至你自己並不知要什麼。你若要，你必不能得到，一旦得到的，卻超過你所要的。（胡蘭成，〔1979〕1991:138）

早在一篇寫於一九七六年題爲〈來寫朱天文〉的文章中胡蘭成已爲朱天文寫道：「文學是使人明白自己，與大自然相嬉戲，解脫了生老病死。」（胡蘭成，1980／1991）使她明白自己、帶她去未知的地方，這樣的「修行」並非特指宗教或道德（雖然隱含了對「超越」的追求），就它以文字爲中介、以文學爲對象而言，這樣的「修行」毋寧是意指一種將主體也美學化的美學實踐，企圖解決的不只是（客體化的）美學上的問題，同時更是主體生命安頓的問題。文學的寫作可能有無限的參照系（經驗、文類、歷史……等等），但也有可能把對象凝固在文字或美學規律本身。

當我們把朱天文與告解者策略性的離析之後，可以做如下的權宜區分：整個文字聯結的歷程對朱天文是一趟修行之旅，對朱天文筆下的告解者而言卻是一遭救贖之行。在書寫中二者難以截然分辨，更由於朱天文強勢的主體意志以致告解者的救贖與書寫者的修行迂迴交叉，光影交疊。如此，書寫的本質意義在她們共同的旅程中獲得了同等的強調，「苟活於綱常人世」的保守同志和以文字爲草藥的煉金術士在應世的退縮態度上也取得同一。書寫，文字，便是這陽光下暗影裡孤獨的荒人唯一的家，所以書中才會耗那麼大的篇幅來強化它——第七章：「渺小吾輩，文字族，不過學了點法術，一套避火訣，隨時隨地即可遁入文字魔境，管它外面凶神惡煞在燒。」（93）第十一章末尾更帶領讀者閱讀她書寫的城市版圖，以列舉店名的方式把城市符號化爲符號城市，凸顯文字的物質表徵以爲文字城市，明言其中並無實存，指涉或係枉然：文字城市「僅僅存在於文字之中的，字亡城亡」（164）。又如第七章末尾以文字展示紅綠色素週期表，以文字色彩替代情慾，把文字從文法中拆散，讓方塊字還原爲方塊：把書寫情慾化，但同時也把情慾書寫化。巫者喃喃：「何以解憂，唯有方塊字。」（90）

在第十二章：沙暴，沙之城，把她的文字城市脫水爲即將滅亡之罪城，再藉文字頒布啓示錄：「沙暴天空下，孤臣孽子翻開詩篇頌讀著：我們曾在巴比倫的河邊坐下，一追想錫安就哭了。」（166）文字堆中輝耀的廢城、荒圮的古文明意象亦如偈語般隨現。荒人，荒城。自我躍昇爲文明崩潰前的見證人：把外界推開，關窗，「與文字共處。」（166）「沙暴裡的市民們各有一個超自然。」「我的超自然，文字，文字。」文字即信仰，即存在，即超自然。

如本文第三節所言，從〈世紀末的華麗〉以來，朱天文對資本主義過度發達的台北都會的物質狀況與精神狀況已感到十分的疲怠，卻又身在其中，無可逃離。而人到中年，除寫作外，更無寄託。如果從一個更爲廣大的視景來看她的生之疲怠與寄情書寫，我們甚至可以說她在本書中的「修行」也無非是「一場現代社會政治權力結構之下的感官之旅」（施淑，1994a）⑫，並沒有完全逃離她具體的存在處境，以遁入中文系老學究似的假古典或假才女的風花雪月或假居士的狐禪狸佛，而是相當正面而直接的對整個存在場景做出她的反應，此所以她在得獎感言中稱自己的寫作爲「奢靡的實踐」，且在那小小的感言中對當前的政治頗致不滿（朱天文，1994b）。有的論者更據此而強調《荒人手記》的政治性（如劉亮雅，1995；朱偉誠，1995）。《荒人手記》的政治性不容質疑，但也不宜過度強調，畢竟它在小說中和其他所有的大命題、理論資源一樣，都被美學化了。「沙暴」及後文會討論的文明隱喻等等共同構設出它作品之內的寓言場景，在她的文字城市內，那是她「文字修行」的顯跡：她把一切都化爲（只屬於她的心靈的）詩境。在它的詩境中她的理性運作時隱時顯，有意無意的在「道說」一些什麼偈語眞言。從古老中國及「蘭師」那兒來的「得意忘言」的美學觀不容許純粹的符表遊戲，不容許文字即修行的本體，雖則那爲現代主義的詩學觀所刻意強調。所以在《荒人手記》中那樣的「遊戲」點到爲止，而以禮節文在大部分的篇幅中，文字仍需被意義不斷的往返穿越，文字的物質性一再的受「義理」的物質性撕扯、制約。換言之，單就文字承擔不了她的「修行」，那充其量也只不過是她修行的「形式」，仍有超越於文字的事物等待她以文字去捕捉。猶如朱天心近期作以她的「都市人類學」爲內容去實行自己的修行（黃錦樹，1993），朱天文在《荒人手記》中正是以告解者的救贖爲其修行的「內容」。

告解者的救贖之旅啓始於對書寫價值的本質認定，繼而進行一連串的論辯，最主要在於「同志定位」。因救贖之所以爲救贖正在於自承有罪，救贖正爲謝罪，所謂的救贖之旅也無非是一趟從罪與罰出發，經重重辯證，希冀從人界底層的深淵層層往上拔昇、穿越肉身以至於超越的化俗爲聖之道。在告解者，他之自承有罪（他的「罪的來源」）有兩個主要的原因：㈠他的同性戀性向在「正常」的社會中是變態、異行，不爲世俗所容，以致令他難以自處，所以爲同志尋求（理論上的）定位有其必然性與迫切性；㈡他的過度性交、濫交，令他悔憾倦怠。

《荒人手記》第五章幾乎全副心力的在爲同志尋求定位，以致敘事降至零點。告解者藉兩種對立的理論以思考同志在世間法則中的位置：法國結構主義者李維史陀（C. Lévi-Strauss）（關於人類親屬關係）及後結構主義者傅柯（Michel Foucault）關於性機制的論述，且試圖調和之，使之互補而不對立，以爲同志做理論定位。有趣的是，在爲同志尋求定位的開始，是從對絕對秩序的嚮往，而且隱然暗指「幸福」的戒嚴時代：「那個幸福的年代，只有相信，沒有懷疑。」（55,56）顯然是對眷村生活及「樂子之無知」的早期信仰的懷舊。她／他的伊甸園，那大觀園的存在條件原是依賴於一高高在上的超越者（她的用語是「偉人」，又見於 203~204 頁的大篇幅敘述），「祂」保障了一切。從這裡既賦予救贖以政治性，也賦予超越的價值（保守的）政治性。從具體的超越者再衍伸爲對對象的超越（完美秩序、結構、律則）的嚮往，對理論上的絕對的嚮往直接導自（幼年記憶與經驗中的）政治絕對。甚至援引胡蘭成引張愛玲的話：「上帝坐在天庭裡，人間都和平了。」（55）⑬所以那個年代「沒有身分認同的問題」。那是敘述者所嚮往的「秩序的，數理的巴哈的人間，李維史陀終其一生追尋的黃金結構」。那是主流、秩序、世間法則，在其中「物各有位，事各有主」⑭，敘事者提問：「在其中，可也有我們同志的位置呢？或者我們是例外，被剔除不在的？」（55）而展開層層論辯。

李維史陀所論證的（親屬）結構讓人和自然區辨開來，結構中的差異（百分之十的屬種，荒人的族類）要麼爲部落中的巫者，再不然就是犧牲，被獻祭、或被驅逐，被認爲具神性或爲邪惡之化身。告解者從這定位中再提出關於他的族類的存在的命題：該接受這樣的結構位置，還是否定它？是要肯定這無可選擇的自我，還是企圖改變之？以存在主義爲中介（存在先於本質，存在的合理性就內在於存在中），進入他所理解的傅柯的後結構。相對於李維史陀結構主義那種不強調主體、近乎純客體化的學術研究，荒人強調傅柯的學術／書寫是以他自己爲對象的，是爲了解決自己存在的問題（「在別人，是辯術。在他，存亡之秋。」）一如荒人藉書寫以詢問存在、尋求救贖，被存在主義化的傅柯之書寫，因而也是他肉身存在、情慾實踐的一種自然延伸。所以他說：「答案的代價，要用肉身全部押上換取。」（59）如部落巫者之溝通天人鬼神幽明，現代社會的肉身書寫者是對神祕禁忌的大膽碰觸，所以他說傅柯是被（物自身的存在？未知的超越者？）「滅口」（63）的。如此而給書寫披上一層神祕的色彩，企圖強化或召喚文字原始的巫術性，以定位同志及賴寫作以維生的族類。

後文更藉傅柯論述的性意識機制，提出幾個重要的論點（也是本書反覆論辯的主題）：

㈠**階級性**：「第一個被性意識包圍被性意識化的人，就是游手好閒」的「資產階級」。反之，勞動階級則活在李維史陀的「正常」結構裡。暗暗批判台北都會同性戀其實有它既得的物質基礎，因而那是都會資產／中產階級在飽食之後思淫慾而產生的精神異化。指出「同志」的階級座標；

㈡**技藝**：「到十六世紀，自白演義爲苦行，神修，神祕主義。其用以分析和陳述肉慾的千百種方式，已發展成一套豐富細膩的技藝。」引文中的「自白」亦稱「告解」。進一步經由類比而把告解／書寫、神修、神祕主義等等視爲同屬性意識機制的不同「技藝」，它們都有著共同的肉慾根源，面對或試圖解決的其實是相同的問題。藉此而把「形上形下通通打成一片」。而當代台北華靡的都會文明之萬般色相及各個層面，恰可類比於性意識機制之無窮轉化。推而廣之，文明的高度發達其實同步的蘊涵著人類慾望的永不滿足，所謂的藝術、宗教、文化等等無不隱含著生物種種的人類的性面向。所謂的昇華，不過如此。

㈢**色情烏托邦**：十八世紀以降，寄存於聯姻機制裡的性意識機制，脫開生殖的制約、使命、契約，一逕強化肉體銳度，不再有性別之異。「性離遠了原始的生殖功能，昇華到性本身即目的，感官的，藝術的，美學的，色情國度。」在這種情況下，文明和自然徹底決裂，性由於遠離了自然（生殖）的限制，同時也等於告別了人間（把性生殖功能化）的倫理道德的制約而彷彿獲得了它自己的主動性，如黑格爾體系中的「精神」，有它自己的意志及實踐的目標。然而，它的實踐必然以肉身爲道場，這是否意味著人的終結？而作爲「親屬單位的終結者」——負載性之幽靈之巫者——「我們」是否正處於人類物種滅絕的「斷崖」（63-65）？

如此而把傅柯的歷史論述的時間性去除，共時化、結構化之，再把邏輯推到極端，因而可哀可憐的「同志」的存在彷彿便是人類物種滅絕的徵兆，「無後爲大」的承擔人類絕種的大罪。一如所有的烏托邦文學的共同點不在於烏托邦，而在於它們的反烏托邦，朱天文的「色情烏托邦」也毫不例外。在人類的斷崖上她發出「警世之音」：

我站在那裡，我彷彿看到，人類史上必定出現過許多色情國度罷。它們像奇花異卉，開過就沒了，後世只能從湮滅的荒文裡依稀得知它們存在過。因爲它們無法擴大，衍生，在愈趨細緻，優柔，色授魂予的哀愁凝結裡，絕種了。（65）

而讓全書著上一層啓示錄色彩，而爲道德寓言、警世之書。她想像那可能的無窮多連神話都留不下來的滅亡的古文明，是否均爲殷鑑？而加重了告解者族類的罪孽。他們負擔著人類已滅亡古文明的歷史大罪。如此看來，救贖豈非難若登天？然而極難即極易，否定即肯定，唯「書寫」而已。朱天文讓告解者克制情慾，專情於書寫，在回憶、在重新經驗過去、在懺悔、在思辯中，在書寫完成時救贖也不知不覺完成了。修行、救贖、書寫原來不過一回事。

於是在敘事即將結束之時（第十三章），告解者以文字遍歷世界上各尚存的古文明和它們的過去的遺跡，特別是它們的廟（祭場）：如日本、印度、埃及、尼泊爾——同時反省文明的存續以爲存在求證，至最末章，敘事與論辯都必須做總結，乃巧妙的把十四章未竟的印度之旅延伸至此。那是一趟朝聖之旅，救贖與修行，文字的觀光旅遊。別有用心的把敘事者的排遣寂寞的印度之行、阿堯之焚化和佛祖釋迦的修行與開悟相提並論，詳細的敘寫想像中釋迦得道的過程。先絕食十日苦行，不成。向俗依食而住，坐菩提樹下，從否定之否定，否定存在開始而「悟得了宇宙最後方程式」，一轉而爲更高層次的肯定。把佛家之道接在李維史陀的線路上：「符號的，眾生……然而眾生，成，住，壞，空，眾生是一部毀滅史。能趨疲，entropy，熵，數千年後史陀說，人類學可以改爲熵類學，一種探究最高層次解體過程的學問。」（211）從廣義的人類學觀點來看，文學無疑也是那樣的一種學問，只是它透過感性的方式。在這裡朱／荒人爲人的存在及書寫找到了絕對價值，死亡，衰萎是此在之必然，那源於時間之不可逆，肉身之脆弱。唯有書寫可以抗拒它，因「書寫的時候，一切不可逆者皆可逆」，「因此書寫，仍在繼續中」（218）。猶如佛洛伊德之釋夢，夜夢雖已，在析夢談論之時，夢卻以他種形式繁衍延伸；在我們討論荒書的同時，書寫亦自行增殖，意義播散在差異的主體與主體間。在作者完稿之後，它的存在便轉移到讀者身上。另外，「凡不可逆者皆可逆」正是胡蘭成「大自然五大基本法則」之一（胡蘭成，〔1979〕1991:38、39），而能達成此一原則的「書寫」於焉便吻合胡氏的五大「宇宙最後方程式」之一，而獲得了超越的價值。

在這章裡，有意的把阿堯得愛滋垂死的慘相和苦行的佛祖銷毀的色身類比等同，把同性戀故爲道場的肉身往上超越，而賦予了宗教性/神性，原先不救贖的，在朱天文豐饒的書寫中，藉由李維史陀的人類學及她自己的陰性美學、對佛學的美學化理解，不只獲得了救贖，甚至賜肉身以道——道成肉身？然而，在她把世俗神聖化的同時，卻也似乎把神聖世俗化了。試看下面兩段文字：

我看見雪山六年，釋迦骨銷形散一如愛滋患者。（212，尚未得道時）

焚餘的阿堯的喉骨：

其形，倒眞像一人在那裡打坐。（217）

禁慾的修行與縱情色慾的色情消費耗散，在朱的感覺邏輯裡被等同起來了；前文中荒人的自罪自責，一如阿堯臨終前之歸依基督那般毫不費力的突然獲得了信仰的背書。美學法則最終還是居主導的作用，眞的告解者是否就此獲得救贖大有可疑，倒是荒人的這個綿長的修行之夢暫已，是可以確定的。

在這裡還有一個問題，朱天文的美學救贖既然不是以靈肉、天人之間的激烈交戰爲焦點、不採取戲劇衝突的處理方式，那她的「救贖」究竟是怎麼一回事？該如何定位？是否只是一種抒情式的昇華而已？朱天文自己的話可以幫助我們釐清這一點。在〈《悲情城市》十三問〉裡朱天文回答風格上的詢問（「抒情的傳統或是敘事的傳統？」）時，大量的援引陳世驤關於中國抒情傳統的意見，相當明顯的堅持著古典中國詩學的立場，明判中西文學傳統的根本差異，認爲以抒情等爲主體的中國文學在呈現人世風態上原就和西方文學不同，藉以說明以承接抒情自居的她自身的美學立場：

詩的方式，不是以衝突，而是以反映與參差對照。既不能用戲劇性的衝突來表現苦痛，結果也不能用悲劇最後的「救贖」來化解。詩是以反映無限時間空間的流變，對照出人在之中存在的事實卻也是稍縱即逝的事實，終於是人的世界和大化自然的世界的這個事實啊。對之，詩不以救贖化解，而是終生無止的綿綿詠歎，沉思，與默念。（朱天文，1989:16）

也許可以這麼說：《荒人手記》中的「救贖」也不過是一種詩意的詠歎，因而所謂的「書寫，仍在繼續中」或也可理解爲是「終生無止的綿綿詠歎，沉思，與默念」，所以這樣的「救贖」仍然是不完足的，一種無奈，但也非如此不可的替代罷了。因爲那樣的詩學只容許那樣的（解脫）形式。

七、神姬之舞

人生實難，死生亦大矣。救贖或修行，往往是後半生事；也往往是在後半生收拾處理前半生的種種。親朋戚友的喪亂死生在不可逆的時間中持續上演，自身也漸漸得面對死亡，而不由得不去思索此生的意義。朱天文的「後四十回」基本上把焦點都放在主體上，認爲個體的生命思索具有無可質疑的優先性，因而書寫／修行於她便是一個不斷自我清理以求證悟的過程。對於一生平凡枯淡的人而言，似乎難以區分前／後半生，即使區分了也不具意義；反之，有者前後半生有極大的起落反差，繼續之跡昭然，紅樓前後四十回，便是那樣的寫照。《荒人手記》開章破題，有以下一段後半句華麗詞文：

（弘一法師）用他前半生繁華旖旎的色境做成水露，供養他後半生了寂無色的花枝。（9）

不管原文的上下文如何，這正是修行的典型寫照之一。繁華落盡見眞淳，返璞歸眞，如此人生便是一番藝境，便是一種美學上的完成。而這，或許恰可以做爲胡蘭成給予朱天文人生教誨的一個「摘句爲評」罷？而這一句話脫胎自胡蘭成一篇寫於一九四四年的文章〈隨筆六則〉，論李叔同與廢名：「一個人可以後半生做和尚，靠著前半生絢爛的餘情也潤澤自己，到他坐化時還不枯竭。」

（胡蘭成，〔1980〕1991:237）該文主要在論昇華，認爲「昇華的東西還是有它的根。倘若根被丢掉了，昇華的東西就只靠自身的水分來供它，鮮豔也只得一時」（236），而以現實人生爲其根方能久長云。就《荒人手記》而言，當她把所有的資源都化爲感覺材料，正是以她所能掌握的水分，來供養一瓶末日之花。如果沒有養分，也就沒有昇華。胡蘭成的諸番教誨，在朱天文的後四十回中，也都一一現形爲養分。

朱天文所言寄身於《荒人手記》中的〈日神的後裔〉的創作「意念」，就其殘存的篇名就可以看出，它應該和胡蘭成給予的文化教養有著極密切的關聯，甚至標誌著它整體的回歸。首先，「日神」的名號來自於日本《古事記》，爲日本文化藝術的創造之神，是爲太陽女神，屢屢見於胡蘭成的著作中。從「日神的後裔」這樣的修辭中也可以約略看出朱天文的企圖，她在美學上的自我認同——自比爲（精神上的）日神的後裔。前面提到的一篇胡蘭成的文章〈來寫朱天文〉中，針對朱天文的少作胡蘭成即已提出相當具有預言性或指導性的意見，他說朱天文的小說（一些少作）使他想起「日本神社的風景」、想起「神姬之舞」（胡蘭成，〔1980〕1991:263、264），所謂的「神姬之舞」指的是「日本神社巫女的舞」，在同一篇文章中胡蘭成解釋「神姬之舞」的源起，他說：

> 其後讀古事記，始知舞的出典，是天照大神因爲氣她弟弟，躲入天之巖户中不肯出來。天照大神是太陽女神。外面諸神要哄她出來，由天鈿女來舞。（270）

因而今之神姬之舞的舞者，莫不就是日神的後裔？而在《荒人手記》中日本的文化意象或美學視景一再出現，重要的如第十一章談日本的天皇制，追溯它的起源依愛制至天照大神，而把日本比擬爲女人國，認爲「日本文學的底蘊，原來是宮廷的女人文學，與民間的女人歌姮」。化爲禱文：「稚沖天皇，婦人顏色，倭國夢土，藝術造境。」（159）（胡蘭成：「日本文學是人世的風景不足，而以藝術的境來代替。日本的人世是成了藝術的境。」〔（1980）1991:21〕胡氏在其他文章中曾強調日本民間遍在的少女美境。〈日本是女人的文明〉〈日本是天照大神之國〉〔胡蘭成，1991〕）第十三章之敘述日本的花祭：「凡花皆祭，四季必祭，無一物不祭，即物即神即象徵。所看見的即所存在的，此外別無存在，女人愛祭。」（194）（胡蘭成：「日本人的愛花，愛祭祀，爲世界第一，那都是女人的……」〔（1980）1991:113〕）同章也花了一些篇幅寫神巫之舞。下面我把胡蘭成〈來寫朱天文〉中的相關文字也羅列出來，以讓幽靈現身。

> 神姬此時穿的是千年前奈良朝皇女的裝束，廣袖豁裾的襦裳，金冠，白麻綴垂髮，執扇障面，遞次由右陛升殿，凡二人或四人。在大鼓與吹笙的催樂裡神姬升殿時的小趨步，急促的，繁碎的，有著靈氣拂拂裡潮汐初上的感覺。她們倆倆來至正殿上向神前俯伏，起身執鈴而舞。鈴有柄，繫著一條闊闊的長長的飄帶。是先鈴舞，後扇舞。

> 卻說神姬伏拜了起來，右手執鈴，左手攬鈴柄的飄帶，右左開張地齊肩擎著，那立起身的姿勢與右手執鈴一振對著神前開始舞的姿勢，只覺其大，眞的如山如河。……（胡蘭成，264）

> 十七歲，十九歲，巫女穿奈良朝皇女裝束，白襦廣袖，朱裳闊裾，金冠，垂髮綴白麻。巫女倆倆執有柄的鈴，柄上繫長寬帶。右手執鈴，左手攬帶，左右開張擎與肩齊，鶴翅般，欲飛的，立起身，右手鈴一振潑剌飛起，應著鼓和笙笛，對神而舞。（朱天文，195）

胡蘭成寫神姬之舞花了三個大段落，十分仔細的寫其服飾、神態、舞姿、配樂、色澤及觀看者的自我感受等等，我的引文省略了近半，所引的部分是和朱天文的「巫女之舞」相關的。須知胡蘭成此文是爲日子正當少女的朱天文而寫，她那時正如神姬的青春美麗，因而寫神姬即是寫朱天文，是對青春之美的頌讚。胡蘭成所迷戀的那套以《源氏物語》爲宗、爲川端康成所發揚光大的大和美學，向以少女的美爲其極致，青春的身體如一樹初綻的櫻花，易朽，無知，是以通天地鬼神。祭花即祭人。兩組引文稍加比對即可發現，雖然彼詳而此略，而大意猶存。朱天文的文字更文言，然而關鍵處亦步亦趨，雖簡約濃縮之，踵跡之跡猶昭昭然。換言之，在步入中年的此際，朱天文悄悄的穿起少女時期的神姬之服，幽幽的爲她的蘭師重新跳起巫女之舞，是禮敬，也是對他當年期許的一個回答。而逝者已矣，唯巫者可以藉舞以溝通幽明。朱文最末句「對神而舞」也是截自胡文：「神姬是爲神而舞，不是爲觀眾而舞。」（264）「好的文章亦如神姬之舞的唯是對神，不是為對讀者。」（26）此神即超越者，美、或陰性之本體。甚至對朱天文而言，此「神」即「蘭師」。

以此為出發點，朱天文不僅從胡蘭成那裡習得神姬之舞而已，而是學了一整套的世界觀、認識論，它提供了一個整體的觀照，包含了文明／文化起源觀、歷史觀、美學觀等等——在它的核心處，可以姑且稱之為「陰性本體」——它的枝節在《荒人手記》中隨機閃現，易於被忽略，唯斷片與斷片間卻經由她的感覺邏輯有理由的聯結。

首先從神話的終止與歷史的開始之際談起，企圖以感覺和想像來考古那也許盛極一時的女性文明。她說：「神話揭示出隱情，自然創生女人，女人創生男人，然而男人開造了歷史。」「男人於是根據他的意思寫下了人類的故事。」「是他，開始二元對立的。是他，開始抽象思維的。」「他建造出一個與自然既匹敵又相異的系統，……男神篡取了女神的位置。女神的震怒，遂成了人類的原罪。」「女神背轉身走入了神話的終止裡，讓位於社會秩序登場。」（98、99）這一大段文字雖然摻雜了李維史陀的某些論點，整體而言，仍是「蘭師遺教」。胡蘭成有許多文章論女人，都提及近似的看法。他的基本看法是：「史上是女人始創文明，其後是男人將它理論學問化。」（胡蘭成，〔1981〕1990:69-72,1991:136-137）他在一九八一年發表的〈女人論〉中再度重申斯意，他說：「原來當初新石器文明是女人開的，女人與太陽同在，是太陽神，因為稻作是女人發明的，要水與太陽。」（〔1980〕1991:279）其原型正是《古事記》中的天照大神，他說「於是男人來把至今女人所發明的東西來說明其故，做成了理論體系化的學問」（280），而女人的文明若沒有經理論化則會自行衰萎（胡蘭成，〔1981〕1990:115）。朱天文的呼應：「我們的陰性氣質，愛實感，愛體格，愛色相。物質即存在，此外別無存在。不冥想，不形而上，直觀眼界裡所看見的亦即所存在的。」（100）如此的陰性氣質卻「缺少育養天性，也無厚生之德」，因而無以構成知識以資流，而注定「絕種」。所謂的「色情烏托邦」於焉便是史前最大規模的陰性文明的重演，由此論題而延伸出的系列相關論題如陰性體、雌雄同體、陰性特質、異性戀的同性戀化、無性愛時代的來臨等等，就其消極面而言，似乎又重演了史前的滅亡。然而，就在胡蘭成那裡，即已預言一個新的陰性時代的到來——條件是必須把學問理論以資流傳。胡蘭成在〈女人論〉中展示他的推理：「新石器時代女人的發明，都不靠理論，而靠感。」而今男人的學問卻已衰疲，由於失去了「感」（281）。所以「今是要女人再來做太陽，使人類的感再新鮮了，纔可使一切再活過來，連學問也在內」（282）。而胡蘭成對朱天文的期許：「中國有漢朝以前的女子，日本則奈良朝的女子，你卻是新石器女人文明時代的。」（1980:9）他早已給她再造文明的使命。在這樣的上下文中讓我們重讀朱天文〈世紀末的華麗〉那末幾句最被稱道的「女性主義宣言」：

> 湖泊幽邃無底洞之藍告訴她，有一天男人用理論與制度建立起的世界會倒塌，她將以嗅覺和顏色的記憶存活，從這裡並予之重建。（朱天文，1990:192）

胡蘭成所允諾的日神世紀的復歸，正從他強調的陰性／女性的本能、而在男性理性世界裡失落的「感」那裡讓文明重新開始。「感」即「興」（賦、比、興的興），也就是重新開放主體的各種官覺以直接對應客體世界，而摒除了知識體系的中介。然而那除非是重新回到創始的、歷史之前的神話場景，否則就只能以現有的物質爲其感覺材料，以陰性的「感」重構之。這也正是《荒人手記》所實踐的，所有的理論（包括胡蘭成的「遺教」在內）都被化爲她的感覺材料，而「予以重建」。在《荒人手記》內仍存在著對〈世紀末的華麗〉的回音：「生活被切割成支離破碎的現代人，香味無疑是使其統一的妙方。」（162）做爲「感」的具體內容的嗅覺、視覺、聽覺等，自然的攝取都會中現有的物質表徵以爲其內容，身在大都會，所面對的「自然」已非「新石器時代」的那種以金木水火土爲構成要素的原始自然，而是浮泛著商標、品牌、保麗龍的（後現代）自然。「物質即存在」，「直觀眼界裡所看見的即所存在的」猶如都市之棲鳥以現代文明碎片築其巢，日神的後裔也不能免俗，「去聖逾邈，寶變爲石」⑮？石兮寶兮，寶變爲石，石亦可變而爲寶？

正是源於神姬之舞的肅穆莊嚴，「對神而舞」的寫作心態，朱天文對於寫作並不諱言她所抱持的價值立場，即使因而被目爲「保守」亦在所不惜，求仁得仁，如此而已。她所堅持的價值表面上（或表徵上）和現代主義或存在主義有一定程度的相似性，因而被某些論者歸爲西方現代主義精神的展現（楊棄，1994；劉亮雅，1994）；然而或許也正如楊照指出的，朱家姊妹早期作品中強烈的情愛浪漫傾向雖然在表面上看來和瓊瑤、小說族沒啥不同，支撐其行動底層的世界觀和人生信仰卻別有來源——胡蘭成的「息感」美學（楊照，1994）——朱天文近期作品中的現代主義或後現代主義表徵或許也別有來源。花的形貌或香味也許類似，然而假使是開在完全不同種屬的樹上，或許也不能輕忽其根源罷。

不管怎樣，胡蘭成的文化教養和她們寫作起步之初給予的期許都沒有白費，朱天文天心都從「前八十回」一路寫到「後四十回」，各自透過書寫去「修行」，也正如胡蘭成所預言的，她們二人開出完全不同的「後四十回」景觀；在朱天心以寫作（不限於小說）積極的介入當代的意識形態爭議以致渾身煙硝砲火的同時，朱天文毋寧是緘默的，《荒人手記》對她而言已算是介入最深的了，看來她的關切也不在這些易逝的、流變的「現象」，而是一些更爲「本質」的事物，以超脫於俗世。塵世雖濁，一場大雪之後，「一片白茫茫大地眞乾淨」。

《荒人手記》的華麗符表正宛如一場畸色的大雪，以華靡素樸，潔癖的敘事，森嚴的「寶石切割原則」。書寫的物質性於她，華麗潔淨爲其本體，《荒人手記》因而猶如一座精雕細琢的神殿，她以信仰的虔誠去構造之。古中國文化符碼、中國文字、日神信仰，共同構成了她這一支神姬之舞。其色相，其身姿，猶如老中華遠古部落的圖騰或紋身。而她所引述的《憂鬱的熱帶》中關於部落紋身一段評註恰可看做是她的「神姬之舞」的風格宣言：

> 卡都衛歐婦女的圖畫藝術，它最終的意義，神祕的感染性，和它看起來無必要的複雜性，皆爲的是解釋一個社會的夢幻。一個社會渴望要找一種象徵，來表達出此一社會可能或可以擁有的制度，但這個制度卻因迷信的阻礙而無法擁有。現在，美女以她們身體的化妝來

描繪出社會集體的夢幻。她們的紋身圖案乃象形文字，在描繪一個無法達成的黃金時代。她們用化妝來頌讚那個黃金時代，因為她們沒有其他符號系統能夠來表達，所以那個黃金時代的祕密，在她們袒裸其身的時候即已顯露無遺。（44）

紋身、文字、圖案——身體與書寫，書寫與服裝與制度（象徵系統、政治）、慾望、夢想，都有著隱喻及象徵上的聯結，它們不過是神話思維邏輯的不同展現。做為朱天文早期信仰的隱喻式再現的書寫實踐從而便是對一已逝的黃金古典——「日神時代」？「偉人時代」？——的召喚，但也源於她個人存在之必要。

八、結論：化石，還是神像？

前面以相當大的篇幅進行蕪蔓纏繞的討論及「溯史」，為的是站在理解作品及尊重作者的論釋立場，嘗試勾勒出朱天文本身賦予作品的有效理解脈絡，以做為任何可能的外加議題的參照。而所謂的「溯史」其實是藉由追溯朱天文創作的歷程以理解她作品中的個人思想史、個人思想的淵源、世界觀、美學觀的基柢等等，對於一個「有信仰」的作家而言，這樣的工作是必要的，因為它們或多或少或隱或顯的決定或制約了她的書寫形態和表徵。有趣的是，在「溯史」過程中其實找不到本文第一節所假設的（世界觀斷裂的）「化石見證」，找到的卻是足以證明作家信仰的一尊神像：胡蘭成。換言之，儘管歷經政治解嚴及大環境的急遽變化，朱天文的世界觀並沒有像朱天心那樣產生嚴重的斷裂，而是不斷的藉由書寫來強化及精粹化她的早期世界觀。這也可以回頭解釋何以胡蘭成並沒有對朱天文提出他對朱天心提出的「後四十回」的問題：始終在胡蘭成的人文體系中安身立命的朱天文，一直都恪守著胡蘭成一直強調的「禮儀之美」（胡蘭成，1991:125）而「不踰距」，並沒有因人世的變遷而陷入信仰上的危機。胡蘭成的「先見之明」終因弟子之「謹從師教」而得以證其爲眞。

當她受教時正値青春期，而已近晚年的胡蘭成對她而言不啻是智慧老人：飽讀詩書，有著豐富的人生閱歷、傳奇的身世（甚至曾經和她父親口中的創作女神張愛玲有過一段情），那種精神上的震撼化爲一顆種子，歷經一段長時間的撫育，一直到〈世紀末的華麗〉及《荒人手記》才見其規模，備具格局，終於綻放爲一樹繁縟之花。分別而言之，〈世紀末的華麗〉只讓人見其詭祕璀璨之色相，論者僅就表相立論，莫不奉爲當代台灣（後現代）女性主義小說的經典，殊不知它別有幽深的文化根源——一種反西方的、與西方的什麼主義無關的中國文化中心論下的美學邏輯。《荒人手記》中一再宣稱的雌雄同體、它的陰性論述在容格的血肉下也深深的埋藏著胡蘭成的骨殖。由於〈世紀末的華麗〉用言方式的特殊（基本上是對象語言），不易穿透，唯有經由《荒人手記》中的論辯才得以見根玆，從前數節所引胡文與朱文的對照就可以清楚的看出他們在文本及觀念上是多麼的血肉相連，多麼的親密，因而《荒人手記》其實也就是朱天文對於「蘭師」的致敬致祭之文。所謂的「對神而舞」的「神姬之舞」，它所「對」的「神」不是別的，即是胡蘭成。然而也正因爲朱天文太過遵循胡蘭成的教誨，使得像《荒人手記》這麼樣的一個同性戀題材的具體的肉體色相及具體的做愛細節、其體液、氣味、聲等等都被閹割、淨化，以美學爲其遮羞布，情慾之實相於焉不見。做爲告解者之忠實傾聽者的朱天文，在掌握了這根筆權杖之後卻一躍爲神父，賜予罪而輕易的藉由美學讓他獲得救贖，在操作上，顯然置同志的主體性或對象性於不顧，而閹割告解者的性傾向（sexuality），而「我寫故我在」，「我」的觀念、感性、意志凌越了一切。這或許可以說是一種危機的徵兆，因爲她已毫不保留的攤開了底牌。是持續開發胡蘭成留下的精神遺產，在他的神殿旁建立一座自己的樓宇，還是跳完這一支舞之後另起爐灶？會不會從此格局已定，難創新局？這一切都還是未知數。然而，一個有信仰的寫作者，亦如任何形式的信仰者，選擇了怎樣的神，往往也就選擇了怎樣的廟。

（本文作者爲暨南大學中文系教授）

注釋：

①張誦聖論朱天文時有稍稍提及，惜未深入。見張誦聖，1994。

②施淑在評審會議上的發言：「在這部《荒人手記》中，我們又看到一個在四十歲的盛年，可是已形同槁木的男同性戀敘事者〔我〕，以及與〈世紀末的華麗〉同質異構或不斷增殖的事件。」（施淑，1994a）已相當準確的「猜」到《荒人手記》精神上的身世。

③胡氏「大自然五大原則」：「其第一法則是、大自然有意志與息，而意志亦即是息。」「第二是陰陽法則。」「第三是有限時空與無限時空統一法則。」「第四是因果與非因果性統一法則。」「第五是循環法則。」（胡蘭成，〔1980〕1991:13、14）

④楊照在以胡蘭成的理論說明朱天心早期作品中對浪漫情愛的執著的認識論基礎時有相當準確的論斷：「正如同自然現象最後會化約到意志與息的感應，社會與時代的問題也必須化約到個人情愛的感應上。」（楊照〔詹愷苓〕，1991）

⑤詳朱文，1994。

⑥這只是從書的出版日期大致推算，實際的時間當更長。

⑦胡蘭成在他爲朱天文少作《淡江記》寫的〈新版代序〉中把朱天文的「眾愛親仁」比擬爲賈寶玉（胡蘭成，1980）。

⑧「意淫」與「情不情」詳陳萬益，1984。

⑨在一份被忽略的資料裡有如下的描述：「在三十歲以前，朱天文確實受到張愛玲的影響很深，但近幾年來，已經離她越來越遠了。也許，胡蘭成對她的文字風格的塑造，甚至包括對事物的體會都有更大的影響。」（李鹽冰，1994）在這篇爲第一屆時報百萬小說獎揭曉而寫的報導中，也許不加引號的綴滿朱天文自

己的話語，十分值得玩味。

⑩ 胡蘭成在排拒西洋文學時指出其時的中國現代文學所學習的「近代西洋的小市民文學，是由三種東西構成的：一、物理學的線條與章法，包括立體的、投影的、與統計學的描寫方法。二、動物的肉體的感觸包括生命力與慾情的心理分析與行爲上的映像的描寫座標。巫魘的情緒，包括怪力亂神的旋律與破裂的描寫展開。這些完全是無明」（〔1980〕1991:54）。西方現代文學的一些基本特徵的積極面完全被抹煞，而這也許可以間接說明朱天文早期作品的反現代主義傾向（至少在小說的形式特徵上逆於台灣已成氣候的現代主義小說，張誦聖，1994），及她們處於現代主義與鄉土文學之間如何自處——胡蘭成的美學爲她們指出一條返歸古典以立足當代的路子。

⑪ 原文：「色授魂予，終至大廢不起。食傷的情慾，」（朱天文、蘇偉貞，1994），斷句上我做了點彈性處理。

⑫ 施淑於評審現場的發言記錄和後來出之以文字的評審意見在文字上略有出入。後者更改爲「一部現代科技——權力結構下的感官宣言」（施淑，1994b）。二文之間有一些細部的差異，對糊名參賽者的猜度推想及對已成名的得獎者的美學實踐的檢視，用言之間的拿捏，頗值玩味。

⑬ 胡蘭成引張愛玲的話：「上帝坐在他的天庭裡／地上都和平了。」（胡蘭成，〔1980〕1991:18）

⑭ 在胡蘭成的美學體系裡相當強調「綱常倫理」，論中國文學特別拈出「忠君」，談「位」，他說：「這『位』是像書法裡的與繪畫裡的位置，比數學還絕對的。有了位就身心都安了，天地萬物也都是信實的了。……君是人世之尊，有這個位，一下就都清平了。人君在位，是一切的見證，亦是今生我做人有意思的見證。」

（〔1980〕1991:32、34）這個高高在上的「位」，在政治上爲君之位，在理論上則爲「超越者」的位置。不管怎樣，都可見出傳統綱常倫理的投影，與對秩序的強調。

⑮ 朱天文朱天心常用的典故，包含兩層意思：一、昔日的輝煌（如古典中華文學）而今已成往跡；二、殘餘的寶光仍偶或在留傳至今的石頭中迸現。見朱天文，1989:17；朱天心，1994（後文以同一個今古生滅的比喻談同時代人的政治失憶）。

引用書目：

王德威。1993。〈華麗的世紀末──台灣・女作家・邊緣詩學〉《小說中國：晚清到當代的中文小說》。麥田出版公司。

朱天文。1977。《喬太守新記》。皇冠出版公司。

朱天文。（1979）1989。《淡江記》。遠流出版公司。

朱天文。1981。《傳說》。三三書坊。

朱天文。（1983）1989。《小畢的故事》。遠流出版公司。

朱天文。（1984）1989。《最想念的季節》。遠流出版公司。

朱天文。（1987）1989。《炎夏之都》。遠流出版公司。

朱天文。1989。〈悲情城市十三問〉《悲情城市》（侯孝賢電影，吳念眞、朱天文劇作）。遠流出版公司。

朱天文。1990。《世紀末的華麗》。遠流出版公司。

朱天文。1992a。〈日神的後裔〉《聯合文學》第八卷十一期。9/1992。

朱天文。1992b。〈自問〉《聯合文學》第八卷十一期。9/1992。

朱天文。1994a。《荒人手記》。時報文化出版公司。

朱天文。1994b。〈奢靡的實踐〉。朱天文，1994a。

朱天文、蘇偉貞。1994。〈情慾寫作：身體像一件優秀的漆器〉《中國時報・人間副刊》。10/11/1994。

朱天心。1994。〈去聖邈遠，寶變爲石〉《中國時報・人間副刊》。1/1/1994。

朱偉誠。1995。〈受困主流的同志荒人——朱天文《荒人手記》的同志閱讀〉《中外文學》第二十四卷五期。

李鹽冰。1994。〈朱天文知道自己的位置在哪〉《中國時報・時報百萬小說獎特別報導三》。13/6/1994。

李維史陀（Claude Lévi-Strauss）。1989。（王志明譯）。《憂鬱的熱帶》。聯經出版公司。

林文珮（記錄）。1994。〈尋找今天的紅樓夢／走入長篇小說的殿堂——第一屆「時報文學百萬小說獎」決審紀實〉《中國時報・人間副刊》。10/11/1994。

胡蘭成。1980。〈新版代序〉。朱天文，（1979）1989。

胡蘭成。（1954）1991。《山河歲月》。遠流出版公司。

胡蘭成。（1959）1991。《今生今世》。遠流出版公司。

胡蘭成。（1968）1991。《建國新書》。遠流出版公司。

胡蘭成。（1979）1991。《中國的禮樂風景》。遠流出版公司。

胡蘭成。（1979）1991。《禪是一枝花》。遠流出版公司。

胡蘭成。（1980）1991。《中國文學史話》。遠流出版公司。

胡蘭成。（1981）1991。《今日何日兮》。遠流出版公司。

胡蘭成。1991。《革命要詩與學問》。遠流出版公司。

施淑。1994a。林文珮記錄，1994。

施淑。1994b。〈文化工業下的個性店〉。朱天文，1994a。

袁瓊瓊。1984a。〈天文種種〉。朱天文。1984。

陳萬益。〈說賈寶玉的「意淫」與「情不情」——脂批探微之一〉《中外文學》第十二卷九期。2/1984。

張愛玲。1944。〈自己的文章〉。李鳳儀編。《張愛玲散文全編》。浙江文藝出版社。1992。

張愛玲。1983。〈國語本《海上花》譯後記〉。李鳳儀編。《張愛玲散文全編》。浙江文藝出版社。1992。

張誦聖。1994。（高志仁、黃素卿譯）。〈朱天文與台灣文學及文化的新動向〉《中外文學》第二十二卷十期。

張誦聖。（1988）1995。（古佳豔譯）。〈袁瓊瓊與八〇年代女作家的張愛玲熱〉《中外文學》第二十三卷八期。

張啓疆。1994。〈「我」的裡面有個「她」——專訪朱天文〉《中國時報．人間副刊》。4/6/1994。

黃錦樹。1993。〈從大觀園到咖啡館——閱讀／書寫朱天心〉。「第二屆台灣研討會論文」。中正大學。5、6/11/1993。

楊照（詹愷苓）。1991。〈浪漫滅絕的轉折——評朱天心小說集《我記得》〉《自立副刊》。7、8/1/1991。

楊照。1994。〈兩尾逡巡迴游的魚——我所知道的朱天心〉《中國時報・人間副刊》。20、21/1/1994。

楊棄。1994。〈知識論述與生命的奇奧對話——讀《荒人手記》〉《中國時報・人間副刊》。13/11/1994。

詹宏志。1990。〈一種老去的聲音——評朱天文的《世紀末的華麗》〉。朱天文，1990。

詹宏志。1994。鍾雲整理，1994。

劉大任。1994。〈逃不出的荒原——我讀《荒人手記》〉《中國時報・人間副刊》。12/11/1994。

劉亮雅。1994。〈朱天文近期作品中的國族、性別、情慾問題〉《中外文學》第二十四卷一期。6/1995。

鍾雲（記錄整理）。1994。〈在孤獨的月夜裡歌唱——時報文學百萬小說獎《荒人手記》、《沉默之島》新書發表會座談記要〉（詹宏志、朱天文、蘇偉貞等）。《中國時報・人間副刊》。19/11/1994。

Foucault, Michel."A Preface to Transgression," *Language, Counter-Memory, Practice*. Cornell University Press, 1977:29-52.

朱天文作品出版年表

喬太守新記	小說集	1977	皇冠	
淡江記	散文集	1979	三三書坊	（1989 遠流）
傳說	小說集	1981	三三書坊	
小畢的故事	散文集	1983	三三書坊	（1989 遠流）
最想念的季節	小說集	1984	三三書坊	（1989 遠流）
三姊妹	散文合集	1985	皇冠	
炎夏之都	小說集	1987	時報・三三	（1989 遠流）（2001 上海文藝）
戀戀風塵	電影劇本	1987	三三書坊	（1989 遠流）
悲情城市	電影劇本	1989	遠流	（2001 上海文藝）
世紀末的華麗	小說集	1990	遠流	（1993 香港遠流）（1999 四川文藝）
朱天文電影小說集		1991	遠流	
下午茶話題	雜文合集	1992	麥田	
安安の夏休み	日譯小說集	1992	筑摩書坊	
戲夢人生	電影劇本	1993	麥田	
荒人手記	長篇小說	1994	時報	
好男好女	電影劇本	1995	麥田	
花憶前身	小說集	1996	麥田	
世紀末の華やぎ	日譯小說集	1997	紀伊國屋書店	
極上之夢	《海上花》電影全紀錄	1998	遠流	
Notes of a Desolate Man	（英譯《荒人手記》）	1999	Columbia University Press New York	
千禧曼波	電影劇本	2001	麥田	
花憶前身	散文集	2001	上海文藝	
Anthologie de la Famille Chu	（法譯《朱家選集》）	2004	Christian Bourgois	
畫眉記	小說集	2005	廣州花城	
最好的時光	電影作品集	2006	山東畫報	
荒人手記	日譯本	2006	國書刊行會	
巫言	長篇小說	2008	印刻	
劇照會說話	圖文集	2008	印刻	
朱天文作品集		2008	印刻	

朱天文作品集 6

INK PUBLISHING

黃金盟誓之書

作　　者　朱天文
總 編 輯　初安民
責任編輯　丁名慶
特約編輯　趙啟麟
美術編輯　吳苹苹　陳文德
校　　對　朱天文　趙啟麟　丁名慶

發 行 人　張書銘
出　　版　INK印刻文學生活雜誌出版有限公司
新北市中和區中正路800號13樓之3
電話：02-22281626
傳真：02-22281598
e-mail：ink.book@msa.hinet.net
網　　址　舒讀網http：//www.sudu.cc

法律顧問　漢廷法律事務所
劉大正律師
總 代 理　成陽出版股份有限公司
電話：03-3589000（代表號）
傳真：03-3556521
郵政劃撥　19000691 成陽出版股份有限公司
印　　刷　海王印刷事業股份有限公司

港澳總經銷　泛華發行代理有限公司
地　　址　香港筲箕灣東旺道3號星島新聞集團大廈3樓
電話：852-27982220
傳真：852-27965471
網　　址　www.gccd.com.hk

出版日期　2008年 2 月　初版
2012年10月 15日　初版三刷
ISBN　978-986-6873-61-4

定　價　320元

國家圖書館出版品預行編目資料

黃金盟誓之書 / 朱天文著.
--初版, --新北市中和區： INK印刻文學,
2008.2　面；　公分.（朱天文作品集；6）
ISBN　978-986-6873-61-4（平裝）
855　96025534